聖　域

篠田節子

集英社文庫

聖域

1

発行部数三千部、と言えば、雑誌としては異例の少なさだが、実際に売れているのは、せいぜいその半分とも言われている。

もとは月刊だった文芸誌『山稜《さんりょう》』が、赤字がかさんで季刊に変わったこの夏の終わり、実藤《さねとう》は報道、解説、評論をうたったビジュアル誌『ウィークリージャパン』から、ここの編集部に異動してきた。

内示を受けたときは、いささか複雑な気分だった。

彼が初めて企画した特集記事の連載第一回目を終えた直後で、連載記事の山場はこれからというときだったからだ。

やり残した企画への未練とともに、新しい職場こそ自分の本領を発揮できる部署になるだろう、という自信と意欲もあった。

七年前、実藤は文芸編集の仕事を希望して、ここ山稜出版に入社してきた。単純に小説が好きだった。すべての読者に先立って作品を読み、活字にできるということに、胸の躍るような期待を抱いていた。さほど学業成績が良い方でもないのに、山稜出版のごく狭い採用枠をくぐりぬけ入社できたのは、そうした自分の熱意が伝わったからなのだ、と信じている。

その期待は、『山稜』編集部に異動してきた初日に打ち砕かれた。『ウィークリージャパン』にいる間は息つく暇もなく仕事に追われ、文芸誌に目を通す余裕などなかったのだが、ここに来て初めて見せられた掲載予定の原稿のどれもが、実藤にとっては退屈極まりないものだったのだ。

時代に切り込んでいく鋭い切《き》っ先《さき》があるではなし、人生をみつめる透徹《とうてつ》した眼差しを感じさせる、というわけでもない。斬新な言語感覚か、綿密に構築された作品世界、あるいは思わず泣かせる人情味か、手に汗握るサスペンス……。何かひとつでもあればいい。が、何もない。少なくとも実藤にはそう感じられた。

活字文化の大本《おおもと》に関わりあうということに、自分なりの誇りを持ってこの仕事についたはずだった。しかし作品自体が良くなければ、何の意味ももたないではないか、と舌打ちをしながら、実藤は読みかけの原稿を机の上に置き、一本だけ残っていたハイライトを胸ポケットから取り出す。

そのとき「実藤君」といきなり声をかけられた。向かいの席の花房孝子《はなぶさたかこ》が、廊下の方を指差して言った。

「このフロアは禁煙。喫煙所はあっち」

実藤は、無言のまま顎《あご》をしゃくるようにうなずき、煙草をしまい、再び原稿に視線を落とす。

三十を間近にした多くの男達がそうであるように、実藤もまた高い意識と意識に及ばぬ実力のはざまで、いくぶんいらだち、気負い立っていた。

今の彼には、『山稜』という雑誌自体が、未だ廃刊にならないのが不思議なくらいの代物《しろもの》に見えている。世界各地で民族紛争や戦争が起き、国内では空前の不景気風が吹いているこのときに、いい大人が「モダニズムの復権」だの、「イメージとしての世界資本主義イデオロギー」だのと、しかつめらしい顔で議論している。その能天気《のうてんき》ぶりに、背中がむずがゆくなるような気恥ずかしさを覚える。

実藤がそう感じるほどに、『山稜』の誌面や編集部に停滞的な空気が漂っていたことも事実だ。かつては社の看板雑誌だった『山稜』編集部は、御茶ノ水《おちゃのみず》の山稜出版ビルの最上階にある。重役室の隣の窓際という位置も、いかにもそれにふさわしく、午後になるとさんさんと陽光が差し込んでくる。

机の数は、四つしかない。季刊化に伴い二人が他の部署に移り、一人が辞めた。代わりに来たのは実藤一人だ。

四人の編集部員のうち一人は、単行本担当を兼務しており、『山稜』の編集は五十間近の編集長、米山《よねやま》と中年の女性編集者の花房孝子、そして実藤の三人の手に委《ゆだ》ねられている。

机の数は減り、もとは机があった場所に、段ボール箱が四つ重ねてある。辞めていった古手の編集者、篠原《しのはら》のものだ。不採算をものともせず、最後まで季刊化に抵抗した篠原は、それが決まったとたん辞表を出した。部内でも、もてあまされた気難しい男だったということで、引き止める者もいなかった。とはいえその翌日から、荷物を置いたまま出勤してこなくなったのには、みんな閉口した。しかたなく手の空いた者が机を片付け、とりあえずその中身を段ボールに移して重ねてある。

本人が出て来たら確認して処分する、という事になっているが、実藤が異動してきてから、一週間、篠原はいっこうに姿をみせない。

積み重ねられた段ボールを横目に見ながら、実藤は校正にかかる。注意力と視力をカンナにかけるような仕事だ。もともとひどかった近視が、ここに異動してきた数日のうちにさらに進んだ。眼鏡《めがね》のレンズが厚いため、ずっと下を向いているとブリッジが鼻に食い込み、耳が重みで引っ張られる。視野の端で、文字が歪《ゆが》んでいる。レンズのせいばかりではない。書いた本人は達筆なつもりの草書体なのだろうが、読みにくい事ははなはだしい。

そうするうちに、心は『ウィークリージャパン』に残してきた特集記事に引き戻されていく。いいライターにもめぐりあった。豊田千鶴《とよだちづる》という若いライターは、必要とあれば、バイクに跨《また》がってどこにでも取材に出かけ、ハードな仕事も体力、気力にまかせて愚痴一つ言わずに仕上げた。

特集テーマは、「ダライ・ラマを探して」と題したチベットの宗教指導者を扱ったもので、千鶴は今、チベットにいる。取材先は幹線道路から遠く離れ、まともなホテルもない高原地域で、女性ライターにまかせるのはどうか、という声もあったが、千鶴の方は嬉々として出掛けていった。

送られてきた第一報が活字になったとき、各方面から大きな反響があった。しかし千鶴からの第二報が届く前に、実藤はここに異動してきてしまった。

サラリーマンである以上、異動は覚悟の上だ。しかも文芸は入社時に希望した分野だが、こうして失望感を味わわされてみると、中途半端にしてきた仕事への未練がつのる。

七年もいるうちに、自分の体質が向こうの水に馴染《なじ》んでしまったのかもしれない。

黒縁《くろぶち》の眼鏡を外して目頭《めがしら》を揉《も》むと、顔が脂っぽくなっていて、指先がねばつく。汚れた髪が、額に落ちてくる。しばらく床屋に行ってないので、真っすぐな硬い髪が、頭のてっぺんから四方に散って、猩々《しょうじょう》のようだ。

身形《みなり》に無関心なのは昔からだ。それでも営業と違って、直接仕事に支障をきたすわけではない。何度か上役に注意されたが、一週間もすればまた元通りだ。

胃のあたりが重い。昨夜、彼が担当する事になった作家を紹介され、遅くまで飲んだせいだ。

蓮見《はすみ》ゆきえというペンネームの、見るからに生意気そうな三十女は、昨年、新人賞をとったばかりだった。酒が入ると、蓮見は傍らにいる米山編集長にからみ始めた。どうやら持ってくる短篇が軒並《のきな》み不採用になっている恨みがあるらしい。

「記号？　パラダイム？　難しいことば並べたって中身のない批評じゃ、しょうがないじゃないですか。どさくさに紛れてクソ面白くもない小説を書かせようったって、私、そんな気、ないですから。それほど読者は、ばかじゃないですし」

いやな女だ、と思いながら、実藤は蓮見の銀縁眼鏡の奥の吊り上がった目を見ていた。

米山が無言で睨《にら》みつけていると、女はさらに一段と高い声になった。

「だいたい『山稜』なんて雑誌、だれが読むんですか？」

実藤は、顔を上げた。

「同人誌の主宰者ですか、退職教員ですか、それとも結核病棟の長期入院患者ですか」

女は、米山に酒と大蒜《にんにく》のにおいの入り交じった息を吹きかけて笑った。とたんに実藤も笑っていた。腹の底からおかしさがこみあげてきて、薄汚い文壇バーの天井を仰ぎ、実藤は笑い転げていた。気がつくと、米山が新人作家を黙殺したまま、実藤を睨みつけていた。

「なぜ、おまえが笑う？」

白髪も薄くなった頭の地肌を桃色に変えて、米山は押し殺した声で尋ねた。実藤が黙っていると、いきなりテーブルを殴り付けた。

「なぜ笑うんだ、えっ」

一緒になって笑ったのは確かにまずかった。しかしだれがあの生意気な新人の言葉を否定できるだろう？

原稿用紙の読みにくい崩し文字を追いながら、実藤は思う。

「実藤君」

不意に米山に呼ばれた。びくっとして振り返る。

「シノさんがもう出て来そうにないからさ、それ片付けようや」

酒が入っていたときとは打って変わった穏やかな口調で米山は言い、段ボール箱を顎で差した。シノさん、というのは、辞めていった篠原の事である。

実藤は、ほっとした気分で、読みかけの原稿を脇にどかす。四時間以上、根《こん》をつめていたせいで、頭の芯が鈍く痛み始めていた。

埃《ほこり》の薄くつもった段ボールの蓋《ふた》を開けると、傷だらけになった定規や縁に黄色の染みのついたイラストの見本やメモなどが出てきた。くず籠《かご》を持ってきて、いちいち確認しながら突っ込んでいく。一つ目は簡単にかたがついた。

二つ目の箱は、茶封筒がつまっている。その一つを取る。中身を引っ張り出す。原稿だ。

「どうします?」と尋ねると、米山はぱらぱらとめくり、すぐに視線を上げた。

「直しを入れさせる前の第一稿だ。もう活字になってるから捨てちまっていいよ」と素っ気なく言って、自分の机に戻っていった。

次も原稿だ。持ち込みか、こちらから依頼したものかわからない。古くなって感熱紙が茶変し、判読できないワープロ原稿なども交じっている。とりあえず、住所のわかるものは、次々と新しい封筒に入れ返送の手続きをしていく。

整理していくうちに、筆者の住所がわからず、返しようのない物だけが残った。

「どうしましょうか?」

「しかたない、捨てちまおう」という答えを期待する。しかし、米山は、「しょうがないな。突っ込んでおけ」と、後ろの整理棚を指さした。

何の解決にもならないじゃないか、と実藤はつぶやく。「保留」というその場しのぎ、「何かあると面倒だから、とりあえず取っておこう」という発想でやってきたから、雑誌だってつまらなくなる。無言の批判を込めて、実藤は机の上に原稿の山を築く。

つまらないものなら、この場でくず籠行き、面白ければ活字にする。そのくらいの自信や決断力がなくてどうして編集者が務まるだろうか。

実藤は端から目を通し始めた。

『工場が閉鎖されるという噂《うわさ》を幸子達が聞いたのは、暮も押しつまったある日の事であった』で始まる作品を三枚程読んで、くず籠にねじ込んだ。編集長と花房孝子が、驚いたようにこちらを見たが、何も言わなかった。だれもがこうしたいのだろうが、自分の手でやるのがいやなだけだ。

時代遅れのプロレタリア文学の次は、『昨夜まで降り続いていた雨はすっかり上がり、山の木立がいっそう青々とすがすがしく見える朝であった』で始まる嫁姑《よめしゅうとめ》物の身辺小説だったが、これは十枚程付き合って捨てた。

黄ばんだ原稿用紙の分厚い束《たば》に当たったのは、そうして何本もの原稿を処分した後のことだった。

右手で封筒から引き出しながら、左手でくず籠を引き寄せる。とたんに、インクの色も褪《あ》せた一枚目が破れ、厚さ五センチもの束を留めていたこよりが外れた。ばさりと音を立てて実藤の机上と床に、原稿用紙がばらまかれた。

隣のアルバイトの女が、慌てて拾い集める。実藤も拾う。道端のゴミを集めるように、くしゃくしゃになるのもかまわず、前後裏表も気にせず、無造作に拾い集め机の上に重ねた。それから舌打ちしながら、ノンブル通りに揃《そろ》えていく。

作業の途中で、ふと手を止めて、その一枚を読んだ。原稿用紙の升目《ますめ》を飛び越えるほど勢いのある、それでいて流麗な文字に目を奪われたせいかもしれない。あるいは、その中の「慈明《じみょう》」という人物名が目に留まったせいかもしれない。僧とおぼしいその名前に、中途半端のまま離れた「ダライ・ラマを探して」という記事を重ね合わせていた。

ノンブルは、五百二十八枚目を示している。ほぼ終わりに近い部分だ。

『霙《みぞれ》の季節が来ていた。山にふる霙は、無数の虫が木々の梢《こずえ》を這《は》い降りる気配に似た、かすかな騒乱を伴って堂の屋根を濡らしていた』

ページの冒頭の一行に奇妙なひっかかりを感じた。皺《しわ》の寄った原稿用紙を両手で伸ばし、升目に目を凝らす。

『無数の物が、むしょうに近しく魂の深部に語りかけるものが、堂のそこここにうごめいていた。その馨《かぐわ》しさ、しどけなさ、明媚《めいび》さ、卑猥《ひわい》さ、雄渾《ゆうこん》さ……それは有り余るエネルギーを若い肉体に封じ込めた慈明自身の作り出した幻であろうかとも思われた。それほどに絢爛《けんらん》として毒々しい、季節外れの春情と見まがうばかりのものであった。

正気を奪うもの、狂気を与えるもの、そして燃えさかる火玉にその身を変えるもの、色も形も無く、そのくせ不可解な妖怪じみた瘴気《しょうき》を吐き出す何物かが、間口《まぐち》二間《にけん》、奥行《おくゆき》三間の小さな堂の隅々までも埋め尽くしてゆく。

なにもない、と慈明は自らの心に言い聞かせる。仏の智恵をもってすれば、すべては自らの迷妄から作り出したもの。執着し、差別《しゃべつ》する心が見せる幻。

かすかな温《ぬく》もりを帯びた気配とともに、そっと指先で撫《な》で上げられたようなひどく艶《つや》めいたものを首筋に感じたのはそのときだった。恐る恐る振り返っても、杉戸の木目《もくめ》が灯明の淡い光に照らされているきり、何もない。

合掌《がっしょう》を解いて立ち上がると、慈明は土間を踏みしめて扉を勢いよく開いた。湿り気を帯びた寒気が、吹き込んできて肌を刺す。鼻の先にあるのは、底知れぬ闇、濡れ濡れと五体にまつわりつくばかりに艶やかな闇であった。

つぎの瞬間、その闇にいくつもの微細な亀裂が生じ、慈明の五感は微風とも大気の揺らぎともつかぬ何かを捉える。底冷えのする闇の高みに、だしぬけに青白い光芒《こうぼう》が現れた。月の光とも、沖合《おきあい》の漁火《いさりび》とも違う、あえて言うならば、幼い頃に琵琶湖に注ぐ草野川で見た蛍の、静かな冷たい光に似ていた。しかし闇のうちに浮かび出《い》でた怪しげな光の外輪の巨大さは、蛍のおぼろげな光など及ぶべくもない。それは次第にはっきりした形をなしつつあった。目であった。ここに集う、何千何万もの魂が、こちらをみつめている』

「なんだ、これは」と実藤は思わずつぶやいていた。冷たいものがひとしずく、背中を這ったような気がした。期待感というよりは、何かただならぬ予感だった。

純文学の文体でも歴史小説の文体でもない。耽美《たんび》物と呼ばれる同人雑誌系の作品に雰囲気は似ているが、あの装飾過多な美文調とは違う。異端の文学というやつか。より自然に、より豊かに、人間の生きる喜び、悲しみを描いていく絶対多数の正統派に対し、ことさら人工的で巧緻《こうち》な異形の宇宙をその観念のうちに刻み込んできたもう一つの流れ。ごく少数の熱烈な読者に支えられ、ベストセラーにならぬことに栄光をかけた作品群。たしかにそうした流れがあった。

続きの五百二十九枚目が見当たらない。傍らでアルバイトの女性が、無造作に積み上げられた原稿をせっせと揃えている。

手元に五百五十二枚目がある。だいぶ飛んでいるがかまわず目を落とす。

『……な音を聞いた。いや、音であったかどうかも定かでない。ほんの束《つか》の間《ま》、張りつめた聴覚の片隅を横切って消えた、小さな風のような物、と言ったほうがよいかもしれぬ。それがふつふつという、遠い地の底で、何かがゆっくりたぎっているような、断続的な音として捉えられるようになったのは、あたりが闇に閉ざされようとしている刻《とき》だっただろうか。

これが彼らのいう神なのであろうと慈明はその場に膝《ひざ》をつき、なすすべもなくその音に耳を傾けていた。土間《どま》の湿った冷気が上がってきて、この地に来て以来、夜となく昼となくしくしくと骨身を蝕んでくる膝の痛みが、いっそう激しくなった。

異人たちの得体《えたい》の知れぬ神が、都からやってきた者に牙を剝《む》いている。御仏をその懐《ふところ》に抱き、平和に解け合ってきた大和の神々ではない。ひどく荒々しい、邪《よこしま》な神々だった。

察するに、ここに登ってきた行者達は、この神々に負けて命を絶っていったのであろう。

見我身者発菩提心《けんがしんしやほつぼだいしん》、見我身者発菩提心、聞我名者断悪修善《もんがみようしやだんなくしゆぜん》……

土間に座り直し、手に印を結び、背筋を伸ばし一心不乱に唱えるが、ふつふつ、ふつふつ、と鼓膜の奥底で響くその音は、消え果てる気配はない。いよいよもって鮮やかに心の隅に食らいついてくる。

京を出て四年、本山にいては知る由《よし》もなきもの、だれも教えてはくれなかった道理を手探りで摑《つか》みかけていた。忌《い》みをかついだり、奇異を笑ったり、不可思議を蔑《ないがし》ろにすることなく、迷妄を退け、ありのままをありのままに受けとめること、人身の得難く、移ろいやすきことを直視し、菩薩行に自らを投げ込み、未来永劫の果てまでも善業《ぜんごう》に励むこと。遥か叡山に決別し、極楽寺を後にしたときの決意を慈明は思い出した。わずか一年に満たない時が流れただけだというのに、そうした思いは、洗いざらした紅染めのように、頼りなくおぼろげなものに変わっている。目のあたりにした秋田平野の餓鬼地獄の光景も、炎上する城柵の様も、何もかもが揺らぎ立つ陽炎《かげろう》のようにどこか虚ろであった』

実藤の耳から、電話の応対をしている隣の男の声が消えた。絶え間なく紙を吐き出すコピー機の音が消えた。衝立《ついた》ての向こうで何か弁解している印刷屋の声が消えた。さんさんと差し込む午後の光、積み上げられた原稿用紙の黴《かび》の匂い、刷りあがったばかりの見本の発するインクの匂い……すべての物が彼の五感から遠ざかっていった。

それがどういう物語であるのか、前後の脈絡もわからないまま、実藤の心は山奥の粗末な草庵にいた。淡《あわ》い灯明の下で寒さに震えていた。

「実藤さん」と声がした。二回、三回……。彼は何度かまたたきをして顔を上げた。目の前に、パールピンクにマニキュアされた長い爪があった。

「もう、仕事熱心なんだから。何度呼んでも知らん顔して」

アルバイトの女は、苦笑した。

「それ貸して下さい」と言うと、実藤の読んでいたページをさっと取り上げ、ノンブルを確認し、揃えた束の中に差し込んだ。

「揃えて綴《と》じておきますからね。厚いから四つに分けてあります」

彼は礼を言うと、それを受け取り新しい茶封筒に丁寧に入れ、引き出しにしまった。

一体、これは何なのか？　クトゥルー神話ばりの幻想文学か、それともファンタジックホラーか。疑問はさらにふくれあがる。

ただ得体の知れない手応《てごた》えを感じる。ひょっとするとフェイクかもしれない。が、そうでない方に期待した。

篠原の残していった荷物の片付けは思いのほか時間がかかった。会議や打ち合わせもあり、ひととおりの仕事を片づけたときは、夜の十二時を回っていた。気になりながらも、引き出しの中の原稿を広げる余裕はなかった。

席を立って、時計を見る。タクシーを使えば家に帰れる時刻だが、仮眠室に向かう。段ベッドの並んだ殺風景な仮眠室は階下にある。空調の音が響いているだけで人の姿はない。にもかかわらず、足を踏み入れたとたんにヘアトニックや汚れた靴下のにおいが鼻をつく。疲れはて着替えもせずにここにぶっ倒れた男達の仕事にかける一念が、しみ込んでいるようだ。

二年前、実藤は多摩ニュータウンに家を買った。実家は大宮にあるが、年子《としご》の弟がすでに所帯を持っているので、戻る気はない。なかば意地になって、実家からの援助もなしに三十年ローンを組んで買った。嫁さんなしに家だけ買ってどうする気だ、と同僚からはやっかみ半分にからかわれた。

二十七で家を持ち、二十八で結婚する、漠然とそんなことを考えていた。編集というあまり堅いとはいえない仕事についた以上、せめてこのくらいの将来設計はあっていい、と思っていた。

二十七で家は買ったが、結婚の方はまもなく三十になろうという現在も、当てがない。

待つもののいない身にとって、御茶ノ水にある出版社からの一時間の距離は限りなく遠い。しかも一人住まいの家は、カプセル状の段ベッドの並ぶ仮眠室以上に殺風景で不便だ、という事がわかったのは、建て上がった直後のことだ。今ではドヤに寝泊まりする労働者のように、実藤は山稜出版の仮眠室に居座っている。

仕事を終え、会社のシャワーを浴び、近所のラーメン屋で油のしたたるようなやきそばを食べ、ここに身を横たえると不思議に充実した気分になる。もちろん、どんなに無理をしても家に帰りたがる者がほとんどだから、実藤はかなりの変り者と見られている。ああやって金を貯めているのだ、と陰口《かげぐち》を叩かれる。しかし、不規則な仕事でとことん疲れはて、狭いベッドに倒れこむうちに、その死の淵に落ちていくような急速な眠りに、奇妙な心地よさを覚え始めたのだ。少なくとも、あれこれ面倒なことを考えずにすむ。

昨年の湾岸戦争のときには、一週間、ここに泊まった。顔色は青ざめ、もともと痩《や》せている体は、肋骨《ろっこつ》が透《す》けるほど細くなり、タバコと不規則な食事にやられた胃が痛んだが、あんなに生き生きと働いた事はない。戦争の勃発は、彼が前にいた『ウィークリージャパン』では、盛大な祭りだった。

この頃、実藤は人生の時間は一定の速さで流れる川のようなものではなく、伸び縮みする粘液のようなものではないか、という気がしている。驚くほど濃密な部分と、無意味に間延びした部分が、繰り返しやってきては去っていく。そんな伸び縮みする時間のベルトの上を息を切らして走っていく自分の姿が見える。交互にやってくる密度の違う時間を走りぬけ、行きつくところは死という名の永遠の闇だ。

家を建てるのも、業績を残すのも、そんな斑《まだら》な時間の帯に、自分の足跡を残そうとしているだけではないか。雄鹿が縄張りに小便をかけて歩くのと大差ないが、とりあえずその瞬間、自分はもっとも緊迫感に満ちた濃密な時間の上に立っている。昨年は「グッドモーニング、フセイン」に始まる戦火の映像によって、そして今は、偶然みつけた原稿の束によって。文芸誌に来てしまった以上、もう二度とないだろう、と思っていたそんな祭りの時間が、再び始まろうとしている。

実藤は、ズボンを脱いでフックに引っ掛けた。いつから穿《は》き続けているのか忘れてしまったが、膝に皺が寄りポケットのあたりが手垢《てあか》で黒くなっている。

カーテンを引いてスタンドをつけ、茶封筒から原稿を取り出す。

昼間、アルバイトの女が揃えてくれた一枚目を開けた。

タイトルは、「聖域」というものだった。作者名は、流れるような草書で記されている。水名川泉、と読めた。

本名なのか筆名なのかわからない。イズミと読むのかセンと読むのかも不明であるし、男なのか女なのかもわからない。

『東経百四十一度四十分、北緯四十一度という、本州の北のはずれに、その岬はある。

潮が満ちれば途切れてしまうかと思われるごく狭い岬の突端《とったん》は、急峻な壮年期の山になって海に落ち込み、あたりでただ一つの集落、狩場沢《かりばさわ》は天に向かってそびえる山の根元に、海風と雪になぶられ、身を屈《かが》めるようにしてしがみついている。海辺の村といった開放的な印象はもとよりない。深く濃い緑に阻《はば》まれ、集落のどこからも光弾《ひかりはじ》ける太平洋を望む事はできない。

遠い昔から、自治を貫き、中央政権の支配に屈した事がないと言い伝えられる狩場沢は、昭和の時代にも、特異な習俗と信仰を残す事で知られている。これといった産業もない地区で、本来なら北東北《きたとうほく》の観光名所として売り出されるところであろうが、陸路がほとんど整備されていない事もあって、岬が浜茄子《はまなす》の深紅に染まる季節でさえ訪れる者はまことに少ない。ましてや岬の突端に、海上より湧き上がるようにそびえる霊峰、雪花里山《つがりやま》に登ろうとする者は、ここ数十年、いたという話を聞かない。ツガリという明らかにアイヌ語起源と思われる名の山は、おそらくは地元の者でさえ、その存在を思い起こす事は少ないのではあるまいか。雪花里山は、古来霊山として名を馳《は》せたともいわれるが、一方で、遺骸《いがい》を捨てたとか、死者の魂が登ってくるといった様々な言い伝えがあり、濃厚な死のにおいをまつわりつけた場所である。いつの頃からか、死を汚れとして忌み嫌うようになった人々は、意識的にこの山の事を心のうちから閉め出していったのだろう。

ぶなと黒松の藪《やぶ》に阻まれ、踏み分け道さえ失われたその雪花里山の頂《いただき》に、ごく小さな礎石が埋もれている。この地に居を定め、仏の教えを広めようと苦闘した、一人の僧の残したたった一つの足跡である』

首をかしげ、もう一度最初から読み直す。予想した美文調の書き出しでもなければ、異様な世界の開示もない。何かの間違いではなかろうか、と思ったが五百数十枚目と筆跡は同じだ。

話の舞台はここから八世紀の終わりに遡《さかのぼ》る。古代律令国家のてがけた壮大な事業、蝦夷《えみし》征服の完成期にあたる東北である。

物語の第一章で水名川泉は、この律令制完成期から平安初期にかけての蝦夷征伐、掠奪、暴行、殺戮《さつりく》の限りをつくした中央勢力の蝦夷への侵攻の様子を克明に描き出している。のっけからいきなり、スペクタクルと酸鼻《さんび》極まる戦場の場面になっているのに、実藤は少し驚いた。文芸というより、娯楽小説の手法だ。しかもこれを泉は、前史としている。戦闘場面のすさまじさに圧倒されながら我を忘れて、実藤は数十ページを読み進んだ。

不自然な姿勢で左手がしびれきった頃、彼は自分の目にしている作品が、思ったよりはるかに重層的な構造を持っているのではないかという気がしてきた。それは初めに目にしたとき感じたような、耽美派の異端文学ではなかった。巧緻《こうち》な人工的世界を描いたものでも、高度に観念的な内容を持ったものでもなかった。一見して正統的な歴史小説らしく見えて、実は全く違う。

得体の知れない底深さを秘めた、とにかく今まで見たこともない作品だ。あるいは買いかぶりで、実は内容が分裂したとんでもない駄作かもしれない。それは先を読んでみなければわからない。

実藤はやにわに起き上がり、ズボンを穿くと原稿を抱えてベッドから下りた。不自然な姿勢で寝転がっていたせいできしむ背骨を撫でながら、オフィスに戻る。自分の机のあるフロアではなく、一階の応接コーナーに行く。ここのソファは、格別座りごこちが良い。

明かりを点《つ》けようとして、手を止めた。パーティションの向こうで、豊田千鶴が立ち上がり、陽焼けした顔で笑いかけてくるような気がした。

今頃はチベットにいる。

「ダライ・ラマ」の記事の取材をしているはずだ。

実藤は軽く目を閉じ、脳裏に浮かんだ千鶴の顔に、笑みを返した。

よく仕事をする女だった。どこででも寝る女だった。急ぎの記事があると、深夜まで残って書き、疲れるとこのソファで眠っていた。社内には女性用の仮眠室がないからだ。膝のすりきれたジーンズと白いポロシャツに包んだ小柄な体をソファにあずけ、小さな足をテーブルに乗せて軽い寝息を立てていた。実藤が入っていって明かりを点けても、ちょっと目を開けてにっこり笑うだけですぐにまた寝込んでしまう。驚き、戸惑《とまど》うのは、いつも実藤の方だった。

今頃は、寺院の床の上にでも転がって眠っているのだろうと思いながら、実藤は一人で笑った。

販売機で買ってきたコーヒーの紙コップを手にして、原稿の続きを読み始める。

戦記物風の第一章は、まもなくトーンを変える。

中央政府による蝦夷《えみし》の大規模な軍事制圧は、弘仁《こうにん》二年に完遂《かんすい》されたとされるが、北の大地は広い。鎮兵や東国兵などを入れて警備にあたっても、実際のところ中央政府が制圧した土地は、せいぜいが現在の盛岡あたりまでだ。あまねく東北の地から蝦夷と蝦夷の文化を追いやる事も抹殺することもできない。

さらに「夷《い》をもって夷を制す」という政策によって、俘囚《ふしゅう》と呼ばれる中央勢力と朝貢関係を取り結んだ蝦夷の首長に広範な支配権が与えられたため、やがてこれが新たな紛争の火種を生む結果になる。九世紀末期あたりから、土豪や族長による反乱が散発的に起きてきた。

朝廷側は、人心の動揺と反抗を抑えるために、国家的イデオロギーの支柱として仏教の浸透という宗教政策を打ち出すのである。

坂上田村麻呂《さかのうえのたむらまろ》による軍事制圧の後に、近畿政権は精神的、宗教的、文化的形態としての蝦夷支配を進めていく。

もっとも奈良時代から、東北各地には官寺があり、国師として僧が勅命《ちょくめい》で派遣され、官人や地方豪族の教化にあたっていたが、蝦夷征討が完遂して後百年経ったこの時代に、より明確な目的をかかげて、当時延暦寺《えんりゃくじ》を総本山に日本仏教の最大勢力になりつつあった天台教団の学僧達が送り込まれてきた。

このとき東北地方の土豪が所領内に建立《こんりゅう》した私寺も、多くは天台の僧を招いて開山した。

東北各地に残る比叡山《ひえいざん》第三代座主、慈覚《じかく》大師の伝説は、こうして京からやってきた僧達により生み出され、広められていったものであろうと言われている。

この物語の主人公、慈明もそうして比叡山から派遣されてきた僧である。

琵琶湖のほとりで生まれわずか七歳で、法華《ほっけ》、金光明《こんこうみょう》二部経を暗唱し、神童と呼ばれた慈明は十四歳で得度し比叡山に上り、約十二年の修行の後、東北に下った。秋田城にほど近い極楽寺に、六年間という期限で派遣されたのである。

広大な寺領地の中に、いくつもの堂塔や田を持っている極楽寺は元は土豪の祈願寺であったが、その頃には半官の寺である定額寺《じょうがくじ》に昇格していた。学堂では、多くの若い僧が修行しており、彼らはやがて極楽寺を出て東北の奥へと送り込まれ、菩薩《ぼさつ》行と称して、無料宿泊所としての寺を建立したり、橋を作ったり、薬草作りを広めるのである。比叡山では、たぐい稀《まれ》な聡明さで他の学僧たちを圧倒した慈明は、わずか二十六歳でそうした修行僧を指導し寺を管理する役割を担ってやってきた。

そもそも定額寺の役割は国分寺とは異なり、国家の鎮護を祈るというよりは、民衆の教化と一種の福祉事業にある。極楽寺の僧達は辺りの族長に取り入り、村はずれに小さな堂を作り、薬草を植え、井戸を掘る。桑の栽培や漆の取り方など、当時の農耕の先端技術を伝授する。しかし慈明自身が、こうした末端の仕事で手を汚すことはない。これらの事は、行人《こうじん》と呼ばれる身分的には修行僧と厳然と区別される下級の僧達によってなされるのである。

もちろん慈明は、そうした下級僧と自分を結びつけてみることはなかった。

慈明の目的はこの地方の者を教化し、仏法に帰依《きえ》させ、さらに豪族から多大な援助を受け巨大寺院を建立することであった。この時代、官寺や比叡山、高野山などの大寺院の別院よりも規模の大きな豪族の私寺が、各地に作られている。そこから上がる経済的利益は、さらに中央の教団を潤《うるお》すことになるのである。

秋田城周辺の村の多くは、地方豪族の支配下にあり、蝦夷《えみし》とはいっても、すでに帰順した者であったから、さほどの抵抗は受けなかった。そこには伝え聞いたところによる、「体に刺青《いれずみ》をし、性格狂暴な蛮族」の姿はない。一帯には青々とした田畑が広がり、土を耕す蝦夷達は、多少の手際《てぎわ》の悪さに目をつぶれば、卑屈なほどに従順だった。しかし表面的にはどう見えたにせよ、秋田、極楽寺は、平定後にも依然反抗を繰り返す蝦夷の地の最前線であった。そのことを彼は忘れかけていた。

赴任して二年後に、未曾有《みぞう》の冷害が、この地を襲った。

「蛮人に住まわせておくには、惜しいほどに肥沃な大地」

それがこの地をさして都の人々が語るところだった。しかし、肥沃な大地は必ずしも安定した豊かな実りを保証しない。

土は肥えていても冷涼な大地に、果てるともなく田が広がる。森林をはらい、本来は南方系の作物である稲をむりやり植え付けたところに、いったん山背《やませ》が吹けば、この地の食糧生産は壊滅的な打撃を受ける。救いようもない飢饉《ききん》が起きる。しかも裏作もできない気候である。そんな状態でも、都の派遣貴族による収奪は厳しい。

動物や木の実といった食糧資源に恵まれていたはずの東北は、この時期に、貧窮極まる後進地に転落していく。数百年後の天保《てんぽう》年間に起きた言語に絶する大飢饉、さらには昭和の時代まで続いていく飢えと収奪の構図は、この時代に出来上がっている。

小動物が食い尽くされ、道端《みちばた》の草が消える。山に入り木の実や草を食した者が、中毒を起こす。ごく軽症であっても、弱った体ではすぐに死に結びつく。

やがて人々は村を捨て始める。蝦夷達は、深い山間にしみ込むように消えていき、東《あずま》人《びと》は故郷へ続く道をあてもなく辿《たど》り始める。

秋の終わりには、行き倒れた死体が、全身に霜を生やして道端に転がり始めた。冬の訪れとともに死体の数は増え、供養し村外れの谷に捨てにいくのが、僧達の仕事となる。やがてそれも追いつかなくなり、雪が解ける頃には、いたるところに骸《むくろ》が現れ、あたり一帯は腐臭に包まれていく。死骸をついばむカラスでさえ、人間の餌となり、その数を減らしていた。

あまりに多くの死と病と苦痛を前にして、慈明は立ちすくむ。山の念仏の韻律《いんりつ》流麗な響きも、息があるまま、カラスについばまれようとしている者の魂を浄土に導くには、非力すぎる。目前に出現した地獄の前には、彼らの説く浄土などは絵空事《えそらごと》に過ぎない。いったい善業とは、何なのか、こんなことが起きているというのに、善因善果悪因悪果《ぜんいんぜんがあくいんあくが》の道理などということがあるのか。

慈明は比叡山や北上の定額寺にいくつかの質問状を送るが無視される。

福寿田《ふくじゅでん》の米も底をつき、飢饉が極限まで来たとき、堰《せき》を切ったように蝦夷の反乱が始まった。橋が落とされ、道がふさがれ、川を遡《さかのぼ》ってきた蝦夷に村人が襲われる。

蝦夷はそのまま勢力を増し、一気に城をめざした。このとき完璧に朝廷側に帰順し律令制に組み入れられたと見えた蝦夷は、暴強の徒と化していた。

ある夜、慈明は体中が総毛立《そうけだ》つような異様な予感に襲われ、寺の外に出た。

獣臭い風が吹いてきたと思うと、弓矢や手斧といった粗末な武器で武装した一団が、辺りの山林から現れ、城へ続く道を駆け抜けていった。

遠い昔、山林で獲物を追っていた頃の行動様式は、農耕に携わるようになっても、その体の奥深くに刷り込まれていたのだろう。彼らはへたへたと頼りなく腰を曲げ、いかにも不恰好に走る。にもかかわらず足音一つ立てず、木枯らしが吹き抜けるように、城のある方向へ向かっていった。

慈明は後を追った。彼らが何をするのか予想がついた。裏切られた、という思いに唇を嚙んで悲壮な気分で走った。しかしとうてい追い付けない。息が切れ、目もくらんで、慈明は道端に腰をおろした。あののろのろとものうげに稲を刈り取り、不器用に土を耕す蝦夷達が、なぜこれほど速くたくましく走れるのか、不思議であった。

東の空が、まもなく白みかけるかと思われたとき、遥かかなたで火の手が上がった。慈明は絶望の呻《うめ》き声を上げた。

官舎が燃えていた。無数の悲鳴や馬のいななきが、火の粉とともに夜空に吹き上げられていた。火は、城柵櫓《じょうさくやぐら》に燃え移り、炎の塔となって高々と夜空を焦がしていた。

この地に来て四年。仏の教えを説き、人たるに値する暮らしを広めようと奮闘努力して築き上げたものが、現実の地獄を前に跡形もなく崩れ去っていくのを慈明は見た。

官舎の馬や弓矢を奪って再武装した蝦夷達は、数日後さらに南下し別の部族と合流し、勢いを増しながら、野山でゲリラ戦を繰り広げた。京都政権は、俘囚軍や東国からの派遣軍など数千人を動員するが、勢いを増した反乱軍の前に、総崩れになった。

戦いは、半年ほどで終息した。しかしこの大規模な蝦夷の抵抗も自治を勝ち取るには至らない。

一度は団結して戦いを挑んだ蝦夷の族長達も、兵糧米の放出、年貢米の一部援助といった京都政権の狡猾《こうかつ》な手腕によって分断され、あっけなく懐柔されてしまう。

しかしそのとき地獄の風景を目のあたりにした慈明は、ここまで彼を導いてきたものが、ことごとく打ち砕かれたことを知った。

この世の極楽浄土、絢爛《けんらん》目も眩むばかりの阿弥陀堂を建立し、後世もまた安逸な生を、と願う貴族に取り入り、勢力拡張と宗派門徒の抗争に明け暮れる教団への不信は、このとき決定的なものになっていた。

やがて慈明は、馴染んだ寺と職僧としての地位を捨てて、さらに辺境の地深く入っていくことを決意する。

「正像ややすぎ終わりて、末法はなはだ近きにあり、法華一乗《ほっけいちじょう》の機《き》、いままさしくこれそのときなり」という言葉を彼は今、噛みしめていた。

と同時にすべてのものを成仏に導く仏教者としての生き方を、それまで僧として認めることさえなかった行人方のうちに見たのである。自分の非力を悟り、地の果てまで菩薩行をほどこしつつ歩き続け、その一生を大慈悲心の内に投げ込むことを決意した。しかし非力なままでは、菩薩行はままならない。湿潤で寒さ厳しい比叡山の修行は決して楽なものではなかった。にもかかわらずそこで得た仏法への学問的理解や、細かな儀礼に関する知識は何の役にも立たなかった。現実の地獄から人々を救済するものは、力であろうと思った。魔に打ち勝つ、人智を超えた力を身に帯《お》びる他はない、と慈明は考えた。彼が目指したのは北の果ての山であった。行人や修験者達によって伝え聞いた山、雪花里山《つがりやま》は、そこに籠《こ》もり修行すれば大変な霊力を授かると言い伝えられている。しかし同時に濃厚な死のにおいのする山でもあった。麓《ふもと》には蛮人の集落があって、そこの者達は死体を山に捨てているとも伝えられ、ときおり験者や行人達が入るが出てきたものはいなかった。験者は捨身往生《しゃしんおうじょう》と称して、高い崖から身を投げ、行人は民衆の飢餓を救うために五穀を断ち餓死したらしい。慈明も命を捨てる覚悟であった。

村々で善行を積みながら、秋田を出て二ヵ月、慈明は東経百四十一度四十分北緯四十一度の地点にある細長く外海に突き出た岬に出る。三方を海に囲まれた、まさに地の果てであった。

原稿用紙の二綴《つづ》り目は、ここで終わっている。冒頭の迫力に満ちた戦闘場面はこの辺りになると、慈明の苦悩と仏教者としての真の目覚めという内面描写に変わっていた。

初めから気づいていた事ではあるが、筆力からして、少なくとも作者はアマチュアではない。水名川泉という名が、本名か筆名かわからないが、骨太な構成からして女ではないだろう。

途中、主人公の僧が比叡山に送る書簡の中の、仏性と一切衆生成仏《いっさいしゅじょうじょうぶつ》についての問いかけをかなり詳細に、しかも手際よくまとめているところからして仏教関係者か、そうでなければ大乗仏教全般にかなり造詣《ぞうけい》の深い作家であることが想像できる。

実藤の頭に、数人の著名作家の顔が浮かんだ。真言宗の高僧でありながら、上質な文芸作品を発表しているK、もとは流行作家だったが、いつのまにか重厚な作品を書き始め、そのうち文化勲章をもらうのではないか、と目されているI。

しかしそんな大御所の作品が、一文芸編集者の机の中で眠っているわけはない。何よりも、作品全体に横溢《おういつ》する若々しさは、彼らの枯れた筆致とは、趣を異にする。

別のジャンルですでに業績をあげている壮年期の作家か、あるいはノンフィクションライターということも考えられる。

時刻は、午前二時を過ぎた。職業上、速読は得意だが、それにしてもずいぶん速く、引き込まれるように二百枚を読み切ってしまった。眠気はこない。奇妙に気が高ぶり、言葉への感受性が磨《と》ぎ澄《す》まされている。一つ一つの表現が、現実以上の鮮やかな映像になって脳裏に像を結ぶ。こんな事は絶えてなかった。

昼間、無造作に摑んで皺だらけにしてしまった原稿を片手で伸ばしながら、実藤は後半に取りかかった。

この先は、岬にある蝦夷《えみし》の集落に入っていった慈明の冒険譚だった。

反乱の治まった秋田城を出て、約二ヵ月後の九月に、慈明は岬に辿りつく。

そこは海と山に阻まれた天然の要塞だった。中央に伝説の山、雪花里《つがり》を望み、北、南、西の三方はリアス式の崖となって海に落ち込み、東側だけが、たよりなく狭い砂浜で、陸地に続いている。

九世紀中頃には、東北全体が、近畿政権の直轄地か、あるいは中央の息のかかった地方豪族の支配下におかれたと言われているが、東北の大地というのは、意外に広い。中央勢力の及んだのも、現在の岩手県中央くらいまでで、その北、青森県、とくに下北半島付近は、まつろわぬ民の住む未開地であった。

ほぼ円錐形《えんすいけい》をなして海上から突き出した雪花里山は、近くで見ると常緑樹に覆われて、全体が黒々とした影のように見える。偉大な霊力を授かる山、この世の浄土、と伝えられるその山は、さほど高くも険しくも見えず、慈明は少し不思議な気がした。

その南麓のごく狭い平地に、蝦夷の集落があった。傾きかけた秋の陽を背に、慈明は集落を貫く道を歩き、めざす山に向かう。村の景観は、ここに来るまでに見たものとは全く違う。

家々は、東国移民の百姓や俘囚達の家と同様、たて穴式住居であったが、一棟一棟が驚くほど大きい。三角形の屋根の頂点も、見上げるばかりに高い。しかも土壁はなく、下まで分厚い茅《かや》で覆ってある。傍らでは、木の棒を横に渡して何かを乾してある。よく見ると獣の肉だ。そばには血の滲《にじ》んだ黒い毛皮が丸めて置いてある。異様な臭いがした。

山夷《さんい》の村だ。北の地には山の民が住んでいる、とは聞いていたが、実際に見るのは初めてだった。秋田の役人や村長《むらおさ》の中には、分厚い熊の毛皮を見せながら、これは刃物や米と交換に山の民から譲られたものだ、と語る者もいた。

村外れから荒れ果てた道が一本山に向かって延びていた。実際には道というより、枯草の茂る中に赤っぽい石が、規則正しく置かれ、道である事を示しているのみである。

そちらの道に足を踏み出したとたん、何者かが風のように飛び出し行く手を阻んだ。奇妙な服装をした若者だ。麻のように見える繊維を編み込んだ衣服は、袖《そで》と裾《すそ》が短い見慣れない形をしていて、麻とも異なるわずかな光沢がある。

青年は色白で背が高い。大きな白い体とアーモンド型に張りだした目、長く高い鼻筋は秋田でもときおり蝦夷の族長などの中にみかけた容貌だった。

「そこをどいてくれ」

慈明は、穏やかに言った。男はほとんど無表情なまま、首を横に振った。よそ者をからかっているのだろうか、と思いながら、慈明は若者を避け、山に向かおうとした。とたんに横合いから現れた別の男に腕を摑まれた。鉄の矢尻がぴたりと慈明の破れ衣から出た喉元に押し当てられる。張り出した目が、慈明の頭上で濡れたように光り、獣の脂のような臭いが鼻をついた。足音もなく近寄ってきたために、全く気づかなかったが、どこから現れたのか長身の男達が、壁のように立っていた。

彼らをかきわけ老人が現れた。白い鬚《ひげ》を胸まで垂らした老人は、若者たち同様ごわついた衣服を着ていた。ここの村長《むらおさ》らしかった。若者に手を離された慈明は、老人に向かい合掌した。そして自分の素性《すじょう》と、ここまでやってきた経緯《いきさつ》を簡単に説明した。老人はうなずいたが、あの山に登ることは許されない、と訛《なま》りの強い言葉で命じるように言うばかりだ。

決して自分のために登るのではない。力を得て、衆生をあまねく救うためだと慈明は訴えるが、ききいれられない。

「あれは魂の登る山だ。この世の者が足を踏み入れてはならない」と老人は首を振る。ちょうどそのとき、村人の一人が老人に何か報告した。人々が一瞬そちらに気をとられた隙に、慈明は脱兎《だっと》のごとく藪の中に駆け込み、浜茄子《はまなす》やら薊《あざみ》やらに体をひっかかれるのもかまわず、山の頂に向かって走った。

数メートルも行かないうちに衣をつかまれ、その場に引き倒された。村人にとり囲まれて、四つ這いになった慈明は、無数のこぶしが降ってくることを予想して、無意識に両手で頭を押さえた。しかし、何もなかった。殴られることも足蹴にされることもない。若者の一人が、慈明の衣を掴んで立たせ無言で山道を引きずり下ろし、そのまま村外れまで連れてきて放り出した。その間も不思議なことには、村人はだれ一人慈明に乱暴はしなかった。殺されないまでも、半殺しの目には遭うだろう、と覚悟していた慈明は、気が抜けてその場にへたへたと座り込んでしまった。

少し落ち着いてくると、たとえ乞食坊主ではあっても彼らは僧には敬意を払っているのだろう、と思えてきた。

しかし実際のところ、この村には僧などいなかったし、僧どころか仏のことも彼らは全く知らなかったのである。

慈明は目の前にそびえる山を睨みながら、雨露をしのぐための掘っ立て小屋を作り、観世音菩薩の木像を据えて、その村に住み着いた。

岬の先端は垂直の崖になって海に落ち込み、他のところも一枚岩が各所にある。雪花里山に登るには、この村から入る以外にはない。ここに腰を落ち着け、おりを見てあの赤石の並ぶ荒れ果てた道を行くつもりだった。

村人達は慈明を歓迎しないかわりに、ことさら追い出そうとするそぶりも見せなかった。ただし振り返るとかならずどこかに目がある。無表情な濡れたような大きな目が、藪や掘っ立て小屋の板壁の隙間から、彼を見張っていた。

初めはその視線にわずらわしさを覚えたが、この村の生活をまのあたりにするにつれ、慈明は彼らを哀れむようになる。

山夷の人々は田を耕すことも知らず、獣を狩りその生肉を食い、血をすすって生きている。あたり一面、落葉松《からまつ》や栃《とち》などの林に取り囲まれた棚状の土地は、陽当たりが悪く耕地はわずかだが、村人達は木々を払って、畑を広げることもしない。

円形をした住居は、炉が北側の壁ではなく真ん中に切ってあるという、信じがたく幼稚な造りだ。そして何より慈明を驚かせ、おぞましさに身震いさせたものは、大きな一棟一部屋の家の中で、男女が区別なく生活していることだった。しかもその中で、だれがだれの妻なのか夫なのかも定かでなく、混沌《こんとん》とした血縁関係に結ばれて暮らしている。

さらには集落の中には穀物倉もなく、もちろん保存する程の収穫もない。秋田で見たあの恐るべき飢饉に思いをめぐらせると、慈明は暗澹《あんたん》たる気持ちになった。

一切衆生救済、慈明を捉えたのは、そんな痛切な思いだった。この村の人々の生活も心も獣と変わらない、だからこそ真っ先に救われねばならない、と慈明は考えた。秋田の辺りの蝦夷達も、元はこんな暮らしをしていた。しかし仏の教えに耳を傾けることによって、人間らしい暮らしをし、人間らしい気持ちになり、最後には深く仏法に帰依《きえ》した者さえいたではないか……。

慈明は、寺の下働きをしていた行人方のことを思い出した。村人の中に入り井戸を掘り、橋をかけ、道を作り、飢饉の終息を祈願し五穀を断ち、生きながら木乃伊《ミイラ》になっていった者さえいた。身分卑しく、無学の徒であった彼らでさえ、そこまでできた。西の進んだ技術と仏法という優れた精神的文化を身に帯びている自分が、できないことがあろうか。

慈明は痩せた石ころだらけの土を耕し、薬草を植えた。粗末な道具で溝を掘り、谷川の流れを引き込み、穀物の種をまいた。

村長の家の脇に高床式のごく小さな穀物倉を作り、彼らの貧弱な耕地から取れるヒエのうち、わずかずつでもいいから、これに貯えておくように村人に教える。村人は黙って聞いていた。和人達と交流はあるものらしく、彼らは慈明の言葉を解した。

自分を監視するように見つめている藪の中の目に向かい、慈明は仏の教えを説いた。水にさらした木の皮を細かく裂き、それで布を織っている女達に、あるいは石つぶてで殺した兎《うさぎ》の皮を剝《は》いでいる子供に、慈明は説法した。

いつも彼らは黙っていた。黙って耳を傾けているように見えた。

しかし、薬草は数日すると引き抜かれ、溝は埋め戻される。穀物倉はでき上がった翌日には壊され、薪《たきぎ》の山に変わっている。

万事がこんな調子だった。慈明に危害を加えるでも追い出すでもなく、彼らは決して慈明のもたらした技術も仏の教えも受け入れようとはしなかった。

信仰の芽はどこにも吹いてくることはなく、陽当たりの悪い痩せた土地に植えた作物も育ちがすこぶる悪い。秋も深まる頃には、持ってきた米も底をついた。山に入り草の実や根を取り飢えをしのぐのは、山の修行ではごく普通の事であったが、これまでにない無言の抵抗に遭った慈明の体は痩せ細り病気がちになっていく。

そんなある日、小屋に戻ると、菩薩像の足元に血まみれの肉片が転がっていた。慌てて取りのけ血を拭いた。獣の血と肉を仏の足元に置いていくのが、仏を汚そうという悪意なのか、それとも単なるいたずらなのか慈明にはわからない。冬が近付くにつれ人々は熊や猪《いのしし》のような大きな獲物を取りに山に入ることが多くなった。そして大きな獲物が仕留められる度に、肉片はそこに置かれていた。粗末な農具を使い、のろのろとなげやりな様子で田畑を耕している彼らが、獲物を取りに森に入ると、打って変わって機敏になる。木々と下草の生い茂った急斜面を風のように駆けぬけ、草木の刺《とげ》や薊《あざみ》の葉にこすれても傷つく事はなく、獲物を狩る。

猪のような大きな獲物が取れたときは、儀式が執り行われた。巫女《みこ》とおぼしい女が一人、雪花里山を正面に望む原に石をいくつか積み、祭壇らしいものを作った。

慈明は、それまでにも何度か村外れの道でその女に出くわしていた。身の丈、五尺八寸はあろうか、見たこともないほど大きな女だった。分厚い耳をして眉の上が高く張り出した容貌は醜怪極まりない。彼女と視線を合わせたとたん、慈明は金縛りにあったように動けなくなった。女は他の村人とはどこかが違う。油を流したように光る瞳の奥に果てしない闇が見えた。闇のそこかしこに、星のような火のようなものが浮いている。無数の魂の気配が、女の体から立ち上っていた。

慈明は恐怖を感じ、一心に不動明王真言を唱えた。女の体から発せられる気は、慈明の五体をその場に縛りつけたように、指一本も動かさせなかった。法力に似たものだが、法力とは違う。恐ろしく邪なものに慈明には感じられた。

積み上げた石を前にして女は何か呪文を唱え始めた。あるいは歌かもしれない。和人の言葉ではないので、その意味はわからない。しかし、それこそが、仏の教えと彼が授けようとした様々な知恵を人々に拒否させるものであることを慈明は直観的に理解した。無知蒙昧《むちもうまい》の闇の中に人々を留めておくもの、獣と変わらぬ心と生活に満足させているもの、それは醜怪極まる大女の巫《かんなぎ》の口から語られる「教え」である。この巫の体から発する邪な気こそ、疫病のように人々の心をむしばみ何百年にもわたり、この北の部族の心を支配してきたものだ、慈明はそう信じた。

女は、取ってきた獲物の両足を縛ったまま、積み上げた石の上に転がした。村人は一斉に平伏する。女は刀を取ると、まだ息のある猪の胸を一気に裂き、心臓を取り出す。肘《ひじ》まで真っ赤に染めて、女が湯気を立てている物を取り出したとき、慈明は血のにおいに震えながら、目を背けていた。

女は平石の上に取り出した心臓を置き呪文を唱えながら、正確に六等分し、六方向に供えた。それから聞き取りにくい声で何か語り始めた。託宣《たくせん》らしい。それを聞く村人に、畏怖《いふ》の表情はない。懐かしさと安らぎが見え、涙を流しているものもいた。

このとき慈明は、彼が対決しなければならない者を村の中でみつけたのである。

祭壇から下ろされた猪は、女達の手で手際良く解体される。不思議なのは、猪の分厚い皮を剝ぎ、脂肪や筋肉層を切り裂く作業を女達が楽々とやってのけたことだ。よほど力があるのか、そうでなければいい刃物を使っているのだろう。頻発する乱に備え、蝦夷に対する鉄器や武器の交換は禁止されているが、百姓達の中には、まだまだ隠れて毛皮類と交換して刃物を手に入れる者がいる。あの刃物も、たぶんそうして手に入れたものかもしれない。

肉片は村長である老人にいったん預けられ、老人が村人に等分に分け与えていく。親子、兄弟、男女、その他の身分の違いはなく、取り合いがおこらない事に慈明は驚いていた。

昔、寺の福寿田《ふくじゅでん》の米を放出したときに、東国移民の者達が流血沙汰の奪い合いを演じたのを見ていたからだ。

肉片が、村に住みついた乞食坊主である自分にも与えられたことに、慈明は戸惑った。

今まで、仏の足元を汚したのも、こうした彼らなりの慈悲だったのだ。それは受けてはならない慈悲でもあった。肉片を受け取らぬ慈明に、村長は言った。

「獲物は、自分達の物ではない。御山に住まう神が、一時、貸し与えてくれるものだから遠慮なく取るがよい。しかし気ままに、弓矢の威力に任せて、好きな物を取ったときに必ず山の神は怒り、一匹も貸し与えてはくれなくなるのだ」

慈明は尋ねた。

「なぜ田畑を耕すのを嫌って、生き物を食う？」

「大地は必要なだけの恵みを与えてくれる。その場に生えているものをことごとく抜き取り、四角く囲って、欲しいものだけを植えたりするのは、地に住まう神を怒らせることだ」

山の民の暮らしを知らない慈明には、老人の言葉は理解できない。伝え聞いたまつろわぬ人々の本質を目のあたりにしたような気がした。

獲物の解体が終わり、肉が行きわたると村人の女に対する尊敬は消えてしまった。神がかりが解けて、その場に倒れ、しばらくして目を覚ました後も茫然としている女を村人は、倒木か何かのように跨《また》いで行く。村外れの横穴に一人で住む、もっとも醜い女、共同作業に参加することを許されず、食物を与えられ養われる乞食に、女の地位は転落した。

慈明には、女の正体が少しずつわかりかけて来た。彼の五体を縛り付けた女の力は、女自身の物ではない。僧であれば、どんな卑しい験者でも、身に帯びた法力は仏によって僧に与えられたものだ。しかしこの女は殼に過ぎない。老人の言う「御山に住まう神」の取《と》り憑《つ》くための殼だ。醜く頑丈な殼にすぎない。恐れるに足りぬ、と自分に言い聞かせた。

村長《むらおさ》が倒れたのはそれから一週間ばかりした頃だった。かさついた白い肌は黄変し、老人は絞りだすように嘔吐《おうと》し続けた。

同じような症状の者を慈明は都で見た事がある。幸い疫病の類《たぐい》ではないが、患者の回復は難しい。それでも可能性はある。様々な祈禱の方法も薬湯の作り方も慈明は心得ていた。

治療しようと村長の家に入っていくと、枕元で慈明はこの前の巫女と鉢合わせした。巫女の持って来たのは、得体の知れない動物の黒焼きと鉢に入った動物の血だった。慈明は、巫女に出ていくように言った。醜怪な顔で老人を見下ろしたまま、女は動かなかった。土間に座っている村人達は、一言も発することなくそれを見守っている。

慈明は薬湯を入れた鉢を手にしていた。比叡山の僧が、はるばる中国から教典とともに持ち帰った種を丹精こめて栽培した薬草、それを摘《つ》み取り乾燥させた後、数時間かけて煎《せん》じたものだ。

その草のいかなる成分が、病気を癒《いや》すのかということも慈明達は教えられていた。当時としては最先端の科学技術と理論を仏教教団は持っていた。そしてそれは慈明が、この地に広め根付かせようとしている仏法の正しさを証明するはずのものだった。

枕元で口論している慈明と女に向かい、老人は両方の治療を受けることを苦しげな息の下で言った。慈明は武者震いのようなものを感じた。今こそ、ここの村の人々の心に住み着く野蛮で邪な神々を追い出す機会であった。

しかし結果的に慈明は負ける。慈明の祈禱も十数種類にも及ぶ貴重な薬草で煎《せん》じた汁も、ほとんど効果がないまま二日二晩が過ぎた。そして交替した巫女が生き血やら黒焼きやら、見るもおぞましい薬を飲ませ、よもぎの葉を束ねた物で老人の体を撫でるうちに、症状は劇的に軽快していった。

決して仏法の敗北ではない、と慈明は信じていた。彼らの心が仏の教えを受け入れぬように、彼らの体の方もまた正しい治療を拒んだのだ。病が癒えればそれでいい、というものではない。

やがて完全に回復したとき、老人は慈明を呼び、この村の宝物だ、と黒色に輝く石を見せた。御山の神が与えてくれる金より大切な物だ、と言う。手にするとずしりと持ち重りがするものは磁鉄鉱だったが、もちろん砂鉄しか見たことのない慈明がそんなことを知るはずはない。老人は山のふもとに慈明を連れて行くと、奇妙なものを見せた。

土の上に石積みがなされていた。三辺が一メートル、高さ五十センチくらいのコの字型の炉だ。薪の燃えがらはきれいに掃除されていたが、あたりには牡蠣殻《かきがら》が散らばっている。老人は、かたわらのむろから、塊を取り出した。鈍く光る餅のようなものだった。鉄だ。それも驚くほど純度の高い。

ただの炉ではない。製鉄炉だったのだ。牡蠣殻は媒溶剤だ。慈明は驚きに声もでなかった。蛮族の村と思っていたところに製鉄技術があった。それだけではない。都にある鍛冶工房のものより、はるかに性能が良い。

あの猪を楽々と切り裂いた刃物はここで作られたのだ。

老人が言わんとしていた事が、慈明にはわかった。仏法とともに中国渡来の優れた文化、技術を身に携えていると信じていた慈明の誇りは、打ち砕かれた。

迷いと、無力感に苛《さいな》まれたまま、季節は冬になろうとしていた。この年の夏も山背《やませ》が吹き、東北一帯をひどい冷害が襲った。しかし慈明がそのことに気づいたのは、冬も間近になり、所用があって岬の村から下りたときだった。

平地の村では稲はほとんど実をつけず、倉に貯えた米は昨年で底をついていた。疫病がはやり始め、街道には再び死体が転がっていた。

慈明が穀物倉一つない山夷の村を見て心配した事態はとうに起きていたのだ。旅僧から秋田極楽寺界隈《かいわい》の様子を聞くと、納める米の負担は軽減されたものの、飢饉はいっこう収まらないという。どこかの定額寺の座主《ざす》が、任期中途で京に逃げ戻ったという噂さえ聞こえてきた。

しかし、岬の村だけは飢えてはいなかった。もとより穀物の栽培量は少なく、その生産に依存して暮らしているわけではないからだ。

陸稲《りくとう》どころか、粟《あわ》、ヒエも実らぬこの秋には、彼らは女も男も森に入った。皮袋一杯の木の実が集められた。堅い殻に包まれたそれは潰《つぶ》され、水を張った桶《おけ》に、三日三晩つけられた。何度か茶色の汁を捨てた後、蒸し上げる。手持ちの米が底をついた慈明は、それを振るまわれた。べたつく澱粉質《でんぷんしつ》は、これといった味もないが、多くの者が飢えているとき、まさに地の恵みであった。

山に生えた大量のきのこは、木の皮に包まれ川の水にさらされる。秋田の飢饉のおり、オレンジ色をしたそのきのこを食ってひどい下痢を起こし、死んでいった人々の事を慈明は思い出す。

慌てて止める慈明の目前で、ここの人々は、水から引き上げたきのこを煮て、平然と食べた。毒は水溶性だったのである。口に入れるどころか、触っただけでかぶれる芋は、蒸し、木の棒でつき潰した後、そのままむろに入れて放っておく。はじめ白かった芋は、十日ほどで茶色に変色し表面がどろどろになり糸を引き始める。腐臭を放つそれは、無毒の食物になっている。その他にも、驚くばかりに様々な食物の処理の仕方があった。

野生植物の多くが毒を持つのに対し、動物類はいったん捕まえれば食すのは容易だ。バッタ、芋虫の類はもとより、捕まえた小動物は、肉はもちろんのこと、皮は衣服や靴、骨は様々な道具に加工され、血の一滴まで無駄にはされない。

蛮族と思っていた者達の豊かな知恵に慈明は、何度となく驚かされ、目を見張った。そして都の文化だけが優れていると信じて疑わなかった自分の愚かさを思い知らされていく。

この冬、初めての吹雪が岬を襲った日、一つの家で、女が死んだ。死者は、女という以外、呼びようがない。だれの妻か、だれの娘かという事はわからない。親類の女たちに育てられ、村の男の幾人かと交わり、それぞれ父親の違う子供を産んだ。女の育てた子供が、はたして女の産んだ子供なのかどうかも不明だ。

とにもかくにも、この部族でのごく平凡な女の一生を彼女は最後の出産で終えてしまった。前の晩、例によって巫女が産婆として付き添った。女の陣痛が異常に弱いことに気づいた慈明は、産屋に入った。しかし巫女は苦しむ女の正面に座し、一歩も動かなかった。こんなときは、女の腹に邪気が宿っているものだ、と彼は教えられていた。そして仏の力を借りてそれを追い出さねばならないのだが、巫女がいるかぎり手は出せない。小屋の中は刺激臭のある草が燃やされ、妊婦も巫女も咳き込むような強く浅い呼吸をしていた。が、今度ばかりは、巫女の力も及ばなかった。

慈明は死んだ女を憐れと思う一方で、巫女の敗北に久しぶりに力づけられた。

この時期にしては、めずらしいくらい晴れ上がった翌朝、女の骸《むくろ》は生前関わりあった多くの男と、産むか育てるかしたそれ以上に多くの子供に付き添われ、山に担《かつ》ぎ上げられていった。彼らの神の宿る山、聖なる場所に、死体を置いてくるのである。

カラスや鳶《とび》が、頭上を飛び回っている。祈りも別れの儀式も何もなかった。

女は、山に帰って行くのだ、と長老は言う。遺体は山に置き去りにされるらしかった。もちろん都でも遺体は川原や野辺に置き去りにされている。しかし心ある人々は、魂が極楽往生できるようにねんごろに供養するものだ。寒さを避け、飢えをしのぎ、この村の人々はこの世で生きぬく手段は身につけていても、それは仏の深く広い慈悲に満ちた智恵とは比べるべくもない、と慈明は思った。

せめて経を上げ、成仏を祈願しようとして葬列の後を追った慈明は、山に入る手前で再びいつかのように、矢尻を突き付けられ、止められた。慈明に食物を与え、ここに住み着くことを許した村人は、彼が山に入ることだけは許さなかった。

いつにない体の痛みと、寒気を覚えたのは、その夜からだ。横殴りの風は、掘っ立て小屋に吹きつけ、薄い茅《かや》の隙間から雪が容赦なく入ってきた。身を横たえ、彼は乾いた唇で仏の名を唱え続けた。しかし夜明けには灼熱感に襲われ、ひどい胸苦しさとともに、いくつかの悪夢を見た。下半身を生暖かい物が濡らし、それはたちまち凍りついていった。

どれほどそうしていたのかわからないが、気がつくと彼は村長の家の中にいた。監視していた村人が、異変に気づき運びこんだものらしかった。

畜生が住むような小屋、と思っていたたて穴式住居の内部は驚くほど暖かかった。掘り下げた地べたに、乾いた草を敷きつめ、中央の炉で火が赤々と燃えている。幾重にも分厚く葺《ふ》いた茅が、外の寒気を遮《さえぎ》っている。薄暗がりに、六、七人の人々がいた。高い天井から、幾つもの肉片や魚が、吊り下げられ煙でいぶされている。それが斑《まだら》に人々の上に影を投げかけていた。

巫女の血管の浮いた両眼が、真上から覗《のぞ》き込んだ。その視線は彼自身を突き抜け、はるかな虚空で焦点を結んでいた。瞳の中にある無数の光にからめとられるような気がして、慈明は怯《おび》えた。決して狂暴な気配はない。そっと擦り寄ってくるような、近しく、優しげな感じさえするものだった。慈明は目を閉じた。あれは母のものだ、と思った。いつか見た無数の不気味な光ではない。幼くして別れたきりの母の気配がはっきりとあった。心の底が暖かくなると同時に、慈明の理性が怖気《おじけ》立った。世にも醜い異人の女に、自分の母の面影を見ることなど、あってはならなかった。

女の手にしたよもぎが、慈明の体に触れる。触れたところから、どす黒い邪気が流れ出ていくのが鮮明に見えた。痛みは遠退き、心地よい墜落感とともに慈明は気を失った。

再び意識が戻りかけたときには女は去り、少女が隣にいた。

垢のこびりついた頬や首筋は、風雪に叩かれているはずなのになめらかだ。分厚い汚れを通してさえ、色の白さは驚くほどだった。都の姫君達のかさついて黄味を帯びた白さではない。血の色を薄桃色に透けさせた、兎の子供のようなみずみずしい白さ。それこそが、異人の肌の色だった。

少女は虹彩《こうさい》のはっきり見えるほど大きな目を慈明に向けた。あけすけで邪気の無い好意が、その瞳に見えた。そしていきなりその片手を慈明の股間に当てた。晴れ晴れとした笑みが、両眼一杯に浮かんでいた。期待を込めた笑い声が、喉から漏れた。

慈明は、混乱した思いで、その手を払った。本当に払えたのかどうかはわからない。首を起こしただけで、ぐらぐらと目眩《めまい》がし、指一本動かすのも大儀な役立たずの体を呪いながら腕を動かし、好意と好奇心を隠さぬ異人の少女を遠ざけようとした。腕を動かしたはずが、単に夢である事に何度か気づき、少女の手もまた現実のものか、幻なのか定かでないまま、再び眠りに落ちた。強烈な幸福感を伴った得体の知れない夢を見た。

熱い息を吐きながら、入り口まで這っていった事も、はたして夢なのか現実なのかわからない。彼は半身を外に出した。吹きつける雪が無数の針のように頬や腕を刺した。視界はまばゆいばかりに白く閉ざされていた。

次の瞬間、白い帳《とばり》が割れた。ぶなの森が影のように現れ、見ている間にその枝々までが鮮明に見え始めた。風向きが変わったらしい。雪は止んだ。

森の切れ目から灰色の空に向かい、美しい円錐形をなしてそびえる山が見えた。頂は淡い金を帯び、裾の辺りに藤色の影を散らし、この世の物ならぬ姿ですっくと立っていた。

その瞬間、それが自分をここに導いた仏の姿のような気がした。なんとしてもあの白く輝く神々しい峰に行き着かねばならない。

命は取りとめたものの、この数ヵ月、ほとんど食物も取らずに過ごし極度の栄養不良にあった慈明の体力は極限まで落ちていた。立ち上がる事もおぼつかないまま、その冬は過ぎやがて雪解けが来た。

機会は春とともにめぐってきた。この年の最初の狩で、村長《むらおさ》が猪に襲われた。猪は矢をつがえた男達の間を擦り抜け、老齢の村長の腹にまっすぐその牙を叩き込んできた。男達に担がれて村に戻ってきたときには、虫の息になっていた。

老人はまもなく骸となり、明日にもあの山に担ぎ上げられようとしている。そしてカラスに突かれ、腐り、風化していく。

この村に住むようになって以来、慈明は村長に様々な事を教えられてきた。生きるための知恵を授けられた。しかしそれはあくまで、この世で生きていくための方便にすぎない。仏の智恵に比べれば、彼とてやはり無明の内にいるのと同じであった。

老人を極楽往生に導くのが、自分の務めではないか、と慈明は思った。

彼は顔を上げた。正面に、秀麗な仏の座姿さながらに、午後の光を浴びた雪花里山《つがりやま》の頂があった。今こそ行くべきときだった。

御山は神そのものだ。足を踏み入れるのは絶対にならない、と村長は言った。神とは、御山に戻っていった祖先の霊魂。死者の魂は時に洗われ、この世の垢がすべて落ちて、神になる……。

それが彼らの神なのだ。醜い巫女に乗り移り、ときに動物の血や心臓と引き替えに、猟の安全や収穫を約束する野蛮で低級な神。その神があの山の頂に住む。彼らは神の住まう山に、死んだ肉親の骸を捨てる。投げ捨てられ、供養もされぬままに死者は鳥や獣に食われ、その鳥や獣を捕まえ、生きている者が食う。

この者達の祖先は、神などではない。果てもなく腹を空かせ、鬼どもに苦しめられている亡者だ。山の神と彼らが考えているのは、そうした救われぬ祖霊たちだ。

あの山に満ちた霊こそ、仏の慈悲によって成仏し、十万億土の浄土に生まれ変わらなければならないものたちだ。

殺生を繰り返し、節操もなく多くの者と交わり父親のわからぬ子をもうけ、生きながら畜生道に落ち、死んだ後は山に捨てられカラスに突かれる。

しかしそんな者にでも、必ず仏性はある。それが一乗真実《いちじようしんじつ》の教えであり、真っ先に救済されなければならないのは、そうした者達だ。救われるべきは、これから死の途につく村長《むらおさ》ばかりではない。この世にいる者達すべてでだ。そして何よりも、山に住まう無数の亡者達だ、と慈明は思った。そして衆生をあまねく救うのは、阿弥陀如来の深い慈悲である。

村の者は村長の死に瀕して、だれもが右往左往している。ここに来て以来かたときも、彼の周りを離れなかった監視の目はなくなっていた。弓矢をつがえた男達も、今は老人の住居の周りで号泣するばかりだ。

慈明は決心すると、村長の住居に向かい深々と頭《こうべ》を垂れて合掌した。それから山へ向かい走り始めた。追っ手はいない。

やがて道は草に覆われ、道筋を示す赤い飛び石を辿《たど》り始めた。そのとき、傍らの藪《やぶ》から巫女がいきなり飛び出してきた。

慈明の肩を摑み、生臭い息をふきかけながら訛《なま》りの強い言葉でどなる。大きく見開いた眼が赤い斑点を浮かべぎらぎらと光っていた。

慈明は、巫女を押し退け、歩き始めた。女は、いきなり後ろから慈明の胴に両手をかけ、締め上げげた。恐ろしい力だった。肋骨がきしみ、目がくらんだ。女は何かわめき散らしていた。

行かなければならない。慈明はもがいた。力がほしい。どうあってもあの頂に辿り着き、大慈悲の実践のために、法力を身につけなければならない。

慈明は渾身《こんしん》の力を込めて、女の手を振《ふ》り解《ほど》いた。女はその場に尻餅をついたが、すぐに立ち上がり、慈明の衣を摑み引き裂いた。首にがっしりした腕がかかり、絞め上げてくる。

慈明は気を失いそうになりながらも、女の腕を摑み体をひねった。女は慈明の肩をかすめ、草の上にどうっと音を立てて背中から落ちた。

息を弾《はず》ませながら慈明は起き上がり、山に向かって歩き始める。とたんに女の手が慈明の足首を摑み、今度は慈明が勢い良くその場に倒れた。女の大きな拳が、腹や顔に雨のように注ぐ。

蝦夷はずいぶん見てきたが、これほどに力の強い女というのは初めてだった。顔を切ったらしく、血の色に霞《かす》む視野の向こうに、目を寄せよだれを垂らした女の顔が見えた。鬼女そのものだった。

殴られ、薄れていく意識の中で、慈明は女の体を引きずったまま、正面に見える山を目指し両手で這っていった。じりじりと近づいていったとき、叫び声とともに不意に女が離れた。

女はそのまま吠え続けた。重たく、絶望感に満ちた吠え声が、ようやく芽吹きに薄碧《うすあお》くけむり始めた山肌にこだました。

戸惑いながら、慈明は立ち上がる。足元の土の色が花崗岩質《かこうがん》に白く変わっていた。

振り向くと巫女は茫然と立ち尽くし、慈明を見ている。

大きく見開いた眼にあるのは、敵意ではない。畏《おそ》れだ。ぱっくり開いた空洞のような口から、低くくぐもった声と獣臭い吐息をもらした。聖域の境を越えてしまった事を彼はそのとき知った。

この冬、女の骸を村人が担いで登っていった道を、慈明は歩いていた。所々藪に阻まれた道は、狐の尿の臭いがつんと鼻をついた。

木々が芽を吹いたばかりの林の中は、今はどうにか歩けるが、もう少し季節が遅くなれば、下草が絡み虫が出て、とても通れないだろう。

笹の葉に覆われた一角に、白い物がある。片手で葉をかき分けると人骨だった。ばらばらになった肋骨が雨風に叩かれすっかり墨色も褪せた衣が絡みついていた。見上げれば木々の枝の彼方に、屏風のようにそびえる岩が見える。行人か験者か、とにかく山に入ったものの、こころざし半ばで足をすべらせて転落したのか、あるいは捨身往生《しゃしんおうじょう》を遂《と》げたものであろう。

丁寧に手を合わせ、先を急ぐ。

わずか半時ばかりで、藪は突然切れた。尾根《おね》に出たのだ。尾根を乗り越えた内側には、不思議な光景が広がっていた。ごく狭いと思っていた頂上には、黒松の森があり、そこを抜けると砂が風紋を刻む砂丘が広がっていた。砂丘は、わずかに起伏しながら、鏡のように空を映す湖に続いていた。雄大な景色に慈明は息を呑んだ。

穏やかで、美しい西方十万億土のかなたにある浄土の姿を慈明はそこに見た。

砂丘の中央に、ところどころ岩があった。奇妙なのは、それがどう見ても幾何学的《きかがくてき》な形をなしている事だ。近寄ってみると大岩は、自然にあるにしては整然と置かれている。不思議に思って、いったん尾根まで下がり、その縁に取りつき高処《たかみ》から眺めてみた。岩は細長い楕円形の輪郭に配置され、その中央に正円形にいっそう高く積み上げられていた。目の形をしている。蝦夷の人々の特徴的なアーモンド型の目が、慈明を見ていた。だれが、いつこんなものを作ったのか、想像もつかない。

黒松の森に戻ると、さきほどは気がつかなかったのだが、藪に埋もれるようにして小さな堂があった。間口二間、奥行三間ほどの簡素な堂は、屋根が破れ板壁には穴が空いていた。慈明よりも先に入った者が残していったものなのだろう。よく見れば、堂の後ろの岩肌には横穴があり、その者はおそらくそこを住居としていたらしい。崩れかけた入り口から棒切れで土をかき出すと、内部には数珠《じゅず》とともに人骨が一体転がっていた。

山の修行の厳しさは、慈明も心得ている。深山であればあるほど、栄養失調や病気、そして孤独に心を蝕《むしば》まれて命を落とす。彼は合掌し経文を唱えた後、自分もこの横穴に住まわせてもらうことをその骨に向かい告げた。

慈明は、手持ちの粗末な道具で堂の屋根を直し、破れた板壁を繕った。

しかし修繕を終え、鉈彫《なたぼ》りの菩薩像を堂の正面に据えた夜から、異様な事が起こり始めた。

ここまでが、慈明が聖なる山、雪花里に行き着くまでの粗筋《あらすじ》である。次の場面は、昼間、実藤が原稿を拾い上げ、何気なく目を通した五百二十八枚目に続いていた。

『霙《みぞれ》の季節が来ていた。山にふる霙は、無数の虫が木々の梢《こずえ》を這《は》い降りる気配に似た、かすかな騒乱を伴って堂の屋根を濡らしていた。

無数の物が、むしょうに近しく魂の深部に語りかけるものが、堂のそこここにうごめいていた。その馨《かぐわ》しさ、しどけなさ、明媚《めいび》さ、卑猥《ひわい》さ、雄渾《ゆうこん》さ……それは有り余るエネルギーを若い肉体に封じ込めた慈明自身の作り出した幻であろうかとも思われた。それほどに絢爛《けんらん》として毒々しい、季節外れの春情と見まがうばかりのものであった。

正気を奪うもの、狂気を与えるもの、そして燃えさかる火玉にその身を変えるもの、色も形も無く、そのくせ不可解な妖怪じみた瘴気《しょうき》を吐き出す何物かが、間口二間、奥行三間の小さな堂の隅々までも埋め尽くしてゆく。

なにもない、と慈明は自らの心に言い聞かせる。仏の智恵をもってすれば、すべては自らの迷妄から作り出したもの。執着し、差別《しゃべつ》する心が見せる幻。

かすかな温《ぬく》りを帯びた気配とともに、そっと指先で撫で上げられたようなひどく艶《つや》めいたものを首筋に感じたのはそのときだった。恐る恐る振り返っても、杉戸の木目《もくめ》が灯明の淡い光に照らされているきり、何もない。

合掌《がっしょう》を解いて立ち上がると、慈明は土間を踏みしめて扉を勢いよく開いた。湿り気を帯びた寒気が、吹き込んできて肌を刺す。鼻の先にあるのは、底知れぬ闇、濡れ濡れと五体にまつわりつくばかりに艶やかな闇であった。

つぎの瞬間、その闇にいくつもの微細な亀裂が生じ、慈明の五感は微風とも大気の揺らぎともつかぬ何かを捉える。底冷えのする闇の高みに、だしぬけに青白い光芒《こうぼう》が現れた。月の光とも、沖合《おきあい》の漁火《いさりび》とも違う、あえて言うならば、幼い頃に琵琶湖に注ぐ草野川で見た蛍の、静かな冷たい光に似ていた。しかし闇のうちに浮かび出《い》でた怪しげな光の外輪の巨大さは、蛍のおぼろげな光など及ぶべくもない。それは次第にはっきりした形をなしつつあった。目であった。ここに集う、何千何万もの魂が、こちらをみつめている』

このページは、ここで終わっていた。

光芒が、あの巨大な光る目であり、得体のしれない石積みに起因していることが、今、実藤にはわかった。

そして慈明は一心に不動明王真言を唱える。そうするうちに、夜が明け、魑魅魍魎《ちみもうりょう》達は静まっていく。しかし翌日の夕暮れ、さらに奇怪な事が起こる。

『陽が落ちかけた頃、慈明はその奇妙な音を聞いた。いや、音であったかどうかも定かでない。ほんの束《つか》の間《ま》、張りつめた聴覚の片隅を横切って消えた、小さな風のような物、と言ったほうがよいかもしれぬ。それがふつふつという、遠い地の底で、何かがゆっくりたぎっているような、断続的な音として捉えられるようになったのは、あたりが闇に閉ざされようとしている刻《とき》だっただろうか。

これが彼らのいう神なのであろうと慈明はその場に膝《ひざ》をつき、なすすべもなくその音に耳を傾けていた。土間《どま》の湿った冷気が上がってきて、この地に来て以来、夜となく昼となくしくしくと骨身を蝕んでくる膝の痛みが、いっそう激しくなった。

異人たちの得体《えたい》の知れぬ神が、都からやってきた者に牙を剝《む》いている。御仏をその懐《ふところ》に抱き、平和に解け合ってきた大和の神々ではない。ひどく荒々しい、邪《よこしま》な神々だった。

察するに、ここに登ってきた行者達は、この神々に負けて命を絶っていったのであろう。

見我《けんが》身者《しんしゃ》発菩《ほっぼ》提心《だいしん》、見我身者発菩提心、聞《もん》我名《がみょう》者《しゃ》断《だん》悪《なく》修善《しゅぜん》……

土間に座り直し、手に印を結び、背筋を伸ばし一心不乱に唱えるが、ふつふつ、ふつふつ、と鼓膜の奥底で響くその音は、消え果てる気配はない。いよいよもって鮮やかに心の隅に食らいついてくる。

京を出て四年、本山にいては知る由《よし》もなきもの、だれも教えてはくれなかった道理を手探りで摑《つか》みかけていた。忌《い》みをかついだり、奇異を笑ったり、不可思議を蔑《ないがし》ろにすることなく、迷妄を退け、ありのままをありのままに受けとめること、人身の得難く、移ろいやすきことを直視し、菩薩行に自らを投げ込み、未来永劫の果てまでも善業《ぜんごう》に励むこと。遥か叡山に決別し、極楽寺を後にしたときの決意を慈明は思い出した。わずか一年に満たない時が流れただけだというのに、そうした思いは、洗いざらした紅染めのように、頼りなくおぼろげなものに変わっている。目のあたりにした秋田平野の餓鬼地獄の光景も、炎上する城柵の様も、何もかもが揺らぎ立つ陽炎《かげろう》のようにどこか虚ろであった。

慈明は、萎《な》えそうになる心を励ましつつ立ち上がり、堂の板戸に手をかけた。

太刀を身に帯びることはなくとも、自分には、法華経の教えがあり、稀《まれ》に見る俊英として名を馳せた天台僧としての誇りがある。

氷面にやすりを当てるような音を立てて、板戸は開いた。

いつもの夕暮れの風景があった。不安をかきたてるほどに美しい、彼岸の風景である。

正面に白い浜が広がり、いくつかの石積みの向こうに湖が、暮れなずむ空を映して横たわっている。空は暗く、相反して湖はわずかな残照で真珠色に照り映えている。だしぬけに空は不吉な明るさを帯び、同時に湖は深い闇の色に沈んでいった。景色の明暗が、いきなり反転してしまった。生まれてこのかた目にしたこともない、異様な景色が、慈明の目前に繰り広げられた。

ふつふつふつ、と煮えたぎる湖面の音は高くなり、湖面がゆっくりと中央から弓形に盛り上がっていく。もはや水の態はなしていない、粘りつくような、なめらかな液体に湖は満たされているのだった。

しなしなとやわらかげな水面から、暖かくいくぶんか生臭い臭気が上がった。暗く沈んだ中央部から、その色がはっきり滲み、広がっていた。

赤……見たこともないほど濃く不透明で、黒を帯びていながら、驚くほど毒々しい赤。仏の御座を何度か汚し、弱り果てた慈明の体に否応《いやおう》なく注ぎ込まれた、あの獣の血の色であった。

見《けん》我《が》身《しん》者《しや》発《ほっ》菩《ぼ》提《だい》心《しん》、聞《もん》我《が》名《みよう》者《しや》断《だん》悪《なく》修《しゆ》善《ぜん》、聴《ちよう》我《が》説《せつ》者《しや》得《とく》大《だい》智《ち》恵《え》、知《ち》我《が》心《しん》者《しや》即《そく》身《しん》成《じよう》仏《ぶつ》……

一心不乱に唱えたそのとき、風のような陽のような何かの気配が脇を擦り抜け、視界のすみを横切って消えた。もやだつような緋《ひ》を帯びた陰《かげ》りであった。慈明は、息を呑んだ。悲しくも優しい思いが胸を乱した。別れて久しい母の記憶が、香とも息遣いともつかぬ、ほのかな気配に、鮮やかによみがえってきたのである。

慈明は声高に経文を唱えた。

これが御仏の加護であろう。母に姿を変え、魔物の前にくずおれそうになった慈明の傍らに立ち現れた。

しかし悲しくも甘い、やわやわと温もった母の気配は、突然大きく生々しい物に変わった。生身の中年の女の気配が間近に感じられた。思わず印を解き、大きく瞼《まぶた》を開いたが、視野は、濃密な闇に閉ざされ、物の怪《もののけ》の姿はもちろん、先程の血の池地獄も見えなかった。

ただ、あきらかにそこにいる物の燃えるような体温が、肌に感じられた。それが母に間違いないことが、不思議にも理解され、慈明の心は揺らぎ立っていた。それは幼くして別れたきり、記憶の底に美しく住まう女人のはかない姿ではなく、ありとあらゆる煩悩《ぼんのう》を身にまとい、苦海を泳ぎ渡っていく、逞《たくま》しくも愚かで、汚れに満ちた母親の姿であった。

それがどこから現れたものか、慈明は見当もつかぬまま、いっそう声高に経を唱える』

物語は、ここで中断した。

実藤は慌てて、原稿の束をひっくり返す。綴じ間違えたのだろうと思った。ぱらぱらとめくりながら、ノンブルを確認する。

間違いない。原稿は、全部読んだ。しかしここで終わっている。あとは、どこへ行ったのだろう。

昼間、何枚かの原稿をくず籠につっこんだ。中身を確かめてから捨てたはずだ。そのつもりだったが……。

もしや続きを間違えて捨てたのではないだろうか。

自分の机のある最上階に行き、くず籠を見る。どれも空だ。すでにアルバイトの女性がリサイクル容器に放りこんで、一階の裏庭に運んでしまった後だ。しかしまだ回収業者は来ていない。

実藤は暗い廊下をエレベーターホールまで走った。

いったい、あの話の先はどうなるのだろう、とエレベーターを待つのももどかしく、足踏みをする。普段なら気にもとめないケージの昇ってくる音を耳にしたとき、不意に背筋が冷たくなった。得体の知れない、いやな予感がかけ抜けていった。

ホールに非常灯しかついていないのに気づいて慌てて明かりを点ける。蛍光灯が瞬いたのと、エレベーターのドアが開いたのは、同時だった。

思わず呻き声を発した。ドアの向こうは、薄闇だった。透明な濃紺の大気の向こうに雪を被った峨々《がが》たる山並みが、四角の箱をはるかにつきぬけ広がっている。

実藤は後退《あとずさ》った。またたきする間に、奇妙な幻は消えていた。エレベーターホールの明かりがついて、ベージュのクロスの張られた殺風景な箱は、いつもと変わらずそこにある。おかしな物を読んだせいだ、と首を振りながら時計を見る。まもなく三時だ。

ふと思い出した。あの風景はチベットだ。この日の午前中、ふらりと立ち寄った前の職場で、ちょうど現地から届いたばかりだ、と見せられた写真にあった景色だ。

なぜ、あんな物が見えたのかと、いぶかった後、もしや豊田千鶴に何かあったのではないか、と不安になった。思い過ごしだ、と苦笑して打ち消す。

一階に下り、ダストボックスに取りついた。幸い、フロアごとに色分けしてあるので、全部探す手間は省けたが、大きな風呂桶ほどの箱をひっかき回すのは骨が折れる。コピーのし損《そこ》ないや、用済みのゲラなどの下から、ようやく篠原の段ボールの中身が見つかったときは、躍り上がりそうになった。

鉛筆の削りかすや得体の知れない黒い汚れのついた紙をどかし、彼は両手を肩までつっこんでひっかき回す。しかし水名川泉の原稿はない。三十分近く探していたが、どうしてもあの流れるような筆跡の原稿は見当たらない。

困惑しながら、彼は手のひらについた埃をこすり合わせて取った。やはりあれはあそこで中断しているのだろうか。

彼はずるずるとその場に腰を下ろした。膝を広げてダストボックスの縁に体をもたせかけ、頭を抱えた。

原稿は、六百枚にわずかに足りないくらいまでは、ちゃんとあった。そしてそれは期待した通り、すこぶる重層的で複雑な要素が絡み合いながらも、明確なテーマを持っていた。まさに彼が求めていた作品だった。

しかし、自分が執着する理由がそれだけではないことに、実藤は気づいていた。「聖域」は優れた「作品」として彼の外にあると同時に、実藤は無意識のうちに主人公の慈明に自分を重ね合わせている。

大学を卒業したらマスコミ関係に就職し、できれば文芸の仕事をてがけ、二十七までに家を建て、二十八で家庭的な女をみつけ結婚する。三十までに現場で実績を上げ……すこぶる小市民的で現実的な人生設計の奥には、伸び縮みを繰り返しながら消費される時間への不安がつきまとっている。いつか時間は緩《ゆる》やかに伸びきり、その先は緩慢なカーブを描いて、闇に向かって落ちていく。数十年にわたる自分の足取りには、果たして何か意味があるのだろうか。そんな事を思った後、いい歳をして何を観念的な事を考えているのか、と自嘲気味に笑うのが常だった。

しかし、今、彼の心のうちに慈明の信念と迷いが、食い込んできていた。虚構ゆえに普遍性を持ち、より純粋に痛切に精神の世界に近づいていく。実藤は物語の先に自分の人生が見えるような気がした。

途中で切られたことは、作品が未完成であったことを惜しむ職業的な気持ちももちろんあるが、より個人的に彼自身が中途半端なところで放り出された戸惑いの方が大きかった。

疲れを感じ時計を見る。三時半だ。

チベットは北京時間だから、四時半、いや、サマータイムだから、同じ三時半か……何の脈絡もなく、そう思ったのは、先程見た幻視のせいだろう。

体を引きずるようにして仮眠室に戻ると、汗とゴミの臭いをまとわりつけたまま、ベッドにもぐり込んで、翌朝守衛に起こされるまで眠った。

2

午前中の会議が始まる直前に、実藤は守衛に叩き起こされた。

慌てて皺《しわ》くちゃのズボンに足をつっこみ部屋を出て、頰《ほお》に電気カミソリを当てながら、エレベーターに乗る。途中階から同じ編集部の花房孝子が乗ってきて、ちょっと顔をしかめた。

「実藤君、独身なんでしょ。いい男が台無しよ」と言いながら、肩を突いて下りて行った。

大きなお世話だ、とつぶやきながら洗面所に入ると、腫《は》れぼったい目がますます細くなり、乾いた唇はいかにも不機嫌そうに引き結ばれていた。

寝不足の跡は歴然としているが、毛細血管の赤く浮いた目は、神経の昂《たか》ぶりを示すように光っている。何かが始まる、という予感があった。

米山編集長に、水名川泉の原稿を見せたのは、会議が終わった後だった。

ぱらぱらとめくると、米山は首を傾げた。水名川泉などという名前は、聞いた事もない、と言いながら、導入の数ページに目を通している。

「どうですか」と食らいつくように尋ねると、ちょっとうなずいてから「娯楽物だな」

と素っ気なく言って、実藤の方に戻してよこした。

「娯楽ね」

唇を尖《とが》らせて、実藤はすごすごと自席に戻った。

午後三時過ぎに、外回りと称して、篠原の自宅のある国立に向かった。あの原稿のことを米山が知らないとなれば、持っていた篠原に尋ねるしかないと判断したからだ。

篠原の家は、駅から二十分ほど歩いた閑静な住宅地にあった。陽当たりの悪い庭に、椿やにしき木などが手入れも行き届かぬまま雑然と植えられ、それらの木々に埋もれるように古びた木造家屋が建っている。

呼び鈴を押すと、しばらくして戸が開かれ、篠原の少し驚いたような顔が覗《のぞ》いた。居留守を使われることを予想して、実藤は連絡もなくいきなり来たのだった。

「おたくは……」

いぶかしげな顔で、篠原は尋ねる。

「実藤です、『山稜』編集部に異動してきた」

異動の内示のあった日に挨拶《あいさつ》を交わした程度なので、相手は実藤を覚えていなかったらしい。

玄関先で、「確認してほしい原稿があるんですが」と訪問の意図を告げると、篠原はぴくりと眉間《みけん》に皺を寄せて、灰色の髪をかきあげた。

「上がってください」

くるりと背を向けると、篠原は薄暗い廊下をきしませて奥に入っていく。

古びたトレーニングウェアの白線が、肘《ひじ》の部分だけ汚れている。何か書き物をしていたらしい。

奥の部屋は、作家の書斎と変わらなかった。天井まである書架には、背表紙の茶色になった文芸書籍が縦積みにぎっしり詰まっている。

「女房がパートに出てるんで、お茶も出せなくてすまん。何せ僕が失業中で」

詫びるという口調でもなく、篠原は言った。

「三木清敦《みきせいとん》先生の、これは初版ですか」

実藤は、話のきっかけを探し、書架にある本の一冊を指差した。篠原は一目で肝臓障害とわかるどす黒い顔に、いびつな笑みを浮かべた。

「セイトン先生ね。僕の所に来たときは、キヨアツって言ったもんだ。僕より十も年上だったが、やけに深刻な顔をしてて、青臭いところのある男だった。しかし才能はあった。それを一発で見抜いたのは、僕だけだ。上京しても旅館に泊まる金がないんで、僕の安アパートに泊めてやった事もあった。それがいつのまにか、電話で『シノさん、ちょっと資料を頼みたいんだが』と言われて、『はいはい、先生なんなりと』ってな具合になってたね。しょせん、そんなものさ。それでいいんだ。それでいいと思ってるよ。

そうだよな……君」

篠原の息が酒臭いのに、実藤は気づいた。

「文芸っていうのはさ、君……、君は文芸は初めてだったな」

「はあ」

さっさと肝心な話に入りたくて、実藤は生返事をしながらカバンから、水名川泉の原稿の束を出す。

気のせいではなかった。確かに気のせいではなく、その瞬間、篠原の頰が強ばった。

「篠原さんの残されていった物を整理していてみつけたのです」

篠原はしばらく沈黙していた。それから黒ずんだ唇をちろちろと舌でなめまわすと、擦《かす》れた声で言った。

「それはいらん」

「いらない、という事は、すでに活字になった、という意味ですか？」

「いや、その見込みがない、という事だ」

「こんな面白い話がですか？」

篠原は、無表情に水名川泉の流れるような筆跡を眺めている。

「途中で切れてるんですよね。篠原さん、この後の原稿がどうなってるか、ご存じないですか」

篠原はちょっと眉《まゆ》を上げた。

「僕が持ってるよ」

「本当ですか」

実藤は腰を浮かせた。

「ああ、で、それをどうするつもりだ」

「『山稜』で掲載するのは、無理ですね。編集長は気にいらなかったようだから」

「ああ、あの男は、何もわかってないからな。文学文学、言ってるわりには、上から言われるまま、『山稜』の季刊化の話を呑んだ」

「僕は、『山稜』に掲載できなくとも、単行本にして出したいんですよ。売れるかどうかは、わかりません。しかし確実な評価を得るでしょう。中央集権国家の蝦夷《えみし》征討にともなって送りこまれる僧の、波乱に満ちた半生、稲作文化と狩猟文化、聖と俗、民俗宗教と組織化された宗教、いくつもの対立を内包しながら、物語が進んでいってます。完成すれば、東北を舞台にした壮大な叙事詩ができるんじゃないでしょうか」

我知らず熱っぽい口調になっていた。

篠原は、片方の唇の端を引き上げて薄笑いを浮かべている。

「そう思うかね？」

「ええ。それでこれの続きをぜひ、見せて下さい」

篠原は、にやにやしたまま人差し指を曲げ、ゆっくりと自分のこめかみに持っていった。

「ここ」

「えっ」

「続きはここにある」

「まさか」

実藤は原稿と篠原を交互に見た。それから部屋を取り巻いた本の壁に視線をめぐらせる。

「あの……もしかして、水名川《みながわ》泉《いずみ》って、篠原さんのペンネーム……」

とたんに弾《はじ》けたように篠原は笑いだした。げらげらと、どこか陰鬱《いんうつ》でわざとらしい声を響かせていつまでも笑っている。

「僕が、水名川泉《みながわせん》だと……水名川のバアさんだと」

「バアさん？　女ですか」

意外な思いに、実藤は篠原の顔をじっとみつめる。

「ババアっていうか、これ持ってきた十年前は、四十八だったたから、まもなく六十だ」

あれが女か、と冒頭の戦闘場面を思い浮かべる。女は生理的に出血に鈍感な所がある、というが、その気になれば修羅場《しゅらば》の迫力は男に勝るのだろうか。

「それがなんで、篠原さんの頭の中に……あ、そうか」

尋ねてから、納得した。

「つまり水名川泉《みながわせん》と打ち合わせをして、詳細なプロットを口頭で聞いているんですね。ところが何か事情があって、水名川泉はこの作品を完成しなかった、というわけですか」

「書きかけた原稿は、どうあっても最後まで、書かせるよ。それが編集者の仕事だからね」

「それじゃ水名川泉は、失踪でもしたんですか」

篠原はかぶりを振った。

「完成したんだ。ただし僕の中で」

「どういう意味ですか？」

篠原の黄色に濁った眼が、濡れ濡れと光っている。

「最低限、普遍性を持たないものは、作品とは認めがたい、君もそう思うかね。一方で、読者のその後の人生を変えてしまうような作品を生み出したい、というのは文士達の傲《ごう》慢《まん》な夢だが、めったにある事ではない。明らかに僕の人生を変えてしまったという点では、水名川泉は大した作家だ。ただし文章としては完成してないから、これが普遍的に文芸作品として成立する事はない、そうだろう」

「意味がわかりません」

いらつきながら、実藤は尋ねた。篠原は、ゆっくりと実藤を見上げた。

「君はいくつだ」

「二十九になるところです」

「夢はあるか？　三十五で編集長、四十で副部長、五十で局長、末は取締役まで昇りたいと思ってるだろう。そんな世俗的なつまらん野心などない、とは言わせないぞ。口ではそう言うがな、だれしも。しかし実際昇格した時の顔といったら……そりゃみんなとろけそうな目をするものだ。現に、俺にもそういうときがあった。それで、どうだ、俺のようになりたいか」

篠原は、顔を伏せたまま髪をかき上げた。黄色い指先と毛細血管の浮きだした手のひらが、汚れた髪の間から見えた。肝臓障害がかなり進んでいる事が、その手のひらの状態からわかった。

「焼き捨てろ」

ぼそり、と言って篠原は顔を上げた。

「俺のようになりたくなかったら」

実藤は身じろぎした。それからきっぱり言った。

「この続きの原稿がないのは、わかりました。なければ完成させるつもりです。この水名川泉の住所は知ってますよね」

「わからんね。隠してるわけではなく、本当に知らん。十年も前の事だからな。たぶん社内のだれも知らんだろう。社員は異動するし、付き合いのなくなった無名作家の住所録など、だれも保存していない」

「どうも、ご親切に」

遮るように言うと、実藤は原稿用紙を再びカバンに戻しかけた。

「ちょっと待て」

篠原は、引き止めた。

「焼き捨てろ、それができなきゃ、忘れろ。そんなにこの話の先が気になるなら、自分で作れ。だれも咎《とが》めやしない。どうだ？　君ならこの話の先をどうする」

実藤は少し考え込んだ後、妥当と思われる答えを述べた。

「つまり、さまざまな魑魅魍魎《ちみもうりよう》が襲いかかってくるんですが、これの正体は蝦夷の狩猟神です。荒々しい神々に僧は仏法をもって対決し、最後は祈り鎮める」

篠原は嘔吐するように笑い出した。

「道成寺《どうじようじ》か？　安達《あだち》ケ原《はら》か？　けっこうだな。ま、せいぜいやってくれ。悪霊と対決して、最後に全部吹っ飛ぶなどと、できそこないの翻訳ホラーにでもするか、と思ったから、まだましだ」

実藤は憮然《ぶぜん》として立ち上がった。篠原は玄関までついて来た。型通りの挨拶をして実藤が出ていこうとしたとき、篠原は小声で再び言った。

「忘れろ。若くて才能のある作家はいくらでもいる」

そのまま会社に戻り、まず行ったのは人事部だった。担当の女子社員の所で、十年前の社員リストを見せてもらう。

篠原の名前は、文芸部という中間小説の単行本を作る部署にあった。そこまでは実藤の予想通りだ。しかしその肩書きは、文芸部副部長になっている。副部長と言えば、編集長より上だ。が、篠原は『山稜』編集部では、主幹、となっていた。編集長の下で、なおかつ権限は何もない。副部長から主幹へ……降格などというのは、懲罰的処置以外では普通は行われない。いったい何があったのだろう。

ちょうど向かいの席に、就職のときに世話になった大学の先輩がいる。実藤は彼の隣に行った。

「なんだよ。おまえ、風呂入ってるのか？」

相手は、顔をしかめた。

「今日で何日仮眠室に泊まってるんだ。せめて頭洗って、靴下くらい替えろよ。女ができないのも、わかるような気がするぜ」

頭をかきながら、実藤は篠原の事を尋ねた。彼はちょっとうなずいてから、囁《ささや》いた。

「依願降格だよ、依願降格。ちょっとめずらしいだろう。普通は認められないんだが、このときは通った」

「なぜ？」

「さあ」

個人的付き合いはあっても、相手は筋金《すじがね》入りの人事マンだ。勤務評定や個人のプライバシーに関する事は、決して教えてくれない。つまり彼が口を閉ざしたという事は、それだけ重要だ、という事でもある。

それ以上きき出すのは無理だと判断し、壁際のキャビネットに近づき、素早く人事ファイルを引き抜いた。

篠原の名は、すぐに見つかった。十年前の日付を見ると、彼は半年間病気で休職している。そして職場復帰の一ヵ月後に再び、一ヵ月の欠勤、それから降格した。

数枚の診断書の写しが添付されている。一番古いものは、「自律神経失調症」つぎは「心臓神経症」となっていて、最後は「慢性アルコール中毒」で、いずれも都内の神経内科病院のものだ。

つまり篠原は、神経を病んだのだ。そして職場復帰した後、自ら降格を願い出た。それが水名川泉に関係している事は、さきほどの話からして間違いない。

そのとき横合いから、いきなりファイルをむしり取られた。

「閲覧禁止って事は、知ってるだろう」

給与係長が立っていた。

「すいません。今度のボーナスが、どのくらいになるかと思って」

「働かないやつに限ってそういう心配ばかりする」

係長は舌打ちをして、追い払うように片手を振った。

実藤は早々に引き上げた。篠原に関する情報はこれで十分だ。

続きはここにある、と篠原は自分のこめかみに人差し指を当てて言った。つまりあの話の先の何かが、彼の頭を直撃し、その後の人生を狂わせたのだ。自律神経失調症、心臓神経症、そして慢性アルコール中毒……すこぶる控えめで聞こえのいい病名をつけているが、そこから透けて見えるのは、篠原の病《や》み疲れた精神であり、懊悩《おうのう》であり混乱だ。

が、もう一つの結論を導き出すこともできる。こちらの方がはるかに常識的な線だが、篠原が、もともとおかしかったのだ。酒飲みで屈折した文学青年崩れ、そして次第に精神の平衡を崩してきた篠原が、水名川泉を担当した。作家と編集者との関係は一対一だ。相手がおかしいとなれば、少し強気の作家なら出版社にやってきて、担当を代えろ、と要求する。しかし新人や気の弱い女性作家だと、黙って縁を切ってしまう。縁を切るというのは、作品を書かないという事だ。他の出版社との付き合いがなければ、そのまま創作から離れてしまう。

いずれにしても、次に洗うのは水名川泉の素性だ。

文芸局長で金沢《かなざわ》という男がいる。なかなかのやり手で、十年前は文芸部の編集長だった。彼なら水名川泉の事も、篠原と泉との経緯も知っているかも知れない。

文芸部のフロアの奥まったところにある自席に金沢はいた。

「お、元気かね」

金沢は実藤の姿を認めると、さっと片手を上げた。切れ者で通っていて、すべてによく気がつく。フロアにだれがいて、何が行われているか、彼以上に把握している男はいない。

恐縮しながら近づき、水名川泉の名前を尋ねる。金沢は首を傾げた。篠原の担当していた作家だ、と説明したが、「人の担当作家とは、交流がないからな」と腕組みをする。金沢が担当する作家は必ず売れた、と言われる。売るという事においては、金沢の右に出る者はいないが、逆に売れなかった作家の名前など、覚えていないのである。

他の編集者は比較的新しく来た者ばかりで、泉の名前を知るものはいなかった。

諦めて『山稜』編集部に戻る途中に、喫煙室に寄って自動販売機からコーヒーを出した。紙コップを抱えて、タバコの焼けこげだらけのソファに腰を下ろそうとしたとき、だれかに肩を叩かれた。『ウィークリージャパン』にいたときの同僚だ。

「おっ」と立ち上がりかけた実藤に、彼は早口で言った。

「豊田千鶴が、行方不明だ」

「なんだ?」

「現地から、今、連絡が入ってね」

一瞬、心臓が摑まれるような気がした。昨夜の幻を思い出した。不安を払うように、実藤は快活に言った。

「一人でふらふら歩き回って迷ったんだろう。元気が良すぎるんだ、彼女」

相手は首を振る。

「高山病だよ。トンドル祭のためにラサから高地の村に向かったんだが、途中の尾根で具合が悪くなった。しばらく頑張ったがだめで、ポーターを付けて彼女だけ帰した。しかし二日経っても、麓《ふもと》の村に戻っていない」

「彼女だけ下ろしたと?」

実藤は弾かれたように立ち上がった。

「仕方ないだろ、金かけて行ってるんだ。残りのメンバーで写真だけでも撮ってこないと」

「仕方ないって、現地の男をつけて、一人だけ帰したってのか?」

「千鶴ならその辺りは心配ないだろう」

「なぜヘリを飛ばさなかった」

噛みつくように言って、実藤は手の中のカップを握り潰した。辺りにコーヒーが飛び散った。飛沫《しぶき》がかかって、同僚は飛び退く。

「なに、興奮してるんだ」

「天候は？」

「聞いてない」

「一緒に下りたヤツは？」

「知らない。事故なのか、途中で悪化して動けなくなったのかわからないが、何かやばい事が起きたら現地の人間なら、トラブルを嫌って逃げるよ」

「何が起きたんだ」

実藤はいきなり同僚の襟首《えりくび》を摑んだ。

「たとえばの話だよ。興奮するな、と言っただろ。それともまさか、気でもあるの？」

「あって悪いか」と答えると、男は一瞬笑いそうになり、不謹慎だと気づいたのか、すぐに真顔に戻った。

実藤の脳裏にくっきりと、菫色《すみれいろ》の山並みが浮かんだ。天に向かって切り立った稜線、暮れ行く空。深夜のエレベーターホールで見たものだ。あれはやはり千鶴が見せたのか。

「今、現地大使館に問い合わせしている。捜索隊も出ている。季節がそう悪くはないし、いずれ見つかるだろう。あの千鶴嬢の事だから、サバイバルは得意だろう」
同僚は、励ますともなく言うと、戻っていった。

その夜、実藤は四日ぶりにニュータウンにある自宅に戻った。水名川泉の失われた話の先への興味は豊田千鶴という現実の女を探したいという切実な思いの前には、希薄なものになっていた。

できる事なら、これからチベットに飛びたかった。『山稜』の仕事などどうでもいい。友達から金を借り集めてでも、行きたかった。

しかし自分がそんな立場でないのはわかっている。それほどの関係ではない。千鶴は彼のフィアンセでもなければ、恋人でもない。

冷静に考えてみれば彼女との間には、ライターと編集者という、仕事上のつながり以外何もない。

仕事以外の話をしたのは、一度きり、それもあくまで、話をしただけだ……。

彼はうっすら埃《ほこり》の被った自分の部屋を見回す。本とビデオとコンピューターソフトの空き箱が散乱し、襟垢《えりあか》のついた上着の投げ出された床を見下ろす。

一ヵ月半ばかり前、千鶴は、ここに来たのだ。たった一回だけだが、彼女はここに来てくれた唯一の女だった。

あれは実藤が『山稜』に異動する前の夏のことだ。猛暑の続いたある日、千鶴が会社に原稿を届けにきた。

「うちのアパート、冷房が入ってないんですよ。もう、夜だって三十八度とかですもの、原稿用紙なんか、汗でギタギタになっちゃって」

自分のたくましさを半ば自慢するような口調と裏腹に、千鶴は少し痩《や》せて、青い顔をしていた。その姿が妙に健気《けなげ》で、実藤は胸をつかれる思いがした。

「うち、冷房あるから、来ない？」

いくぶんどもりがちに言うと、周りで聞いていた者は一斉に吹き出した。すぐに後悔した。これが実藤の唯一の口説《くど》き文句だった。以前、思いを寄せていたアルバイトの女性に同じ事を言い、当然の事ながら断られ、笑い物になった。

ところが、千鶴は、拒否しなかった。「本当」と、まんまるい目をいっぱいに見開き、うれしそうに笑った。実藤は救われたような気がした。

そしてその週の日曜日に、半信半疑で待っていた実藤の家に、千鶴は約束通り現れた。四〇〇ccのバイクから降りてきた千鶴は、ヘルメットを抱えて、ためらう様子もなく部屋に上がった。クーラーの前に両手をかざして「涼しい涼しい」とはしゃいだ後、実藤と並んでビデオを見た。

押井《おしい》守《まもる》監督の「天使のたまご」という、アニメ作品だった。押井の作品は、ある出版社で何点か出しており、実藤は仕事上のつながりから、それらのものを揃えていた。しかし持っているというだけで、実藤自身はほとんど興味はない。とくに「天使のたまご」のような前衛作品は、彼にとってはおよそ意味不明で、見ていても混乱するばかりだった。

千鶴は実藤のビデオラックにそれをみつけたとたん、歓声を上げた。劇場で封切と同時に見た、と言いながらうれしそうに自分でセットした。

ときおり画面を止めて魅入《みい》られたように隅々まで眺め、何か説明した。それが、どんな内容だったのかよく覚えていないが、いくらかかすれぎみの生き生きとした声の調子だけは、耳の奥に残っている。

千鶴はビデオを見おわると、彼の作ったラーメンを食べ、挙げ句にソファにもたれて堂々と昼寝して帰っていった。

その無防備さと、あまりにあっけらかんとした様子に、実藤は半ば落胆し半ば呆れた。玄関先で見送った後、遠ざかっていくバイクの重たい排気音を聞きながら、だれにむかうともなく「しょうもないなあ」とつぶやいたものだ。

行方不明になったりさえしなければ、取材を終え戻って来た千鶴に「実は異動してしまって」と挨拶して、それきりになっていたかもしれない。あるいは、気のおけない友達として、電話で長話の相手になったり、一緒にラーメンをすすったりしていたかもしれない。少なくとも、こんなひりつくような思いは抱かなかっただろう。

あの夏の数時間が、痛切な思いを伴ってよみがえってくる。

「こんなに楽しかったのって久しぶり。チベットから戻ったら、また来るね」

傷だらけのカワサキにまたがった千鶴は、媚《こび》を含まぬ調子でそう言い残して帰っていった。

チベットから戻ったら、また来る。確かにそう言った。

今、実藤はその言葉に一縷《いちる》の望みを託していた。ぎらつく蛍光灯の下で、床に両膝《りょうひざ》をついたまま、どうか無事に戻ってもう一度ここに現れてくれ、と祈っていた。


豊田千鶴は、結局、戻って来なかった。

大量の校正と、作家の取材旅行の同行、そして文学賞の選考会とそれに続く授賞式の準備、目が回るばかりに忙しい一ヵ月が過ぎた後、実藤は千鶴が二度と彼の部屋に来る事はないと知らされた。

遺体は発見され、葬式は一週間も前に済んでいた。他のセクションに異動した社員にまで、一ライターの葬式を報せる必要があるとはだれも考えなかったらしく、弔報《ちょうほう》は実藤の元には届かなかった。

『ウィークリージャパン』のスタッフと喫煙所で言葉を交わしたとき、骨が和歌山の故郷に戻った、という話を初めて聞いたが、線香を上げに行くにしても、墓がその和歌山のどこにあるのか、知る者はいない。具体的な死の状況も、どうやって発見されたのかも、だれも知らない。遺体が出たのは、スタッフが帰国した後の事だったからだ。途中で豹変《ひょうへん》したポーターに襲われ、身ぐるみ剝《は》がれて谷に落とされたらしいとか、遺体は発見されたが、谷深くにあって回収できず棺は空だった、とかそんな噂《うわさ》も聞いた。

それでも実藤には千鶴の死の実感はない。「また来る」と言って、帰っていった以上、あるときひょっこり現れるような気がしてならなかった。

ポストに一通の手紙が投げ込まれていたのは、それから一週間後、地方出張から戻った日のことだ。差出人は豊田千鶴だった。

震える手で封を切り、「先日はどうも。とても楽しかったです。今、ラサのホテルにいます」という一文を目にしたとき、彼は何もかも間違いだったのだ、とうれしさに茫《ぼう》然《ぜん》となった。が、それが全身鳥肌立つほどの絶望感に変わるまで、時間はかからなかった。その封筒は、いかにも長旅をしてきたらしく四隅が薄黒く丸まっている。しかも検閲されたらしく、開封の跡まである。消印を見るまでもなく、チベットからの便りがどれほど時間がかかるのかは、わかっていた。それでも、その見覚えのある丸味を帯びた文字はあまりにも生々しく、実藤に一瞬千鶴が生きているかのような錯覚を与えたのである。

「ホテルと言えば、聞こえはいいんですが、なんというかベッドハウス。でも窓から見える星の美しさは、ばつぐんです。ほんとにベッドにひっくり返って見えるんですよ。でも、ここのところ、変な夢ばっかり見ます。夢うつつに、すごくカラフルでグロテスクなイメージばっかり出てくるんです。ドラッグやったのかって言いたいでしょ。残念でした。これってチベット仏教の影響ですよ。このことは、原稿にも書きますけど、きょうラサからジープで半日もかけて、ガンデン寺っていう修道院に行ってきました。文革でメチャクチャにされて、まだ修復されてなかったんですが、廊下の壁画だけは残ってました。動物とセックスしてる女神像なんですよ。それから僧院長の部屋には、ヤブユム像っていう、男神女神の合歓像があるんです。頭ではわかってましたけど、実際に見るとやっぱりショックです。抵抗あります。でも、考えてみればこういうのを肯定して、取り込んでしまうのって、すごい文化です。だから文革であんなにメチャクチャにされてしまったのかもしれませんが、マンダラも含めて、東洋の叡知を結集したようなもんですよね。そう思いません？」

文面から、千鶴のチベットでの驚きやら感激やらが、伝わってきた。いくらか高い声の調子が、大きく見開かれた目が、力を込めて話したとき、かすかに動く小鼻が、脳裏に鮮やかに甦ってきた。

手紙は続き、「帰ったら真っ先に電話します。また行っていいですか。あの部屋、気に入りました。たぶん実藤さんがいるからだと思うけど。今度は『迷宮物件』見せて下さい」と結ばれていた。

実藤は無意識に、ビデオラックに目をやり、それを取り出した。夏に見た「天使のたまご」と同じ監督による作品だった。ケースは埃をかぶりタイトルの文字も不鮮明だ。

実藤はそれを手のひらで払いながら「あるよ……。好きなだけ見ていいよ。何回でも」と、つぶやいた。涙が、あふれてきた。

3

ライターの死や一社員の悲嘆や感傷とは無関係に、社内の暦は回っていく。

十月から十一月にかけての編集部の繁忙ぶりは尋常ではなかった。編集長の米山は『山稜』が季刊化された分、清新なものを盛り込むために、いくつもの企画を打ち出した。若手哲学者と作家達によるシンポジウム、フランスから招いた芸術家と日本人評論家との対談。

裏方《うらかた》である実藤達は神経をすりへらし、スケジュール調整や資料整理、接待、と深夜までかけ回った。ばかばかしいほどの忙しさに我を忘れた。感傷に浸っている暇はなかった。千鶴の記憶は少しずつ薄れ、煩雑極まる日常に埋まっていった。

「日本幻想文学賞」などというものが、社長命令でいきなり創設されたのは、様々な企画にも拘わらず、『山稜』の実販売部数があわや三桁まで落ちようかとしていた十月も終わりのことだった。

二千万円という空前の賞金額に中間小説部門はわいていたが、『山稜』の編集長は苦々《にがにが》しい表情を隠さなかった。

『山稜』に寄稿している作家に依頼して書かせよう、という花房孝子に米山は憮然《ぶぜん》とした表情で言った。金目当てで書かせるというやり方からして、すでに文学的価値観を逸脱している、流行に乗って幻想文学などというものを設定しているが、幻想文学本来の意味はそれほど浅薄なものではない、云云《うんぬん》。

やりとりを聞いていた実藤の頭に、とっさに引き出しの奥深くにつっこんであった「聖域」の事が浮かんだ。「聖域」が幻想文学といえるのかどうか疑問だが、二千万という高額の賞金に見合う作品、として考えつくのは、これだけだった。

それ以上に彼自身が、その先の物語を読みたかった。慈明があの後どうなるのかを知りたかった。あれを読んだ者なら、だれでもそう感じるだろうと思えた。人身の得難く、移ろいやすきを直視し、菩薩行に自らを投げ込み、未来永劫の果てまでも善業に励むこと……。

実藤には、決して持つことのできない根源的な生に関わる高い理想がそこにはある。

それは原稿の進行具合に神経をすり減らし、せっついてくる印刷部からの電話をかわし、堆積していく赤字額を片目で睨《にら》みながら仕事をしている実藤には、無縁のものである。結婚やら昇格やら、いくつかの節目はあろうが、過ぎていく日々は基本的には変わらないだろう。いや、結婚や昇格などという些細《ささい》で喜ばしい節目すら自分には来ないような気がする。そしてこの先数十年は続いていくかと思われた人生の時間も、あっけない千鶴の死に出会ってみたりすると、案外、不確実なものかもしれないなどと思うのだ。

だからこそ実藤は、あの作品と自分自身を結びつける極めて現実的な方法を無意識に選択していた。

残る部分を探し出し、あるいは完成させ、世に送り出すこと。それが密度を変え伸び縮みしながらも、死という確実な無に向かって自分自身を運んでいく人生の時間に、くさびを打ち込むように思えた。少なくとも家を建てるという即物的方法より、一般的に業績と呼ばれるものに付随する漠然とした満足感より、自分自身の時間を生きたという確信を抱かせてくれるような気がしていた。

「日本幻想文学賞」への応募は、現実的には、「聖域」を完成させ他の編集部員の目に触れさせ、たとえ入賞はしなくても、『山稜』という雑誌の枠を超えて、この作品を世に送り出す絶好の機会になることは間違いない。

締切は来年の八月末だ。あと十ヵ月ある。作者、水名川泉さえ見つけだせたら、残りを書かせる余裕はある。

しかしかんじんの水名川泉の所在がわからない。そして山稜出版の社員である実藤には、行方不明の作家を探して歩く暇などない。

諦めかけた頃、実藤は偶然、その名前に行き当たった。

あるパーティーの前日、招待客である文壇の大御所、三木《みき》清敦《きよあつ》のプロフィールを確認しているときだった。

「昭和四十九年、『死の行進』にて『北斗《ほくと》文学賞』を受賞」というのが、三木清敦のプロフィールだったが、小さな文字で、次のようにつけ加えられていたのだ。

「水名川泉《みながわせん》の『あずさ弓』と同時受賞」

北斗文学賞、と言えば、新人賞としての権威は高い。まるで無名だと思っていた水名川泉が、実はこんな華やかなデビューをしていたことに実藤は驚くと同時に、水名川という作家に着目した自分の目の確かさに誇りを感じた。

それにしても受賞後、着々と文壇の地位を築いてきた三木に対し、水名川泉の方は今ではその名を知るものは、ほとんどいない。もちろん新人賞を取っただけで消えていく作家は山ほどいて、残っている者の方が少ないが、水名川泉の場合はその八年後に「聖域」のような異様な力のこもった作品を書いている。いずれにせよ、北斗文学賞と「聖域」をつなぐ八年間に書かれた作品があるはずだ。実藤は手元にある分厚い出版年鑑をめくった。著者名のミ行を見ても、水名川泉の名前はない。

次に雑誌『北斗』を発行している新文学社に電話をかける。

二十年近く前の『北斗』に掲載された水名川泉の作品を見たいと申し出たが、あいにく社内に在庫はない、という返事だ。保存原本は、と尋ねると、あるかもしれないが探すのに時間がかかると言う。それでは水名川泉、その人の経歴を知りたいと言うと、しばらくしてファックスが送られてきた。

「水名川泉《みながわせん》、本名、水無川扇子《みながわせんこ》。１９３４年、東京世田谷区に生まれる。Ｏ女子大文学部出身。専攻は国語学」

実藤は、首を傾げた。国文学でも言語学でもない。国語学っていうのは、いったい何なのだろう。

受賞作「あずさ弓」は短篇だ。「あずさ弓」というのは、文字通り梓《あずさ》の木で作った弓の事だが、シャーマンが神と交流するときに使う祭器でもある。

作品は、雑誌に掲載されただけで単行本にはなっていない。掲載誌を新文学社で保管していないとなれば、図書館に行って、十八年前の『北斗』を探すしかないだろう。時計を見るともう八時を過ぎていた。図書館は閉館している。

あきらめて『山稜』で行った対談の書き起こしにでもとりかかろうとしたとき、米山編集長から家に帰るように言われた。明日のパーティーまでに、風呂に入って服を着替えてこい、とのことだ。

翌日、ホテルの大宴会場を借り切ってパーティーは行われた。料理のテーブルの間を実藤達、山稜出版の社員は、接待に走り回っていた。

三木清敦が現れたのは、お開きの時間も間近になり、会場が空き始めた頃だった。

慌てて走り寄り、「これは、先生。どうもご足労いただきまして」と、体を二つ折りにして挨拶する。両脇にホステスを侍らせた三木は、少し反《そ》り返って微笑した。いくつか空々しいお世辞を並べた後で、実藤は話を切りだした。

「水名川泉、ああ、覚えてるよ」

三木は大きくうなずいた。

「一緒に新人賞を受賞したとき、票がまっ二つに割れた。それで異例の二人同時受賞になったわけだ。そのときは僕より才能がある、と言われていたものだよ」

「女の人だそうですね」

「ああ、人妻だ。きゃしゃな体付きをしてたが、これがなかなかの女でな。生きてれば、もうかなりのばあさんだろう」

「生きていれば……」

実藤は、息を呑んだ。

「消息が知れないんだ」

ぎくりとした。千鶴同様、期待をもたせたまま、こちらも行方不明でしかも死んでいる、というのか。

「殺されたんじゃないかって、言われてるんだよ」

三木は平静な声で続けて、向こうに行きかける。

「ちょっと待って下さい。どういうことですか」

失礼を承知の上で、実藤は立ちふさがった。三木は、気を悪くした様子もなく答えた。

「どうも水名川泉っていうのは、亭主も息子もいたそうだが、放浪癖があったようなんだな。あっちこっち住所を移すらしい。担当編集者はもちろん、家族にも居所を報《しら》せず、郵便物は全部局留にしてあったたっていうんだがね。君は、何か聞いているのか？」

そこまで言いかけたときだ。

「あら、先生、すてき、今日はお着物なんですか」

大柄なホステスが、実藤との間に割って入った。三木の顔が笑《え》み崩れた。付けまつげを瞬かせたホステスに頬を押しつけるようにして、何やらくすくす笑い始めた。実藤はそばで、グラスを握ったまま、直立不動の姿勢で話が終わるのを待つ。が、三木はもう実藤の方など、一瞥《いちべつ》もくれない。まもなく腕を絡《から》ませたまま、出口に向かって消えていった。

ぼんやり見送っていると、肩を叩かれた。

坊主頭の男が、皿を抱えて立っていた。校閲部にいる神崎《かんざき》だ。皿の上には、卵豆腐やテリーヌなど、柔らかい食物ばかりが山盛りになっている。

「神崎さん、まずいんじゃないですか。うちの社員が食ってたら」

実藤が注意すると、神崎は、ふん、と笑った。

「あたしらみたいになっちゃ、関係ないやね。上が何言おうと」

神崎は、文芸の生き字引と言われている男だ。もうじき定年で、部内の経歴はだれよりも長いはずだが、どういうものか出世コースから外れ、ここ十五年以上、ヒラのまま校閲の仕事をしている。

「ところで、さっき話してるのをちょっと耳に挟んじゃったんだけどね」

神崎は、声をひそめた。

「水名川泉の事、探してるの？」

実藤は飛び上がりそうになった。社内の生き字引を忘れていたのだ。彼なら知ってて当然だった。

実藤が水名川泉の原稿をみつけたいきさつを、堰《せき》を切ったようにしゃべり出したとたんに、「あんまり、関わりあいにならない方が、いいんじゃないの？」と神崎は話の腰を折った。

「ろくな事にならないよ」

歯のほとんどない口でテリーヌをくちゃくちゃと咀嚼《そしやく》しながら、神崎は篠原と同じ事を言う。

「ろくな事？」

「彼女はね、おかしな女なんだよ」

「どんな風に？」

「人に、変なことを言うんだよ。嫌な気持ちにさせる。不安がらせるっていうのかな、一種の脅迫だね。多かれ少なかれ、文士に妄想癖はあるもんだけど、彼女のは特別だ。つきあってると、こっちまでおかしくなってくる」

「それは、篠原さんの事ですか？」

神崎はにやりとしながら、卵豆腐を口に押し込む。

「ま、他人の事なんか、いいやな」

他人というのが、水名川泉の事なのか、それとも篠原の事なのかわからなかった。

「とにかく、関わらないに越したことはないさね」

「関わらないって、さっき三木先生がおっしゃるには、水名川泉は殺されたんじゃないかと……」

「そうかね」と、神崎はうなずいた。

「それならいいけど」

「神崎さんは、彼女を担当した事があるんですか？」

口一杯に頬張《ほおば》った物を飲み込み、ジュースをあおって皺《しわ》だらけの喉を上下させてから、神崎はうなずいた。

「昔の事だよね。まだ校閲に来る前。水名川さんが新人賞を取ったばかりのとき」

「彼女は、その後、書いたんですか？」

「もちろん。優れた書き手だったね。だけど出版するわけにはいかなかった」

「どうして？」

「活字にできない代物だったんだよ」

「セックス、暴力、差別」

実藤が尋ねると、神崎の眉間《みけん》に、少しだけ縦皺が寄った。

「セックスと暴力で出版できなきゃ、ほとんどの小説は世間から消えるわな。泉の受賞作の『あずさ弓』は、斎宮《いつきのみや》の話だったんだけど、あたしのとこで書いたのも、巫女《みこ》ものだったんだ。イタコがね、出てくるんだ。盲目の女が巫女になるって、そのライフヒストリーの部分でさ、引っ掛かっちゃった」

「たかが用語の問題でしょう」

吐き捨てるように実藤が言うと、神崎は首を振った。

「泉の書いたのは、言葉の置き換えじゃ済まないんだな。つまり我々から見れば、ハンディキャプトをね、ある村の中じゃ『前世の悪業が祟《たた》った』の、『場所ふさぎ』だのと呼ぶんだ。そんな事は、わかってるけどねえ、書かれちゃあ困るんだよ。それに泉自身がね、なんというか、盲目の女を最初から、人に非《あら》ずみたいに捉えているふしもある。彼女に言わせりゃ、神に選ばれたる人々、ということなんだそうだけど、業界ではそんな理屈は通用しないやね。それはもう、作家にあるまじき本質的な差別意識ってなわけで、直せ、直さないで、やりあってね」

「関わるな、と言うのはそういう理由ですか。つまり彼女はトラブルメーカーだってことですね」

「いや、そんなことなら、もっとタチの悪いセンセイがいくらでもいるけど」

そこまで言うと、神崎はきょろきょろとテーブルを見回し、空になった皿を抱えてどこかへ行きかけた。

「待って」と言う実藤の声は聞こえないように、寿司のコーナーに突進していった。その食欲につりあわない縮んだような後ろ姿に、実藤は篠原を重ね合わせていた。

昔、編集部にいた頃の神崎の切れ者ぶりと、華々しい業績を実藤は聞いた事がある。それが定年を間近に控えた今、何の肩書きもなく、パーティー会場で、招待客の手前もわきまえず、食物めがけて走っていく。神崎もまた、どこかで道を踏み外したようだ。

もしもそこに水名川泉が関わっているのだとすれば、事態が深刻であればあるほど、彼らは肝心の事を語らないだろう。

パーティー終了後、実藤は作家数人を連れて神田の文壇バーに行った。幸い気疲れするような大御所は編集長の米山と花房が引き受け銀座に連れていったが、実藤の所には、酒癖の悪い連中ばかりが残った。

いつか編集長に絡んでいた蓮見ゆきえも一緒で、実藤に「なぜ『山稜』はあんな下らない企画ばかりするのだ」と食ってかかり、何を言っても逆らわないと見て取るや、今度は他の作家の前で実藤をからかい始めた。

「この人ね、会社中の女の子に声かけてるのに、一人もひっかからないんだって」

「会社中なんてオーバーですよ」

「うそ、だれかれかまわず、口説き文句はただ一つ、『うち、クーラーあるから、当たりに来ない』なんだって。あなた、冬でも同じ事言うわけ？」と言うと、店中に響き渡るような大声で笑った。

実藤は殴りつけたくなる右手を膝《ひざ》の上で、握りしめたまま、黙っていた。屈辱感と千鶴を失った悲しみが一緒になって胸に込み上げ、言葉もなかった。

そのとき、いきなり大年増のママが嬌声《きょうせい》を張り上げ、入り口に向かって走っていった。あの三木清敦が入ってきたのだ。

薄汚れたドアの内側に立った三木は、薄暗い照明の中でさえ、顔色が真っ青なのがわかった。オールバックにした白髪はいく筋か額に落ちてべたりと貼りつき、目がすわっている。一人きりだった。普段の三木は、高級クラブで気に入ったホステスを侍らせ、機嫌よく遊んでいるが、ときおり無名時代に出入りしていた文壇バーに現れる、という。しかしそれがここだとは知らなかった。実藤は蓮見を放り出して挨拶に行く。

「これは先生、さきほどはどうも」とこめつきバッタのように頭を下げた。三木はちらりと顔を上げるや、低い声で一言、「失《う》せろ」と呻《うめ》いた。

慌てて引き下がると、蓮見は、隣に座っていた男の作家とどこへともなく消えていた。ほっとする間もなく、背後でグラスが割れる音がした。三木清敦が見ず知らずの客に殴りかかっていた。編集部の人間が止める間もなく、大柄な酔客に反対に突き飛ばされ、カウンターの脇に伸びてしまった。

実藤がかけ寄ると、老作家はどんよりした目をしばたたかせ天井を見ていた。実藤は、ママにタクシーを呼んでもらい、瘦《や》せ細った三木の体を支えて階下に運んだ。薄暗い階段で、三木は何度か呻き声をもらした。それから実藤の耳元でささやいた。

「水名川泉の事を知りたいのか?」

実藤は息を呑んだ。正気の声だ。正気で、しかし限りない絶望感に捉えられた声……。

「俺は、空洞だ。窓も出口も何もない巣の中で、何万、何十万という卵を産み続け、もはや糞さえ出なくなっても、まだからっぽの卵を産み落としている雄の女王蟻だ」

三木はひび割れた唇をなめた。実藤は生理的な恐怖感を覚え、手を離しそうになった。

「産むのを止めれば、魑魅魍魎《ちみもうりょう》が襲いかかってくる。君は戦争に行ってない。当たり前だな。原体験のない今の若者に、小説など書けん。いいだろう。書けない方がいい。塹壕《ざんごう》の壁から、顔の無い男が起き上がって来るんだよ。本当に顔が無いんだ。ちょっと様子を見ようと頭を出したとたんに、被弾した。油断したのもしかたない。新兵だったのだ。神々《こうごう》しいほど、白く美しい顔をした少年兵だった。能の喝食面《かっしきめん》を知っているかな、あんな艶《つや》めいた若衆の面が、ひらりと土の上に落ちていた。そうだよ、俺が可愛がった体には、もう顔が無かった。西瓜《すいか》みたいな赤いものの真ん中に穴が空いて、そこから息を吐きながら、それでも俺にすがってきた。戦場では、普通の光景なんだ。平和になった町の中で、みんな悪夢だったと記憶の底に封じこめて、平然と生きている。ところがちょっとしたきっかけで、甦ってくるんだ。可愛がったやつに、俺は吐き気を催して、両手で突き飛ばした。塹壕の外に放り出した。それはくねってなおかつ俺を慕ってすり寄って来たんだ。その光景は目の裏深くに、生きている。愛って言葉を女は好きだ。文学屋も好きだ。彼らも女のようなものだからな。しかし日本語本来の意味での愛という言葉を知ったら、ぞっとするぞ。現実に在るものは壊せる。生きているものは殺せる。しかし記憶の底に生きているものは、壊せないし消せない。どうしても無くしたければ、自分の頭をぶっ壊すしかない」

実藤は、唾を呑み込んだ。

階段を下りきった。

「あの、それと水名川泉が、どう関係あるんですか？」

タクシーが待っていた。ドアが開く。

「ああ、そうだ。君があの女の話題を出すからだ。だから、いかん」

タクシーがクラクションを鳴らす。実藤は三木の体を座席に押し込み、自分も乗ろうとした。

「先生、ご自宅までお送りします」

三木は実藤を見上げた。そして片手で払うような真似をした。なおもつっ立ったままの実藤を見ると、大声で怒鳴った。

「あっちへ失せろ」

ぎょっとして後退《あとずさ》ったとたん、三木はゆっくりと平静な声で、行き先を告げた。ドアが勢いよく閉まり、タクシーは走り去っていった。

三木も何らかの形で、水名川泉に関わっていると、実藤は確信した。篠原や神崎と違い、三木清敦は成功を手に入れていたが、心の底に大きな恐怖を抱いて怯《おび》えながら生きている。

翌日、二日酔いの頭を抱えて、実藤は昼過ぎに出社した。下を向いて校正作業をしていると、吐き気が込み上げてくる。ちょっと喫煙所で一服してこようと席を立ちかけたとき電話が鳴った。甲高《かんだか》い電子音が頭の芯に響いて、こめかみがずきりと痛んだ。歯を食いしばって受話器を取り上げる。

「三木ですが、実藤君いたら出してくれますか」

電話の向こうの声は、完全に正気だ。

「実藤ですが」

思わず直立不動になる。

「どうも、昨夜は世話をかけたようで、申し訳ない」と、文壇の大物にふさわしいこだわりの無さで、三木は謝った。妙なもので、実藤は反対に恐縮していた。

三木の話は、水名川泉に関する情報だった。昨日の非礼の埋め合わせのつもりらしい。三木は数年前まで、ある作家クラブの名誉理事をしていたのだが、そのときに水名川泉の消息を尋ねる文書が、クラブのメンバーに回ったので、それを送ると言う。

数分後、ファックスは、「水名川泉を探しています」と見出しのついた紙を吐き出した。日付は、昭和五十八年の二月となっている。約九年前だ。書いたのは泉の夫であった。「妻、水名川泉は、ここ数年、日本各地に居を移してまいりましたが、半年ほど前、長野県塩尻《しおじり》市に住んでいるとの便りがあって以来、ふっつりと連絡が途絶えております。一帯を探してみましたが、まったく消息はつかめません。妻、泉は、取材旅行という事はせず、作品の舞台を決めると、数ヵ月、長いときは一年以上も、そこに住み、取材し、作品を書き上げてまいりました。郵便物はすべて局留めにして、私どもにさえ、住所を知らせておりません。来月は、一人息子の結婚式があります。妻にはそれまでになんとか戻ってもらいたいと願っております。どなたか、泉の消息をご存じの方は、なにとぞご一報をお願いします」

回状には、水名川泉の写真が添えられていた。祝言か何かの折に写したものらしい。

ほっそりとこけた頬とポンパドールに結い上げた髪、そしてファックスのためにコントラストが強まったせいだろうが、濃く引かれた口紅が、華やかな印象を際立たせている。

一方でいささか奇異な感じがするのは、その射るような眼差しだ。あるいは目そのものではなく、眉《まゆ》の印象かもしれない。真っすぐの眉は、眉間が狭く、ほとんどつながっているように見えた。華やかに作った顔の中で、その眉と目だけが、異様な緊張感をたたえてカメラを睨《にら》みつけていた。

実藤は折り返し、三木にお礼の電話をかけた。

「ああ、昨夜はいろいろやっかいをかけたようだし、何か君が探していたようなので、役に立つかどうかは、わからんが、たまたまとってあったので、送った。捜索願いも出したが、結局だめだったそうだ」

「先生、昨夜、水名川泉は殺されたらしいと、おっしゃってなかったですか？」

「そんな噂《うわさ》もある。何せ作家クラブには色々な者が入っているので、中には裏の情報に詳しいのもいるからな。ただあの頃には水名川泉は我々のクラブとは遠ざかっていたから、よくわからない」

「遠ざかった？」

「つまり作家クラブというのは文芸作家の集まりなのだが、泉のそのころの作風からみても、我々のクラブには馴染《なじ》まなくなっていたし、それを本人も自覚していた」

三木の客観的な口調は、昨夜のニュアンスとはだいぶ違う。ことさら泉との個人的関係を否定しようとしているようだ。実藤はひっかかっていた事を単刀直入に尋ねた。

「なぜ、水名川泉は殺されたんでしょうか」

「今から八年前に山陰で起きた集団自殺事件を覚えているかな。漁師だった男が、小さな教団を作って、浜辺の村で共同生活をしていた。特に布教もしなかったが、教祖の親類筋や、在日の人々などが集まって来た。教祖は破滅の日を設定し、その前日に信者達を小さな漁船に乗せて海に漕ぎだした。西方浄土のつもりかどうか、ただ西に向かったそうだ。二週間後、たまたま巡視船に発見されたときは、船倉に腐乱死体が十四、転がっていた。その中に、身元不明の遺体が一体あった。それが水名川泉ではないか、といわれているんだ。泉は、出雲大社について書いていた事があるので、現地へ飛んだ事が考えられる。大社から、その教団のある漁村までは、近い。それに泉の作品は、一貫して宗教がテーマになっている。取材のつもりで調べているうちに、ミイラ取りがミイラになったのだろう、と批評家の長谷川勝親《はせがわまさちか》などは言っているが、真偽のほどはわからない」

ありそうな事ではあるが、水名川泉の作品を読んだ実藤には、どこか違和感がある。

読み手を作品世界に引きずり込むには、作者自身が冷静である必要がある。溢《あふ》れるような情熱の裏に、物語を物語として認識し、作者の外に作品世界を成立させる客観的視点が維持されていなければならない。山陰の村の小さな教団に入って、自らの信仰のために命を捨てた熱心な信者の姿と作品から想像される水名川泉の姿は、微妙にずれている。

実藤は気づいた。三木は水名川泉は殺された、と言わなかっただろうか。今の話では、自殺だ。教唆《きょうさ》があったとはいえ、自殺に変わりない。実藤がそのことを尋ねると、三木はちょっと間を置いて答えた。

「たしかに彼女の夫が書いている通り、最後の連絡は、塩尻から入っている。塩尻と言えば、諏訪大社《すわたいしゃ》だ。僕も昔、調べたのだが、あそこは日本で唯一、供犠《くぎ》を行なったと言われる所だ。記録に残っているかぎりは動物だが、どうも古代インカのように人を捧げたらしい。社に行ってみればわかるが、格子が残っているんだ。何かを閉じこめていた。おそらく狩猟神だろうが、それに捧げたものだ。君は知らんだろうが、今でも各地に特殊な神々を崇《あが》める教団が残っている。秘儀も存在する。山陰の事件のようにたまたま死体が発見されて、ニュースになれば知られるだけだ。僕は、どうも泉は犠牲として捧げられたような気がする」

飛躍しすぎじゃありませんか、そう喉まで出かかった言葉を実藤は呑み込む。相手は大御所だ。遠慮がちに反論する。

「先生、供犠を行ったたっていうのは、何も諏訪大社だけじゃないですよ。紀伊半島の山村では、昭和の初めまで、獲物を奉納するという儀式が残っています」

「僕が言いたいのは、そういう事じゃない」

いささか不機嫌に三木は続けた。

「肝心なのは、泉は出雲大社について書いた事はあるが、彼女の関心は、出雲や熊野系の神々ではなく、北に向かっていた。信州であり、東北だ。そこの土着の神々、すなわちマイナーゴッドであり、秘儀だ。そして奇妙な作品をいくつか書いた」

「何を書いたんですか」

「いや、よく知らん」

三木はすぐに否定した。

「とにかく泉は、書くためには、とんでもない辺境の村に単身入っていって生活する。何ヵ月もだ。今どきどこの村へいっても、車もテレビも電子レンジもある。その気になれば、標準語を話せる。愛想だっていい。だから旅行者にとっては、どこへ行っても、日本全国変わらない。閉鎖性、奇妙なしきたり、因習に気づくのは、そこで生活を始めたときだ。泉はそれを求めたんだ。それでその奇妙な信仰を持つ村に入っていった。宗教儀式にも参加した。もともとそれが目的だろうからな。その前によそ者として排除されればいいが、やがてみんな泉の力に気づいて特殊な地位を与える」

「力って、どんな力です」

三木はちょっと沈黙した後、慎重な調子で言った。

「だから、君、わかるだろう。こんな仕事をしている年配の女だ。しかも子供も育てあげているし」

「教養とか人間的な器量という意味ですか？」

「ま、そう、そうだ。それでたまたま、大きな山崩れだの、地震、嵐、そういう時に合理的な情報とはまた別の次元で、役に立つ。その上、泉はよそ者でしかも特殊な力を持っている。生き神として祭り上げられる条件を備えている。まさか泉だって予想しなかっただろうが、あっさりやられてしまった。つまり神々が本来住むべき所に送られてしまったのではないかということだ」

無意識からだろうが、特殊な力という言葉を三木はまた使った。

「先生は、ずいぶん水名川泉の内面にまで、詳しいのですね」

実藤は、ぽつりと言った。三木は沈黙した。息を吐き出す音が受話器の向こうに聞こえた。実藤は奇妙に重苦しい気持ちになった。

「たまたま、同じ時期に同じようなテーマを追った事があった。それだけだ」

最後に、実藤は、さきほど三木が口にした、水名川泉の書いた「奇妙な作品」について、もう一度その内容を尋ねた。

「だから各地の伝説やら歴史やらをこじつけた読み物の類《たぐい》だ。もちろんまともな出版社からなんか出しているはずはない。僕も知らんよ。そんな所とは付き合いはないから」

吐き捨てるように、三木は言って電話を切った。

実藤は非常階段を走り下りると、校閲部に行った。大声の電話のやりとりや、ＯＡ機器の音などであふれている編集部に比べると、ここはしんと静まり返っている。用紙の擦れ合う音が、さざめきのように聞こえるだけだ。それに混じって、くしゃくしゃと何かを嚙む音がする。神崎が菓子を齧《かじ》りながら仕事をしている。実藤が近づいていくと、びくっとして手にした菓子を落とした。よだれが糸を引いて、机の上のゲラを汚したのを神崎は無造作に肘《ひじ》で拭く。

「神崎さん、今夜、寿司でも、食いに行きませんか」

神崎はにやり、と笑った後、ふと真顔になった。

「昨日の続きを聞きたいの？」

「おごります。ポケットマネーで」

「そりゃごちそうになろうかね」とインクで汚れた指先で、自分の顔を撫《な》でてから、ぼそりと言った。

「情けねえなあ。この歳して、青年におごってもらうとは」

それからゆっくり立ち上がると、部屋を出ていった。

「生き字引に用なんですか？」

隣に座っている男が尋ねながら、神崎の机をそっと開けて実藤に見せた。

引き出し一杯に詰まっているのは、菓子だった。それも駄菓子と各地の土産物の類で、いつから入っているのかも知れず、あるものは黴《かび》が生え、あるものは包みが黄ばんでいた。

「何か食ってないと不安なんだろうな。いつも口を動かしてるし、机の中に、こうして備蓄してる。ときどき白目をむいて震え出したかと思うと、ばりばり菓子を食い始める」と男は肩をすくめる。

実藤は胸がむかついてきて、乱暴に引き出しを閉めた。


その夜、神崎は呼び出した寿司屋に時間より早く現れた。座敷に上がって実藤はまず、パーティーの後、三木に会った事を話した。

「ご苦労さんだね、また。それで荒れたかい？　あの先生」

実藤は、無言でうなずいた。

「ご愁傷さん。女はいなくって一人だったろ。そんなときはいつもそうだ。あれだけ女が好きでも一人になりたいときはあるんだね。しかしあの先生は、若い頃は両刀使いだったんだ」

実藤は、昨日、三木から聞かされた少年兵の話を思い出した。可愛がってやった、とか抱いたとかいう言葉を使った。愛という日本語の意味はおぞましい、とも言っていたが、どうやらその事だったらしい。

「本当は、もっと別の事を聞きたいんだろ」

運ばれた寿司を口に入れ、くぐもった声で、神崎は言った。

「三木さんはね、一頃、水名川泉にご執心だった。十五年も前の話だ。四十を過ぎた人妻の泉を追いかけ回していたよ。どうだ、驚いただろう」

「ええ」とうなずいたものの、実藤はさほど驚いてはいない。予想はしていた。

「きれいだったんですか？　水名川泉は」

不鮮明な写真のポンパドールを思い出しながら、実藤は尋ねた。

神崎は、口元に薄い笑みを浮かべた。

「特に色気もないし、細くて小さくて、若い頃は可憐《かれん》だったんだろうが、僕が担当したころは、むしろ貧相といった方がよかったな。ただし人それぞれだからねえ。三木は、彼女と同棲してたって噂もある。山の中の村に入り込んでね」

実藤はぎょっとして神崎を見る。もしや今日、実藤に三木が話した事、特異な信仰に生きる村とか、宗教儀式というのは、三木が彼女と一緒に住んだ村で、実際に目にしたものなのではないか。

「山の中の村って、どのあたりですか？」

思わず身を乗り出した拍子に、皿の醤油をひっくり返した。

おしぼりで醤油を拭きながら、神崎はにやりとした。

「よく知らないよ、ただの噂だから。花巻あたりだったっていう話もあるから、なんだね、宮沢賢治のイーハトーヴへ、恋の逃避行ってとこかね」

「でも、三木先生は、七十間近ですし、十五年前は五十いくつ。当時の水名川泉は四十三歳ですよ。中年男女の恋の逃避行というのも、やけに生々しくないですか？」

神崎はかぶりを振る。

「若いものから見れば、四十、五十は、年寄りだろうけどね、本当の男盛り、女盛りはそのあたりだよ」

「そうはいいますが、気色悪いですよ。それにあの頃、すでに三木はめきめき売り出していた。なぜわざわざ四十過ぎの女を相手にしなくちゃならないんですか」

「そう感じるのは、若者にありがちな高慢さだよ」

寿司をほおばりながら、神崎は不明瞭な声で答えた。

「もしかしたら、色恋以外の目的で、二人は結びついていたんじゃありませんか。純粋に文学的な目的で、共同で取材するために山村に入ったとか」

「純粋に文学的な目的とか、ねえ」と神崎は、息を吐き出した。

「あるいは、三木清敦が水名川泉を追いかけまわした、というのは、もしかすると彼の執筆に、泉が関わっていたんじゃないですか。彼の書いた物は、泉のアイデアだったとか、あるいは代筆とか、それなら中年の無名作家と三木先生が一緒に住んだという理由になる」

実藤がそう言ったとたん、食物に憑《つ》かれた脱け殻のような男は、十数年前の有能な編集者の顔に戻っていた。

「実藤君、冗談でも憶測でも、めったな事を言うべきではないよ。何を言っても、三木は出せば十万部を突破する大先生だ。下半身の噂ならかまわんが、作品の中傷はいかん。だれかに聞かれて本人の耳に入ってごらん。君とか文芸部だけの問題ではすまないよ。それにアイデアを他人からもらうだの、代筆というのは、タレント本の話だ。文芸というのは、文体が命だ。そんなことはちゃんと三木清敦の物を読んでみればわかるはずだ」

「すみません」と謝りながら、しかし実藤はやはり三木と水名川泉との関係は、何か普通の色恋沙汰《ざた》でくくれないものがあったような気がしてならなかった。

おしぼりで汗を拭きながら、実藤は話題を変えた。

大出版社の新人賞を取った水名川泉が、その後、三木の言葉を借りれば「奇妙な作品をまともでない出版社から出している」そうだが本当なのか、と尋ねた。

「大先生が、そうおっしゃるなら、そうだろうね」と神崎は唇を歪《ゆが》めた。

「差別問題、少数民族問題、とにかく水名川泉のテーマはしじゅうタブーに触れてたね。しかも直す気はテンからない、ときちゃあ、どこの出版社だって見限るわな。中には、僕みたいに奇特《きとく》な人間もいるから、なんとか面倒みようなんて思うが、それでもだめなときはだめだね。結局、最後はカストリ雑誌に毛が生えたような所からしか注文が来なくなった。そこでカストリ雑誌にふさわしい物を書いたんだ」

「神崎さんが見限ったのは、タブーだけのせいですか？　前に、水名川泉は変なことを、人を不安に陥れるようなことを言うって、神崎さん、おっしゃってましたよね。もしかして、何か言われたんですか」

話の腰を折るように尋ねたとたん、神崎は片頬に寿司を詰め込んだまま、目やにだらけの目を大きく見開いた。そして手元の寿司を摑むと怯えた表情で、口につっこんだ。

実藤は慌てて、質問を変える。

「どっかで、その奇妙な作品を見られないものですかね」

神崎は、口の中の物を飲み下すと、拳で二、三度胸を叩いてから首を振った。

「どこの何という雑誌かわかりますか？」

「よく覚えてないが、『異端文芸』って言ったかな。『奇譚《きたん》文芸』だったかな。そんな所だ。たまたまそれを見て、うちの社で、水名川泉にコンタクトを取ったやつがいた」

「この間、退職された篠原さんですね」

「そうそう、文学青年崩れの生意気なやつだったな。結局、関わったあげく、ぼろぼろにされちまった」

実藤は唾を飲み込んだ。彼も十年前に、自分と同じ事を試みようとしたのだ。篠原のどす黒い顔、アルコール臭い息、真っ赤に血管の浮き出た手のひらが、脳裏に甦り、無意識に自分に置き換え、少し怖気づいた。

なぜ篠原が、ぼろぼろにされたのか、なぜ、せっかく関わっておいて原稿は未完成のままなのか、肝心のこととなると、だれもが口を閉ざす。

とにかく神崎の話によれば、『異端文芸』か、『奇譚文芸』か知らないが、水名川泉の作品は、彼女がデビューした十八年前から、篠原が声をかける十年前までの間に掲載されたはずなのだ。その雑誌をみつけ、その八年分に当たればいい。

神崎と別れて会社に戻ったときは九時過ぎだった。研《みが》かれた白大理石の玄関前に立つと、ビルのほとんどのフロアに、まだ明かりがついていた。

裏口へ回り、守衛から鍵を受け取り、社内の図書室に向かう。

重たいスティールドアを開けて中に入ったとたん、不意に感傷的な気分になった。深夜のこの場所で、何度か千鶴と顔を合わせた事を思い出したのだ。戻ってこない、とわかるとさらに面影が鮮やかになる。実藤は足を止めてしばらく佇んでいた。

日常のそこかしこに、こうして思い出の断片は立ち現れる。しかしそれも二ヵ月か三ヵ月のことだ。やがて千鶴の面影はゆっくりと色褪《いろあ》せていくに違いない。残された者の哀切な思いは、永遠に続きはしない。心の内で、そっと謝りながら死者は死者の国に送り、新たな愛情の対象をみつけていく。忘れはしない。愛しながら、亡くなった者をどこか次元の違うところに落ち着けてしまう。そして愛しているという感情自体が、ひどくあいまいなものになっていく。薄情なものだ、と実藤は思う。それでいい。そんなものだ、とわかっていても、ここのインクと黴の入り混じった独特の匂いを嗅いでいると、悲痛な思いが胸を締め付けた。

気を取り直し、参考図書のところに行き、古い雑誌目録を取り上げた。文芸誌のページを開ける。一流、二流、カストリを問わず、五十音順に並んでいるのを目で追っていく。

めざすものはすぐにみつかった。頭文字は「イ」。正しい誌名は『異端文学』だ。出版社名は蒼夜館《そうやかん》、とある。記載された電話番号をプッシュしてみたが、全く違う所の留守番電話が出た。さらに出版年鑑で調べてみると、蒼夜館は七年前に倒産していた。とにかく十数年前の『異端文学』を手に入れなければならない。古本屋をあさる手もあるが、確率は低い。どこか保管している図書館でコピーを取るのが確実だ。そのついでに泉の受賞作「あずさ弓」も読みたい。

実藤は、大宅《おおや》文庫の目録を調べた。もとより期待はしていなかったが、『異端文学』

はやはりない。

次に都立図書館の目録を見るがやはりない。当たり前だ。税金で、得体《えたい》の知れない雑誌を買うわけにはいかないからだ。一ヵ所だけ、女性週刊誌からセックス記事を満載した青年誌まで集めている所がある。選択の余地なしに、発行物すべてを保管している現代の阿房宮、国立国会図書館だ。愛想が悪いが確実に資料はある。

翌日、実藤は米山に作家の調査代行だと偽り、国会図書館に向かった。検索すると水名川泉の名前はすぐに出てきた。

四件ある。一つは『北斗』に掲載された北斗文学賞受賞作「あずさ弓」。そしてその後に『異端文学』に掲載された三編だ。それが現在確認できる水名川泉の作家としての活動のすべてだった。

請求票に必要事項を記載して列に並ぶ。待つこと三十分余りで、問題の雑誌四冊が目の前に積み上げられた。

『異端文学』は、あと十年もしたら粉々になるのではないかと思われるほど、質の悪い紙を使っていた。しかし驚くべきは、その厚さだ。電話帳とは言わないが、四センチくらいはある。

内容については、その題名から少しは耽美的なものを期待したが、まさしく神崎の言うとおり、カストリ雑誌に毛が生えたような代物だった。

見開きに裸の少年が縛られ、無数の矢が突きさされている絵があった。その裏は姫君が馬と交わっている錦絵風のイラストだ。ポルノ雑誌とは言いがたい。エロというよりはグロに近く、普通の人間が劣情を催すには、いささか癖が強すぎる。

水名川泉の作品は、読み切りでかなり長い。細かな活字が四段に組まれ、原稿用紙にして三百枚を軽く超えそうだ。

実藤はコピー請求票にページ数を記載して、再び列に並ぶ。並びながら、パラパラとめくっていく。テーマの異様さ、悪趣味な描写にも拘わらず、どの作家の作品も驚くほど文章が熟れている。華麗といっていい程の物さえあって、現在彼が手懸けている『山稜』の若い作家達より、はるかに文学的な香りは高い。案外売れない作家が、別のネームで書いているのかもしれない。こういう物に変名を使わないで掲載するのも、水名川泉の自信なのだろうか。

分厚いコピーの束を受け取るまで、一時間ほどかかり、彼は社に戻るのももどかしく、近所の喫茶店に入って読み始めた。

入選作「あずさ弓」は、斎宮を扱った王朝物で、確かに格調高い作品だった。しかし「聖域」に見られた、胸を躍らせるようなストーリーも迫力ある描写もまだ現れていない。だから文学的評価が高かったとも言える。それに比べ、『異端文学』に掲載された作品は、娯楽色がずっと強くなっている。

「呪者の神楽《かぐら》」と題された一編は、下北半島を舞台に、先祖伝来の土地と文化を守りぬくために、村人が中央資本の進出に対して徹底して抵抗する話だ。村の美少女と彼女を恋するリゾート開発会社の若い二代目のラブストーリーを中心とした展開には、この作家が無理をして通俗的に作ろうとした跡が見える。それが結果的にテーマ自体を不明確にしているが、読み物としては、比類ないおもしろさだ。

泉の描き出したかったのは、じつは村人を率いる盲目の老婆、イチコであろうことは、その力のこもった描写から感じられる。なお、イチコというのを固有名詞として用いる一方、別の箇所で泉は、それがイタコ同様盲目の巫女を指す一般名詞でもある、と書いている。

村の成立とイチコの家系に関しては差別用語が頻出し、マイナーな雑誌でなければ、とうてい発表はかなわなかったことを、うかがわせる。

のこりの二編の内、一編は同じく下北、もうひとつは信州の山村を舞台としている。いずれも民俗信仰に生きる村落社会と、そこに物質文化を持ち込もうとする企業人との、暴力とセックスと金のからんだおぞましいばかりの闘争が描かれていた。

しかし「聖域」にあるように仏教僧の内面の苦闘も交え、既成宗教と地域社会の間の精神的、物質的な緊張関係を正面から捉えた作品はない。

それを書かせた篠原は、確かに優れた編集者だったのかもしれない。結果的に未完成に終わったにしても。

それにしても、こんな雑誌に作品を発表していた水名川泉にしてみれば、篠原のような編集者に出会い、上質な物を書かせてもらえるというのは、飛躍のチャンスだったはずだ。一体なぜ中途で放り出したのだろうか。

とにかくこれを見たかぎりでは、まず、山陰の町での集団自殺事件の可能性が消えた。山陰を舞台にしたものは新人賞受賞作一編で、その後、泉の関心は、三木の言う通り、北に向かう。「聖域」を含め、『異端文学』に掲載された二編はいずれも下北半島が舞台だ。さらに信州を舞台にした一編も、村人は東北起源で、コーカソイド風の彫りの深い容貌で周りの村と交渉を断っているのだ。つまり水名川泉の視線は、真っすぐに東北を向いていたのである。

さらに泉が取り上げるのは、古い起源を持つ民俗宗教であって、集団自殺でその活動に終止符を打った件《くだん》の新興宗教のような物ではない。

一方、生き神として神の国へ送られた、すなわち殺された、と言う三木の言葉は、作品から見るかぎり、かなりの信憑性《しんぴょうせい》がある。

『異端文学』では、去勢されて山の神の祭壇に捧げられる企業人の姿が、繰り返し出てくるのだ。いずれも、局部を切り取られ、心臓を摑み出され、といった殺戮《さつりく》場面が偏執的な筆使いで描かれている。しかし、そうして虐殺した後、村人は犠牲者を手厚く葬《ほうむ》る。

葬るというより、怨霊を恐れるがために、神として祭ってしまうのだ。

それに水名川泉自身の姿を重ね合わせるのは、あながち外れているとは実藤には思えなかった。泉は作品を書くために、数ヵ月、ときには一年も、その土地に住んだ、と言う。取材旅行ではなく、地域社会に身を置いたのだ。宗教、文化、さまざまなしきたりにも、積極的に近づいていったことだろう。が、彼女とて都会人だ。誤ってタブーに触れることもある。何かトラブルを起こすこともあるだろう。ちょうど、「呪者の神楽」で巫女の家系の少女を抱いてしまったリゾート会社の二代目のように。

しかし人が一人殺されたとなれば、いくら閉鎖的な村とは言え、事件として発覚する可能性は高い。それに秘儀や奇妙な民俗信仰が絡んでくれば、どこかでニュースになっているかもしれない。それを洗ってみる必要がある。

実藤は、大宅文庫に電話をかけた。今から七年から九年前の宗教がらみの殺人、あるいは暴行事件の記事を探してほしい、と依頼する。場所は彼女の作品二つの舞台になっている青森県に限定する。

資料がファックスで届いたのは、翌日だった。

全部で四件あった。

ひとつは精神障害者らしい青年が、狐憑《きつねつ》きと見なされ、祈禱師と家族によって殴り殺されたもの、それからある新興宗教の教団で行なわれたリンチ殺人。残り二つは、いずれもよく知られた宗教団体で、妻が宗教活動にのめり込み、家事を疎《おろそ》かにした、という理由で夫が暴行を加えた、というもの、もうひとつはその団体内の幹部の地位をめぐっての争いで、一人が重傷を負った事件。

狐憑きに関しては、被害者は男であり、リンチ殺人についても、被害者ははっきりしていて、水名川泉でも本名の水無川扇子でもない。後の二つに関しては泉が接近するような教団ではない。いずれにしても電話一本で調べようというのが、虫がいいのかもしれない。

実藤は、社内にある図書室に行った。オンライン端末の前に座り、新聞記事のデータベースにアクセスする。範囲を宗教と事件に絞り込み、さらに地域指定は、青森県から東北全体に広げる。そして「聖域」が書かれたと思われる十年前から、記事を追っていった。が、どこにもそれらしいものはない。細かい字を見続け、目の奥が痛み出した頃には、記事はすでに二年前の所まで来ていた。どうせ死んでいるのなら、探すこと自体が無意味だ、と気づいた頃、その見出しが目に飛び込んできた。

「七十八年ぶりの荒行。滝裏の洞窟から行者の遺体発見」とある。

荒行、洞窟、行者といった単語に、ぞくりと来るような予感があった。

場所は、岩手県東磐井郡《ひがしいわい》である。下北半島ではないが、東北には違いない。

記事によると果たして、死蠟《しろうか》化した遺体は、発見時から六年前、現在から数えれば、八年前の物だった。泉の失踪の時期と重なる。しかも遺体は女、身元は不明である。死の数ヵ月前、村にふらりと現れた女だということ以外、村の者はだれも素性を知らない。冷涼で湿度の高い滝裏にあったため遺体は死蠟化し、紅花で染めた衣装のまま、きっちりと背中を岩壁につけ、正座していた。

女の死の状況については、村人によって次のように語られている。滝裏のほこらには、昔から山の神が祭られ、滝の凍る正月の六日に村人が供え物を持って訪れ、その年の山仕事の安全を祈願する。またそこでは明治末期までは、巫女が百日行をすることでも知られていた。百日行というのは、修験者達の千日の荒行に比べれば短いが、これを行うのは、これから巫女になろうとする盲目の少女達である。その苛酷さは想像を絶する。

まず百日行の三ヵ月前から、五穀を断つ。ごくわずかの草や草の根、植物の汁などで命をつなぎ、十二月頃から、本格的な行に入る。ほとんど眠らずに経文を唱える、というのは、イタコの得度式に至る過程と同じだ。ただし、彼女達が籠《こ》もったのは、粗末ながらも屋根と壁のある小屋ではない。入り口の滝が凍りついた、洞穴だった。

経文を唱える間に、一日二回の水ごりがある。なお、その百日の間に月経を見ると、行は最初からやりなおしになる。三ヵ月前からの五穀断ちというのも、栄養不良の状態にして月経を止めるためだったとも考えられる。命を落とす者も多く、明治に入り、近代国家の合理的精神に合わぬ蛮習として禁止された。戦後、東北一帯の民俗宗教への弾圧が止んだ後にも、その行に挑む者はいなかったが、ちょうど八年前に、どこからともなくやってきた女が、これを行った。

五穀断ちで、骸骨のように痩せた女は、年の暮れに滝裏の洞窟に入ったと言う。そして百日経たぬうちに、経を唱える声は聞こえなくなり、滝の氷柱ごしに見えた灯明の光も消えた。

やはり、という気がした。

「あずさ弓」、そして『異端文学』に掲載された「呪者の神楽」を始めとする三編、いずれも中心になるのは、神に仕える女である。

そして執筆に当たり、その場に移り住むほど、リアリティーを追った泉のことであれば、身をもって巫女になる過程を体験しようとした、としても不思議はない。

しかし体力の盛りをとうに過ぎた女が、そうした荒行にのぞむことは自殺行為だったのだ。

もちろん、行が取材目的であり、自分は作家である、ということなど、地元の人間に話すはずはないから、そのまま死んだときには、身元不明者として処理される。

実藤はもう一度、場所を確認する。岩手県東磐井郡、ビジネスダイアリーについている地図を見る。花巻の手前だ。いつか神崎が言っていた、イーハトーヴの近く……。三木は、このことを知っていたのかもしれない。

実藤は日程表をめくった。校了予定日はちょうど十日後、それから一週間ほどは、いくらか時間的な余裕ができる。週末をかければ、そこに行って確認できる。

今さら、水名川泉の行方を突き止めたところで、死んでいるのならどうしようもない。とはいえ、このまま中途半端に終わらせるには、実藤自身の「聖域」への思い入れは強すぎた。せめて水名川泉が最後にたどりついたのは、どんなところか、何を見たのか、ということくらいは知っておきたかった。

4

季節はすでに十一月の半ばになっていた。

東北新幹線一ノ関《いちのせき》駅に降りると湿った寒気が肌を刺す。ウィンドブレイカーのファスナーを首まで引き上げ、実藤は大船渡《おおふなと》線に乗り換える。二時間に一本しかないディーゼル車に乗って、柴宿《しばじゆく》駅で降りる。正面にみごとに紅葉した山が迫っている。どんより曇った鈍色《にびいろ》の空の下の黄や朱に染まった山肌は、切り取ったように鮮やかだが、美しいというよりは、どこかこの世の物ならぬ不気味さをたたえていた。

事件のあったと言われる下払《しもばらい》村までは、そこからバスで一時間あまり北に入ったところである。

この時間、接続しているバスはなく、どれも途中までしかいかない。いったい下払の人々はどうやって生活しているのだろう、と首を傾げながら電話でタクシーを呼ぶ。

しんしんと冷える中を足踏みしながら三十分ほど待つと、タクシーはようやく来た。すでに刈取りが終わった水田風景の中をしばらく走ってから、車は曲がりくねった山間の道に入った。木々の鬱蒼《うっそう》と茂る急坂を車はあえぐように登っていく。右側は沢になっているが、さほど深くはない。岩の上に、目にも鮮やかな紅葉が深々と敷きつめられているのが見える。

バス通りはこの山の外側を巻いて走っているので、遠回りになるのだ、というような事を運転手は話した。聞き取りにくいが、驚くほど穏やかな響きをもつ東北弁だ。いわゆるズーズー弁と言われる野卑な言葉は、からかいの対象として関東の人々によって作られたものだというのがわかる。なめらかで微妙な発音は、湿潤で静謐《せいひつ》なこの辺りの冬に育まれたものではないか、と実藤は思った。

坂を登りきると、森は切れ小さな集落が現れた。車はここで停まり、運転手は帰りには電話をくれるようにと、名刺を手渡した。

車を降りて辺りを見回すが、想像していたような時代がかった村のたたずまいはない。どの家も造りが大きく、モルタル壁が新しい。ガレージもしっかりした二重窓の家々で、東京に長く住んでいる実藤にとっては、私鉄沿線の高級住宅地を思い起こさせた。土地がただ同然だから、家に金をかけられる、という来る途中の運転手の言葉は本当だった。少なくとも、実藤が今まで東京の奥多摩や八王子郊外で見た、茅葺《かやぶ》き屋根や合掌《がっしょう》造りといった、いかにも民俗的な村落の風景はない。

しかし、ここに水名川泉が何かを求めて立ち寄ったのだ。

道路沿いに、ごく水量の少ない川があったが、こちらも東京人の感傷を跳ね返すように、殺風景なコンクリート二面張りになっていて、水はきれいでも、せせらぎには程遠い排水路だ。

取りあえず滝を見つけようと、川沿いの道を遡《さかのぼ》る。二十分以上歩いても、流れはそのままで、所々用水路に水を引く水門があるだけだ。やがて二面張りは途切れたが、ゆったりした流れは、変わらない。

曇り模様だった空は、まもなく鉛色に変わり、ぽつぽつと冷たい物が肩や首筋を打ち始めた。実藤は舌打ちした。霰《あられ》だ。みぞれでないだけましだが、この日晴れ上がった東京を出てきたので傘を持っていない。

ウィンドブレイカーのフードをかぶり、早足で道路を引き返し始めたとき、後ろから軽やかなエンジン音が聞こえた。振り返りもしなかったが、それは実藤の脇で、すっと止まった。真新しい軽トラックだ。

運転席の女が顔を出した。

「どこまで行くの？」

ショートカットの髪に、隙のない化粧をした中年の女は、『山稜』編集部の花房孝子に、どことなく面影が似ていた。

「滝を探してるんですが」と実藤は言う。

「何の滝？」

「巫女《みこ》さんが修行する滝」

「ああ、オガミサマが、百日修行したところね」

巫女の呼び名は、地方によって違う。青森では主に盲目の巫女をイタコ、晴眼の巫女をゴミソ、あるいはカミサマなどと呼び分けるが、このあたりでは特に区別せずオガミサマと言うらしい。

女は、実藤が引き返そうとしていた辺りを指差して、川筋を右に入れというように指示しながら、窓から傘をさし出し、遠慮している実藤に押しつけた。

「わたし、この先の健康ランドのフロントにいるから、そっちへ返してくればいいから」と言う。

軽トラックの横腹には、「健康ランド」と書いてあって、温泉マークが入っていた。

とっさに実藤は女に尋ねた。

「この村の方ですか」

「わたし？　そうだけど。出は、川崎《かわさき》村の薄衣《うすぎぬ》なの。ここの人と一緒になったんだけど」

ムーンストーンの指輪をはめた手でハンドルを握ったまま、女は屈託《くったく》ない調子で答えた。

「それじゃあ、滝は足場悪いから気をつけて。凍ってないから、あんまり近くに寄ると濡れるからね」

それだけ言い残すと、女は車を発進させた。

実藤は走り去っていく車のバックミラーに向かって何度も頭を下げた。家々のたたずまい同様、ここの人々にもひなびた感じはない。都会と違うのは、初対面の人間にもすこぶる親切で、気さくな事だ。水名川泉の書いた民俗信仰に生きる閉鎖的な村、よそものを徹底排除し、物質文明を否定する人々というのは、東京人の幻想ではないか、という気がしてきた。

滝は、舗装道路から山間に入って、落葉松林《からまつばやし》を五分ほど下った所にあった。高さは七、八メートルくらいだろうか。山の北斜面らしく、暗くじめついた谷間である。

下りようと岩に足をかけたとたんにずるりと滑った。宙に浮きそうになった体を傍らの楓《かえで》の木にかけて止める。青みを帯びた緑色の苔が、あたりの岩にびっしり生えていた。底がすっかり減ったトレーニングシューズに舌打ちしながら、実藤は注意深く滝の横手に回る。

霰はすでに止んでいる。が、いつのまにか顔や腕がびっしょり濡れていた。こまかな滝の飛沫《しぶき》が飛んでくるのだ。滝の裏側を覗《のぞ》きこむと、錆《さび》ついた燭台らしい物の輪郭が黒く沈んでいるだけで、後は闇に閉ざされている。さらに奥に目をこらして、背筋がぞくり、と冷たくなった。いくら目が慣れてきても、何一つ見えない。

嫌な臭いがした。水と辺りの木々の出す芳香が漂っているはずなのに、不吉な、腐臭のようなものが充満している。単に、細菌が有機物を分解するにおい、単純な腐敗臭とも違う、たとえば、分厚いコンクリートに覆われて、窒息死した土を掘り返したときのようなにおい、なんとも言えず重苦しい、死、そのもののにおいがした。

村人の供えた物が、低温と高湿度の中でゆっくり変質しているのかもしれない。集落のはずれにそ滝を一周した後、実藤は引き返し傘を返しに健康ランドに向かう。集落のはずれにその鉄筋三階建ての建物は建っていた。駐車場と焼肉レストランを併設した公営の娯楽施設である。沸かし湯ではあるが、温泉もあるらしい。

フロントに行くと、先程の女がいた。礼を言って傘を返し、滝に行ってきたことを告げた。

「じめじめして、気持ち悪いところでしょ」と女は言った。

実藤は、苦笑してうなずき、二年前にここで発見された行者の事について尋ねた。

とたんに、女の顔から笑みが消えた。眉《まゆ》を寄せ、唇をいくらか突出して、実藤を見る。そして手を顔の前で振った。

「わたし、知りません、オガミサマの事は。わたしもよそものですから」

実藤は、隣にいる中年の男に、同じ質問をした。ワイシャツにネクタイをしめたその男も、黙って片手を振った。

「教えてほしいんです。たぶん、私の母なんです」

とっさに出た嘘にしては上出来だ、と実藤は思った。たしかに水名川泉は、生きていれば、今、五十八。大宮の実家にいる母親と同い年である。

「いろいろあって、母が家出したのが、九年前です。東北に行くという事だけは聞いたのです。もともと信心深い母でした。たまたま二年前に、ここで行者の死体が出て、それが身元不明だという事を聞きました。しかも亡くなったのはその六年前だそうで、母の家出のときと一致します。ここの村の方には、ご迷惑をかけたと思いますが、ちゃんと供養してやりたいと思いまして」

フロントにいる二人は、困惑したような顔を見合わせた。しばらくしてから、女が口を開いた。

「気の毒だけど、お客さん、それは別の人だと思うけど……」

「いえ、書き置きには、ここの近くに来るとあったので」と再び口から出まかせを言う。

「人違いですよ」と男がすまなそうに言う。

「じゃ、せめてその人が、ここに来たときの様子だけでも教えてください」

「今から十年近く前の事ですからね。よく覚えてないですね」

「どこに泊まっていたか、だけでもわかりませんか。この村に滞在したのでしょう」

「さあ」と首を傾げた女の顔からは、先程、運転席の窓から傘を差し出してくれたときの、親しげな表情は、すっかり消えていた。

それ以上は、聞き出せないとわかって、早々にその場から退散した。ふと思い出して戻り、このあたりに駐在所があるか、と尋ねると、四キロほど下った所だと言う。

礼を言って健康ランドを後にして歩き始める。バスは一日四本しかない。タクシーを呼ぼうにも待つ時間の方が長い。各家に大きな車庫がついている理由がよくわかった。こんな所では、一家に一台ではなく、一人に一台、車が無ければ暮らしていかれないだろう。

舗装道路を小走りに下りていく。どんよりとした空は、すでに暗くなりかけていた。山間の道に、人影は見えず車ばかり通りすぎていく。まもなく人家が増え始め、次の集落に着いた。駐在所はすぐにわかった。

初老の巡査がいた。

実藤は入っていって、二年前に出た遺体の事について尋ねた。巡査の話によると、女が行に入ってから、死ぬまでの有様《ありさま》は、村人の証言があり、その状況ははなはだ異常ではあっても、不審な点はなかった。身元不明の遺体として処理しようとしたが、行者として崇《あが》める村人の手によって、女の骸《むくろ》は寺に納められたと言う。

行者として崇められた、と聞いたとき、実藤は寺の本堂に灯明の光を浴び錦の袈裟《けさ》をかけて鎮座している屍蠟の姿を想像し、少し背筋が冷たくなった。しかし巡査の話によれば、女はそうした即身仏のような取り扱いはされず、火葬にされて埋められ、小さな仏塔が建てられた、と言う。しかも記事にあった屍蠟化してなお完璧な姿で残っていた、というのも大げさで、腐乱がそれほど進んでいなかった、という程度のことらしい。

しかし遺体が岩壁を背に座っていたのは事実で、身を横たえる事もなく最後まで経文を唱えて絶命したらしいその姿に、行者というものの並はずれた精神力と集中力を見る思いがした、と巡査は語った。

駐在所を出たときには、陽はすっかり落ちていた。

バス停で時刻表を見ると、駅に戻るバスはあと三十分ほどで来ることになっている。かじかんでくる手に息を吹きかけながら待っていると、布の袋を抱えた五十がらみの女がやってきて、バス停のコンクリートの台に腰を下ろした。

そのとき、ヘッドライトが近づいてきて女の脇に止まった。

運転席から男が顔を出し、どこまで行くのか、と尋ねた。男の乗っているバンは塗装が剝げかけ、薄暗がりでもはっきりわかるほど汚れている。

駅まで行くなら、乗せていってやる、と男は言うが、女は断っている。やりとりからすると、顔見知りらしい。しかし女は固辞する。

実藤はちらりと車の中の男を見る。袖口のすりきれたトレーナーを着て、不精髭《ぶしょうひげ》を生やしている。実藤などはときどき社内をこういう姿で歩き、ひんしゅくを買っているが、農作業をするなら別におかしな格好ではない。

男は、遠慮しないでいいから、と繰り返すが、女は頑《かたく》なに拒否する。見知らぬ若い女をひっかける、というならともかく、五十を過ぎた知り合いの女を好意で乗せてくれるというのに、なぜ拒むのだろう、と不思議に思っていると、男は実藤の方を指差した。

「あれは、よその人だから」

女は叱りつけるような口調で言った。何とも排他的な物言いだと実藤は感じた。

「どこ行くの」

男は訛《なま》りの強い標準語で尋ねる。

「駅前ですが」

「乗ってかないかね。これからちょうどそっちへ、かあちゃんを迎えに行くから」

奇妙な感じのする男だった。老人じみた顔に、皺の一本もない。物の言い方は中年男のようだ。アンバランスな印象だが悪気があるようには見えない。断るのが、男の純朴な気持ちを傷つけるような気がした。

「どうも、お言葉に甘えさせていただきます」

頭を下げて、ドアに手をかけたときだ。

むんずと二の腕を摑《つか》まれた。先程の女だ。実藤にしがみつくようにして見上げると、口元をきつく結んで、無言で首を振った。

だめだ、絶対、だめだ。怒っているような目の色に、実藤はたじろいだ。その間に、女はドライバーに向かってどなった。

「いいから、行け。一人で」

車は走り去っていった。

女は、それを見送ると、自分の頭を指差した。

「ちょっと、おかしいの。姉さんが死んでから、ああして仕事しないで、人、見ると、車に乗っけてやるよって言って、一日走ってるの。ときどき体の悪いおっかさんを下払から、温泉病院まで連れていったりしてるけど、たいていぶらぶらしてな」

「下払？」

女はうなずいた。

「下払村の方ですか」

「わたしは、商売に行ってるんです。でもあの家は、死んだ姉さんも嫁に行った先で何もできなくなって」

「何もできないって？」

「怠け者っていうのかしら。それが尋常じゃなくて。ほんとに何もしないの。子供産んで、おしめが汚れて泣いてても、何もしないでボーッと見てるだけで。そのうち、嫁ぎ先から返してよこされたんです。いつ行っても、家の軒先に地蔵みたいに座っていたけど、亡くなって、今度は弟が同じようになってしまってね。それにしても気の毒に。場所ふさぎが二人も出て、あそこの家も」

「場所ふさぎ」という言葉に、実藤はぎくりとした。水名川泉が使っていた言葉だ。盲目の娘がその家にとって「場所ふさぎ」と、言われる。そんな内容だったが、こうして、現実の場面でさり気なく使われると、その残酷な響きに驚く。

「お姉さん、亡くなったのですか。結局」

女は、囁《ささや》いた。

「カミサマになって亡くなったの」

「亡くなって、カミサマになるんじゃなくて」

実藤は、しばらく意味がわからなかった。しかしカミサマが「神様」でなく、巫女の別名ということに思い当たったとき、薄紙が剝がれるように、何かが見えてきた。

「もしや、滝の裏で荒行した行者様っていうのは……」

女は、うなずいた。

「商いしに行ったとき、ちょうど籠《こ》もって何日目だったかな。もともとじーっと座ったら最後、ご飯も食べない、用足しにもいかないんだから。それでもおっかさまが元気だった頃は、手を引いて便所に連れていって、口にご飯押し込んで、生かしておいたんだもの。おっかさまも丈夫じゃなかったから、まもなく倒れてな。養えないでしょうや。それでちょうど気仙沼《けせんぬま》の方のオガミサマに見てもらったら、清水《きよみず》の観音様がついていらっしゃる、ということで、それじゃ行をしてもらって、という話になったんです。秋口から水だけ飲ませて、それだってむりやり口開けて、飲ませたそうです。もともと、信心してたせいか、最後まで経文だけは唱えてたっていうわね。それで暮れだったかしら。みんなでお供えものして、滝の裏に座らせて。水ごりとって。ちょうど商売に来たときだったんで、わたしも一緒に見さしてもらったけど、滝ごもりに入るとき、家の男衆も一緒に水ごり取るんですね。けど、親父殿は、その前に血圧でぶっ倒れていたから、それで、ほれ、あの弟が代わりに、頭から水さ、かけて。水から湯気が上がって、本当に難儀なことだこと……」

実藤は、寒さと疲れでその場に座り込みそうになった。行者は水名川泉などではなかった。養いきれなくなった、精神障害の娘、おそらくは重度の鬱病《うつびょう》だったのだろうが、それを行者に仕立てあげて、村ぐるみで葬ったのだろう。あきれた話だ、と思った。しかし福祉行政を拒否した家と、村の閉鎖的体質が招いた「消極的殺人」だと、はたして言い切れるものだろうか、と実藤は思う。

もしかしたら村の人々は本当に信心していたのかもしれない。女に、本当に清水の観音様がついたと信じたのかもしれない。外から来た、というのは、そういう意味なのだろう。実藤はここまでやってくるきっかけになった、自分のとんちんかんな思い込みに今更ながら呆れた。しかし水名川泉の死の可能性は、これで一つ消えた。

その夜、一ノ関まで戻った実藤は、三十分遅れで最終の「やまびこ」を逃した。

在来線の東京行きは、夜行列車で、発車まで数時間ある。

殺風景な待合室に腰を下ろし、ビジネスダイアリーを取り出し、この前書き留めた水名川泉の経歴にもう一度、目を通す。

「……東京世田谷区に生まれる。O女子大文学部出身。専攻は国語学」

花房孝子と同じ出身校だ、と気づいた。花房本人の口から聞いたわけではないが、いつかパーティーで「女の東大だ」などと冷やかされていたのを覚えている。

何かわかるのではないか、というわずかばかりの期待をして公衆電話に走り、花房の自宅の電話番号を押した。

花房は、すぐに出た。近くで子供の声がする。

水名川泉の事を何か知らないか、と実藤は前置きなしに尋ねた。

「その人だれ？」と花房は聞き返す。確かに、篠原の荷物の中から出てきた原稿の件に関しては、花房には何も話していなかったから、知らないのも無理はない。

めまぐるしい速さで減っていくカードの度数に目を凝らしながら、実藤は手短かに事情を説明する。

「旧姓は？」と遮《さえぎ》るように花房は尋ねた。

「わからない」

「歳、いくつだったっけ？」

「一九三四年生まれ」

「それじゃ知らないわ。いくら同じ大学だって、私より一回りも上だもの。で、学部、なんだっけ？」

「国語学」

「ああ、文学部なのね、私は仏文だから」と言って、騒ぐ子供をちょっと叱りつけ、すぐに「国語学って言えば大多和田照夫《おおたわだてるお》先生に教わった世代じゃないかしら」と言う。

「大多和田って、たしか国語辞典を作った人じゃないですか？」

「ええ、国語学者よ。私達のときには、東大に移ってたけど。そして知る人ぞ知るアイヌ語の権威」

「アイヌ語？」

「日本の先住民はアイヌ、そして原日本語はアイヌ語、と信じていたみたい。北日本の地名を詳細に調べてね、特に青森の下北あたりの地名にアイヌ語起源の言葉が残っているのを発見して、東北人とアイヌが、人種的に同じだ、と主張したの。今では完全に否定されてしまったけど。あの先生、国語学者なのに、文化人類学的な業績を残したのよ。アイヌの村に入り込んで、習俗とか信仰について、詳細な調査をしたから」

「なるほど、わかりました」

「何がわかったの」

「ええ、そのうち……」

実藤は、言葉をにごすと、休日にわずらわせたことを詫びて受話器を置いた。

「聖域」に出てきた本州の北の果てに住む蝦夷《えみし》達の描写は、泉が大多和田の元で学んだ事が基礎になっているのだろう。

ここでもまた、泉の視線は北の大地、下北に結びついてくる。そして「聖域」後半の舞台「岬の村」の岬の規模を拡大してみたとき、それはそのまま本州の北の果て、下北半島になることに実藤は気づいた。さらに蝦夷達の聖なる山、泉が「雪花里《つがり》」と名づけた標高六百メートルの山は、岬を下北半島に置き換えてみると、半島中央部にそびえる釜臥山《かまぶせやま》一帯、すなわち恐山《おそれざん》、ということになる。

実藤は、まだ恐山に行った事はない。しかし雑誌やテレビから得た鮮明なイメージがあった。

硫黄《いおう》の噴き出す草木一本生えぬ荒涼とした大地、異様な色に輝く宇曾利湖《うそりこ》、亡き子の名を刻んだ絵馬を奉納した地蔵堂。それらは「聖域」の中で、慈明が妖怪どもと対峙する、あの場所のイメージそのものだ。そうしてみると、泉は、恐山にほど近い村に移り住んだ可能性が高い。ただし今でもそこに泉が住んでいる、ということにはならない。しかし手がかりくらいは摑めるだろう。実藤は時刻表を見た。今度は上りではなく下りだ。休日は、あと一日残っている。

下北に向かう列車は、思いの外少ない。特にこの時間ではちょうどいいものはなかった。

これから盛岡へ出ても、最終特急「はつかり」に乗るには、間に合わない。寝台特急「北斗星」では下北半島への拠点、野辺地《のへじ》に停まらない。夜明け前まで待って、夜行急行の「八甲田《はっこうだ》」に乗るしかない。

あきらめる気はなかった。水名川泉の失踪の謎を追って、ここまでやってきた。しかし実藤の本来の目的は、そんな探偵ごっこではない。水名川泉をみつけ、「聖域」を完成させる事だ。そしてそれを活字にする事だ。

文芸書の売れ行きは落ち込み、蓮見ゆきえのような作家が新人賞を取って出てくる。そんな状況の中で、「聖域」に出会ったのは僥倖《ぎょうこう》だ。米山編集長が何を言おうと、篠原が脅そうと、良質な作品を世に出すのが、自分の仕事だと思えば、ゆずれない。

何よりも実藤は、知りたいのだ。辺境を訪れた慈明のその後を、あの魑魅魍魎《ちみもうりょう》どもとの闘いは、どのような決着をつけるのか。篠原のように、プロットらしきものを聞いただけで、「この作品の続きは自分の頭の中にある」などと、胸を張るのは傲慢だ。

文章になっていない作品が、完成しているなどと言えるはずはなく、それを完成させるのは、自分しかいない。

泉は、どこかで生きている。とりあえずはそう信じる他ない。記憶喪失になって新しい生活をしているのかもしれないし、あるいは何もかもいやになり、家庭も仕事も捨ててしまったのかもしれない。

それなら引っ張り出して思い出させてやるまでだ。書きたくて仕方のないやつに書かせるなら、編集者などだれにでもできる。

時計を見る。九時半を回ったところだ。「八甲田」が来るのは、明朝の四時半だ。

駅を出て、裏通りの一杯飲み屋に入る。座敷に上がり、すり切れた畳にあぐらをかいて一杯やりながら、山積みになった漫画雑誌を手にとった。

山稜出版で発行している物だ。

『山稜』の実売数は、ついに千をわずかに超えるところまで落ち込んだ。しかし彼が手にしている漫画誌は、二百万部を突破している。つまみの汁やビールのしみで、でこぼこになったページを実藤はめくっていく。思わず夢中になって読む。文化荒廃だの、低俗だのと非難されたところで、これが二百万部を売る実力だ。もっと面白く、もっと強烈に、読ませろ、売れ、と出版不況を吹き飛ばす気迫が、個々の作品から噴き出てくる。

『山稜』にないものだ。しかし、泉にはある。少なくとも彼女が、約十年前に書き、篠原の机の中に眠っていた作品には、この勢いがあるのだ。差別に触れて一流出版社から排除された泉が、開き直ったように『異端文学』で書いたいくつかの娯楽作品。読ませろ、とにかく夢中にさせろ、とばかりに、性と暴力をちりばめて書かれた作品群。

泉の描いた「性と暴力」はただの売れ線狙いに留まらない、どこか人間の根源的なエネルギーに通じるものがある。そして泉はもう一度、山稜出版から声がかかり、篠原と出会ったとき、そうした傾向にさらに深く、スケールの大きなテーマを付け加えたのだ。

十二時過ぎに店を追い出され、実藤は再び駅の待合室に戻った。カバンを枕にベンチに横になる。いくらか暖房は利いているようだが、背中が寒さとプラスティック製のベンチの堅さで痺《しび》れてくる。

天井をみつめていると、不意に切ない気分になった。千鶴の事を思い出した。学生時代に寝袋ひとつ担《かつ》いで晩秋の北海道を回った、という話を千鶴からきいたのは、あの夏の日だった。釧網《せんもう》本線の駅の待合室をホテルがわりにした、と少し得意げに語っていた。そのときは旅情があっていい、などと笑ったものだが、実際にやってみると思いの外辛い。

千鶴は、リゾートだのファッションだのという普通の若い女の好きなものには、興味がなかったのだろうか。木綿のシャツにジーンズ、いつもそんな格好で、いまどき冷房もない部屋に住んでいた。やせ我慢のようには見えなかったが、そうだったのかもしれない。それにしてはいつも楽しそうだった。案外、実藤とも彼の周りの人間とも、違う世界で生きていたのかもしれない。

どこでもよく寝る女だった。よく寝るから活力にあふれていたのかもしれない。彼女の内では、時は常に濃密に流れていたのだろう。二十年先まで見渡せる人生などなかったに違いない。

千鶴は駆け足で走りぬけていった。一瞬のうちに実藤を追い越して。生き急ぎ、死に急いだ。せめてもう少しの間、隣を走ってくれたらよかったものを。

しかし千鶴の死を知った当時の、胸の奥のひりつくような哀切な思いは今はない。懐かしんでさえいる。いつのまにか、死者は死者の国に送ってこんなときにしか思い出さなくなっている。生きている者の非情さを思った。

うとうとすると、湯気の立つ川で水をかぶる夢を見た。凍った滝を透して、灯明が見える。その前で女が正座して、経文を唱えている。鬱病を病んだ中年女のように見えたかと思うと、一転して、ポンパドールを結い、暗く張りつめた目をした泉の顔に変わる。

実藤は、手《て》桶《おけ》に水を満たす。

見《けん》我《が》身《しん》者《しゃ》発《はっ》菩《ぼ》提《だい》心《しん》　見我身者発菩提心と、不《ふ》動《どう》明《みよう》王《おう》真《しん》言《ごん》を唱えながら黙々と水をかぶる。やがて全身に震えが来て目覚めた。

屑籠《くずかご》をあさり、中から新聞紙をひっぱり出し体を覆い再び横になる。眠りに落ちると再び、水ごりをする夢を見た。何度かそんな事を繰り返したのち、ようやく「八甲田」がホームに滑り込んできた。

5

翌朝八時過ぎに、列車は下北半島の入り口、野辺地に着いた。相変わらず空はどんより曇り、夜明け前のような暗さだ。

野辺地に着く少し手前で目覚めた実藤は、ふと、「聖域」冒頭で泉が、岬の位置をかなり正確に書いていたことを思い出した。メモしたような気もするが、しなかったような気もする。半信半疑でダイアリーをめくるとあった。

「東経百四十一度四十分、北緯四十一度、狩場沢《かりばさわ》、雪花里山《つがりやま》」

おそらくこれが、下北半島のある場所を示すのであろう。さっそくダイアリーの付録の地図を開けたが、縮尺のいい加減な鉄道路線図で、経度緯度は載っていなかった。

身を切るような風に、体を丸めて実藤は列車を降りる。駅前でタクシーに乗り、下北半島に雪花里という場所はないか、と尋ねる。運転手は怪訝《けげん》な顔をした。

「ツガリ？　津軽半島の間違いじゃないんですか？」

「いえ、雪の花の里って書いて、ツガリだけど、似たような地名のところはないですか？」

「何だか、飲み屋の名前みたいだな」と運転手は首を傾げるばかりである。

それでは、東経百四十一度四十分、北緯四十一度という場所はわかるか、と尋ねる。

運転手は、地図を取り出した。ちょっと眼鏡をずらせて視線を落とした後、ぎょっとしたように言った。

「海の上ですよ、お客さん」

覗き込むと、確かにその通りだ。核燃料基地問題で揺れている六ヶ所村にほど近い海上だ。あたりは真っすぐ南北に伸びる海岸線で、岬らしい物は何もない。

「とりあえず、ちょっと行ってみてくれますか？」

「海の上にですか？」

「いや、その近辺」

ひょっとすると、大縮尺の地図には載ってこない、ごく小さな島や、岬があるかもしれない。

実藤は車窓に目を凝らす。

ヒバの防雪林を抜けると、どこまでも平坦な田園風景が広がる。やがて道路は海岸沿いの道を北上し始める。

光の薄い空の下に、鈍色《にびいろ》の穏やかな海が広がるばかりだ。陸中海岸で見られる深く険しく切り立ったリアス式の景観は、この辺りでは見られない。砂浜がまっすぐ四十キロあまりも延びている。

「このあたりが六ヶ所村ですけど」と運転手が言う。

「岬はないでしょうかね？　標高六百メートルくらいの」

「六ヶ所村にですか？　この通り、真っすぐの海岸線ですよ」

それから運転手は、急に深刻な口ぶりになって尋ねた。

「お客さん、東京？」

「ええ」

「だれかに土地を摑まされたんじゃないでしょうね」

「いえ、違います」

実藤は慌てて否定する。

「どうします？　このまま突端《とったん》の尻屋崎《しりやざき》まで行きますか」

運転手に尋ねられ、実藤は料金メーターを見てから、ここから一番近い大湊線《おおみなとせん》の駅に、戻ってくれるように言った。

タクシーは吹越《ふっこし》という小さな駅に着いた。四十分程の待ち合わせで来た電車に乗り込み、下北まで行った。そこからバスに乗り換え、田名部《たなぶ》まで行く。

来る途中の海岸線の荒涼とした風景から、ひなびた漁村を想像していた実藤は、賑《にぎ》やかな繁華街の様子に驚いた。

いったん田名部でバスを下り、中心部にある大きなスーパーマーケットで、安物の綿入ジャンパーと弁当を買った。それからバスセンターで観光用パンフレットを数枚取り、再びタクシーに乗り込む。

「恐山」と行き先を告げると、運転手が、バックミラーの中で眉《まゆ》を上げた。この季節、すでに恐山は閉山している、と言う。十一月から翌年の四月いっぱいまでは、総門を閉ざし、留守番の者が一人残るだけなのだ。

落胆しながらも、それでは総門まででも行ってくれ、と頼むと雪のために道路封鎖されている、と言う。実藤はあたりを見回した。風は冷たいが雪はない。

「このあいだ、降ったんですよ。根雪《ねゆき》になるには早いけど、あのあたりはもう積もってるでしょう」

運転手は答えた。

「途中まででいいですから、行ってください」と実藤は頼むと、「行けるとこまでで、いいんですね」と念を押し、運転手は車を発進させた。

繁華街を抜け、車は山道を登り始める。ヒバの森に囲まれた舗装道路は、曲がりくねりながら、高度を上げていく。

まもなく日陰に白い物が見え始め、急坂を登りきって、行者の水飲み場あたりで、道路は、「この先、冬期通行禁止」という看板に遮《さえぎ》られた。

柵の手前で、実藤は下りた。針葉樹の林に囲まれているが、思いの外明るい。朝方の鉛色の空は、すっきり晴れ上がってはいないものの、地上に白く透明な光を投げかけている。大気がどことなく輝いているように見えるのは、あたりをうっすら覆った雪のせいだ。

路肩に寄ると、足元遥かにむつ市内が見渡せる。

この先は徒歩で行くので、二時間後に迎えにきてほしい、と言うと、運転手は驚いたような顔をした。

「行ったって何も見られないですよ」

「建物だけでも見てきます」

実藤は歩き始めた。

「総門を閉めてるんですよ、お客さん。周りは塀をめぐらせてますからね、入れませんよ」

運転手は窓から首を出してどなった。

「じゃ、その総門を見てきます」

運転手は呆れたような顔をすると「じゃ、二時間後、ですね。少し早めに、三時十五分にはここにきてますから」と念を押し、走り去っていった。

実藤は曲がりくねった坂を息をはずませて登っていく。

先程、田名部で買った綿入ジャンパーのおかげで、寒くはない。底の減ったシューズで注意深く歩みを進めていくと、坂道は急に下り、目の前が開けた。カルデラの中に入ったのだ。

そのとき薄い雲間から太陽が顔を出した。正面に雪をかぶった釜臥山《かまぶせやま》が見える。頂《いただき》に雪を煌《きら》めかせた山の根元から湖が広がっていた。鏡のように澄みきった湖面は、山の影をくっきりと映し、細かな金色の漣《さざなみ》を立てている。

信じがたいほどたおやかな光景だ。しかし、見るものを圧倒するような存在感も、引き込むような凄味のある美しさも、神々《こうごう》しいばかりの神秘性も、およそ実藤が恐山に対して抱いたイメージは不思議とない。

湖も山も、小さい。ちんまりと優しく、穏やかに、本州の最北端の厳寒の地に、両《りょう》界曼陀羅《かいまんだら》さながらのミニアチュールを作り上げていた。

失望感に捉えられて、実藤は自分が抱いていたイメージがどこから来たものか考えた。それは何枚もの観光写真であり、数年前に肝硬変で亡くなったある詩人の手による映画の数カットだった。

陽が落ちる寸前の宇曾利湖《うそりこ》と、その向こうに黒々と影を浮かび上がらせた釜臥山。スクリーン一杯に広がる光景は、雄大で限りなく不吉だった。

それがカメラマンの創作である事を実藤は知った。と、同時に水名川泉の創作である事も痛感された。

現実の風景など、物を創ろうという人間にとっては、単なる素材でしかない。だから物語を読んでその地を訪れた者は、多くの場合失望する。逆に言えば、失望するような場所から、印象的な光景を作り出してしまうのが、創作者の力なのだろう。

実藤はパンフレットを取り出し、恐山の縁起《えんぎ》を読む。

慈覚大師円仁《えんにん》が中国で、霊夢を見て帰国し、その地を探し求めてたどりついたのが、この下北の地であった。釜臥山から眺める宇曾利湖と賽《さい》の河原《かわら》の光景に、地獄と極楽の光景を見て、ここを聖地と定め、一体の地蔵菩薩像を刻み、寺を建立《こんりゅう》した。

なるほど、「聖域」のヒーロー慈明というのは、慈覚大師の事だったのか、と実藤は納得した。山形の立石寺《りっしゃくじ》を始めとして、全国に残された大師の足跡と、当時の天台宗勢力の席巻《せっけん》ぶりを思い起こせば、あの泉の手による物語の設定事項とぴたりと重なる。おのずから、あの物語の先がどのような物になるのか、想像がついた。

やはり慈明は、魑魅魍魎《ちみもうりょう》を祈り伏せるに違いない。単に鎮め、封じ込めるのではなく、泉は、地蔵菩薩による救いも用意した事だろう。実藤はいつか篠原に「この先を君ならどうする」と尋ねられた事を思い出した。あのときの実藤の答えをきいて篠原は笑ったが、彼自身、あの物語の先など知らなかったのだろう。

しかし慈明が慈覚大師、すなわち延暦寺三代座主《ざす》、円仁だと思うと、実藤はいくらか興醒《きょうざ》めな感じがした。あまり偉い坊さんであってほしくはなかった。実藤は慈明を彼の内側に引き寄せていた。いや、自分の方が引き寄せられたのかもしれないが。とにかく仏教的な情熱を別にすれば、慈明は実藤と大して変わらぬ非力で不安感に苛《さいな》まれた青年だった。あの物語が、日本仏教の最高位に昇りつめた男の若き日のエピソードでは、めでたすぎて思い入れの余地はない。

まもなく正面に総門が見えてきた。分厚い板でできた門は、しっかり閉じられて、境《けい》内《だい》は塀で囲まれ、中を見る事はできない。しかしそこは都会の寺院とは違う。広大な敷地を全部囲むわけにもいくまい、と思い塀に沿って回り込んでみると、案の定、山の斜面で切れていた。硫黄《いおう》のせいで黄色っぽくなった岩に手をかけ、斜面を登り、実藤は中に入った。留守番がいる、とは聞いていたが、この広い境内では、みつかる事もない。葉をすっかり落とした藪《やぶ》を掻き分け、石南花《しゃくなげ》の茂る斜面を抜けて、境内を見下ろすと、中央に真っすぐな参道が見えた。一番手前、参道のつきあたりが地蔵堂だ。だだっ広い境内には、小道がつけられ、幾つもの堂や供養塔がある。賽の河原の向こうに湖面を煌めかせた宇曾利湖が見える、地蔵堂の左側に白い湯気の上がっているところが、湯小屋だろう。細長いアパートのようなモルタルの建物は、宿坊だ。夏場には、ここに多くの観光客を泊めるのだろう。

参道を迂回《うかい》して、実藤は硫黄のガスの濃く臭う賽の河原に下りる。木々がなく、緩《ゆる》やかな起伏を見せる丘陵地で、岩の白さや、目の前に広がる湖の景色などのせいで、印象は明るく穏やかだ。

いつか見た南八ケ岳の荒涼と切り立った風景の方が、はるかに地獄に近かった。うっすら雪を被った建物はどれも新しい。コンクリートの土台の塗りも鮮やかな建物がいくつも散在するのは、北東北観光の拠点として、ここが最近、人気を集めてきたからだろう。

実藤は極楽浜に下りた。漣《さざなみ》の打ち寄せる水辺に、ごく細い魚影が見えた。かなり酸性の強い水とは聞いていたが、それでも生物が住んでいるのか、と感動しながら、浜を回り込んで外に出た。

迎えのタクシーに乗って、むつ市内に戻ったのは、四時過ぎだった。ドライバーに、郷土博物館か、図書館はないか、と尋ねると、博物館はないが、図書館ならあると言って、高台にある公園に連れて行かれた。

頬に痛い程の寒風の吹き付ける高台の一隅に、古びた木造建物が建っていた。スリッパに履き替えて中に入ると、司書らしい男が、一人コピーをしている。人気《ひとけ》はなく、狭い室内は、静まり返っていた。

実藤は司書に挨拶《あいさつ》し、名刺を差し出した。五十がらみの男は館長だった。

「ほう、東京からわざわざいらっしゃったんですか。出版社にお勤めで」と、実藤をまじまじと見る。実藤は、作家の取材の手伝いで、と答え、恐山や下北半島の民間信仰についての資料を見たい、と申し出た。館長は、郷土資料コーナーに実藤を案内した。窓際に机があり、そこで閲覧するようになっている。

実藤は数冊の本を引っ張り出して、素早く目を通す。研究者の手によって書かれた恐山についての記述は、観光用パンフレットにあった伝承とは、かなり違うものだった。大師が下北にやって来た、という開創伝説は、史実の上からは否定されている。おそらく比叡山系の講読師が布教する事で、大師伝説が広まったものだろうとされている。よく似た事を水名川泉は、立石寺について書いていた。そのことを考え合わせれば恐山についても、泉がこの程度の事を知らないはずはない。すると、慈明は慈覚大師円仁というよりは、無名の一講読師ということになるのだろう。

開山の時期は恐山縁起にある貞観《じようがん》四年より、はるかに時代が下る、というのが定説らしい。もとは、羽黒山《はぐろさん》系の修験者達のこもりの山であったが、後に様々な宗派が入ってきたのではないか、としてある。

資料はどれも興味深い内容だったが、直接、水名川泉の足取りを摑むヒントになりそうなものは無かった。

それから一般宗教関係の資料を探し始める。「陸奥地方の宗教と民俗」という、地元の大学で出した調査報告書をみつけて、手にとる。

何気なくページを開くと、「陸奥地方における新興宗教」というページが現れた。これは関係ないので、「民間伝承の中の神」とか、「祖霊信仰と年中行事」といったところに目を通す。しかし何かの拍子にページを閉じると、また次に「下北における新興宗教」のページが開いてしまう。舌打ちして何気なく見ると、奇妙な物があった。水色の和紙をよじった長さ十センチほどのこよりが、綴《と》じ代《しろ》ぎりぎりの所にしっかり食い込んでいた。なんとなく見慣れたものだ。しかしそれが何だったのか、思い出せない。

とりあえず目指す所をコピーし終え、実藤は一般書の棚を見た。町の図書館らしく、小説と児童書などを中心に揃《そろ》えてある。予算がないのか、新刊本はごく少なく、どれも四隅がすり切れた名作や十年前のベストセラーの類《たぐい》だ。

三木清敦の本が数冊並んでいるのが目に入り、実藤は無意識に手にとった。扉を開くと、

「むつ市立図書館様

三木清敦、昭和六十二年八月四日」とサインがあった。

この瞬間、先程、調査報告書のあるページをしつこく開かせていたこよりが何だったのか、実藤は思い出した。三木が使っているものだ。三木は未だにホッチキスや、クリップで原稿を綴じるのを嫌い、穴をあけて、和紙のこよりで綴じているのだ。それも長年使っていたメーカーのこよりが生産中止になってしまった後は、秘書兼愛人の女に、あさぎ色の和紙を切って指でよじらせ、何本も作らせている。文士達のこの手の文房具

へのこだわりをあげつらっていては、きりがない。しかしあの本の中にそのこよりがあった、という事は意味がある。

彼は、昭和六十二年の夏にここに来て、恐山近辺ではたった一つのこの図書館の資料をあさっていたのだ。

何のために？　もちろん作品の取材のためだろう。それは三木の作品を丹念に調べれば確かめられる事だ。しかしもう一つの可能性もある。三木もまた、泉の足取りを追っていたのではないだろうか。

実藤は館長のところに行き、三木の本を見せた。

館長は皺深《しわぶか》い顔いっぱいに笑みを浮かべた。

「こちらに、おみえになりましてね。事前にお電話でも下されば、いろいろご用意しておりましたものを。調べ物をされたい、とおっしゃって、やはりおたくがいたあの場所に座って半日以上、本をご覧になってました。特別資料なんで、残念ながら規約で貸し出しはできないもので、コピーを取ってさしあげました。サイン本ですか？　もちろんそのときにいただいたものです。気さくな方でしたね」

コピーを取った……。

こよりはその際、しおりのかわりに挿《はさ》まれたものだ。

あのページに、何か三木が着目するような事が書いてあったというのか？

実藤は、書架に取って返すと「陸奥地方の宗教と民俗」の本を引き出し、こよりの挿んであったページを開けた。

「下北における新興宗教」に、三木はどういう興味を持ったのだろう。

実藤は、その章をコピーした。

図書館を出たのは、閉館間際だった。辺りはすっかり暗くなって、吹きつける雪まじりの風の向こうにネオンがまばらに瞬いているのが見えた。

野辺地まで出て、上り急行「八甲田」の座席に座ると、実藤は図書館でコピーしてきたものを取り出した。先程は気づかなかったが文章の一ヵ所に、線が引かれている。

元々、薄く鉛筆で引いてあったのだろうが、コピーする事で鮮明になったらしい。

章の大半は、神道系の比較的大きな教団についてページが割かれていたが、その線は、最後のごく付け足しと見られる部分に引いてあった。

「尚、東北地方は、大規模教団の育ちにくい地域ではあるが、下北、津軽地方には、民俗信仰をベースにした、いくつかの小規模教団が散在しているのがわかる。教義や組織に於いては、不整備な部分は多いが、多くは現世利益的な側面をもち、民衆の根強い支持を得ている」

いくつかの例が挙げられており、その中の夏泊《なつどまり》半島付近に最近できた「霊燈園」という教団名の下に、線は引いてあった。「霊燈園」については、何の説明もなされておらず、陸奥地方の地図上に、他の教団や寺社とともに丸印で示してあるだけだ。

この線が三木の手によって引かれた証拠はないが、その可能性は高い。調査報告書の作成年度を見ると昭和六十一年度となっている。水名川泉が「聖域」を中断させて失踪したのが、十年前、昭和五十七年から八年にかけての事と思われるから、その三、四年後の事となる。

泉と「霊燈園」が結びつくのかどうかはわからない。しかし確かめる手段はある。

実藤は、コピーの束を丁寧にカバンにしまいこみ、向かいのシートに足を乗せて横になった。車内に人影は疎《まば》らで、凍えない程度の暖房だったが、昨晩に比べれば天国のようだ。揺れに身を任せて、実藤は浅い眠りに落ちていった。


早朝、東京についた実藤はその足で出勤した。節々は少し痛んだが、不規則な生活に慣れているせいで、さほどきつくはない。

それでも午前中の会議では居眠りが出た。うとうとして目覚めると、手帳に「霊燈園」と無意識に書いた。会議が終わった後は、霊燈園、霊燈園と七つ、八つ、書き込まれていた。

昼休みに、実藤は調査報告書を発行した大学の研究室に電話をかけた。初めに女が出て教授に代わったが、報告書の作成に直接関わっていないので、内容についてはわからない、と言う。さらに新興宗教の章を書いた者は、今、調査のためにアメリカに行っている、との事だった。ただし、彼の助手がまもなく来るので、三十分後に電話をくれれば、何か答えられるかもしれない、と言う。

再び電話をした実藤は、助手に「霊燈園」について詳しい事を尋ねた。相手はいくらか甲高《かんだか》い声の男で、あの報告書をまとめた当時はまだ、大学院の院生だったと語った。

「霊燈園」は、彼が直接、足を運んで調査を行い、その結果をもとに指導教官が報告書をまとめた、と不満とも自慢ともとれる口調で言う。

場所は夏泊半島の根元にある「憶念寺《おくねんじ》」という廃寺で、地元の女達が集まり、講《こう》のような事をやっているもので、彼は、それを「新興宗教」とみなせるかどうか疑問だ、と言う。

「農村社会内部の寺に純粋に宗教的機能を求めるのが、間違いなんですね。寄り合いをやったり、年寄り連中が孫の子守をしながら雑談をしたり、まあ、公民館とか、保育園とか、ぼくは福祉施設といってもいいような所じゃないか、と思うんですよ。それで、この憶念寺の事ですが、廃寺という事で、住職はもちろんいないんですが、そこにカミサマが、住みつきまして。え、そのカミサマというのは、いわゆるカミサマではなく……」

「シャーマンの事ですね。イタコではなく晴眼者で、仏下ろしはせずに、神の託宣を行う」

　実藤は、知っている限りの知識で答えた。

「え、そうです。そういう意味ですが、現実的には、イタコもゴミソもカミサマも、区別がなくなってきています。盲人も晴眼者も、死者の口寄せも神様の予言も、今では区別なくやってます。むこうも商売ですからね。それで、なんというか、そのカミサマが、なかなかよく当たるっていうか……。どこか別の土地から来た人だそうだけど、素性はだれも知らされていませんでした。ただ、ずいぶん慕《した》われていて、カミサマの言うとおりにしたらお嫁さんと喧嘩しなくなった、とか、孫の喘息《ぜんそく》が治ったとか」

「別の土地、というと、どこなんですか。カミサマというのは、もちろん女ですよね」

「調査に行ったときには、カミサマが別の家に呼ばれていて、僕は直接、会えなかったんです」

　助手は、少しすまなそうに言った。

「で、結局、カミサマはその寺で教祖みたいな事をしてたって、事ですね」

　実藤が念を押すと、相手は少し考え込んだ後に口を開いた。

「教祖っていうと、いくらかイメージが違うんですよね。つまり、そちら東京だとわからないと思うんですが、こっちの気候はひどいんですよ。冬の間は、寒くて、それだけならいいけど、どんよりした真っ黒な空で、見ただけで憂鬱《ゆううつ》になってくるんです。それに気晴らし一つするところもないわけで。その上人間関係が濃くて、息苦しいんですよ。それはこっちに住んでみなきゃわかりませんが、けっこうシンドイわけで、僕は思うんですが、あのカミサマは、もちろん彼女達の死んだ母親だの、弟だのと言って、死者の呼び出しをしたりもしていましたが、結局、一種のカウンセリングだと、僕は見ていますね。たとえば、朝、お姑さんに叱られて、腹いせに味噌汁に変な物を入れて食わせてきた、なんて嫁さんが来るわけですよ。嫁さんは、それでもまだおさまらないんだけれども、心のどこかで、お姑さんにすまないなって、気持ちがあるんです。それで普通の和尚なんかだったら、『自分の心に、傲慢《ごうまん》な所があったのかもしれないから、反省してみなさい』とか、『年寄りは大事にしなさい』とか通りいっぺんの説教をしてしまうんですが、それではかえって反発を招く。ところがカミサマは、嫁さんの亡くなった祖母か何かになってしまうんですよ。それで『あの姑さんだって、本当はおまえに済まないと思っている。自分が早く死んで、代わりに孫を授けてやりたいと、毎日、仏様に願かけしてる。わたしには見える』みたいな事を言うわけです。嫁さんは、最初は半信半疑だが、そのうち涙を流して、そうかもしれないなんて思って、気持ちが優しく解かれてくるんです。カウンセリングを行う方も受ける方も、本当に霊がついたなんて、思ってるかどうか……。ただ、そういう約束事の上に立ってやっているんです。精神の健康を保つという意味で、十分機能していると、僕は思いますね」

実藤には、電話の向こうの若い助手の言葉は正論のように思われた。もし、そのよそもののシャーマンが泉だとしたら、なぜ泉がそんな役割を担ったのかは、謎だ。

最後に実藤がその「霊燈園」の場所と電話番号を尋ねると、相手は電話はたぶん引いてないのではないか、と言う。住所と行き方については教えてくれた。ただ、なにぶん六年も前の事なので、現在、そこにカミサマがいるかどうかはわからない、と言う。

受話器を置くと、実藤は電話番号案内を呼び出した。

無いことは覚悟で、「レイトウエン」と言うと、先方は「レイトウエビ？」と聞き返す。もう一度「レイトウエン」と言うと、少し待たされてから、登録なしという答えが返ってきた。

「宗教法人なんですが、ないですか？」と食い下がると、それでは「リョウトウエン」で調べる、と言う。その名前で、電話番号はみつかった。ただし住所は、先程、大学の助手の言ったところとは、かなり離れていた。青森の手前にある小湊《こみなと》駅から、内陸に入った内童子《うちどうじ》というところだという。

どうやら「霊燈園《りょうとうえん》」は拠点を移したらしい。

実藤は言われた番号を回してみた。

「はい、霊燈園でございます」

若い女の声だ。まったく訛《なま》りはなく、どこかのオフィスにかけたようだ。

実藤が、出版社名と自分の名前を言うと、相手は少し緊張した声になり、すぐに男に代わった。

そちらの事について知りたいのですが、と実藤が言い終わらぬうちに、「取材ですか？」と尋ねてきた。

「いえ、人を探しておりまして、個人的な事情です」と答える。

「うちではマスコミの取材は受け付けておらないんですが」と実藤の言葉を聞いていないように、男は答える。実藤は首を傾げる。男の口調には、津軽の訛りも下北の訛りもない。むしろ関西弁に近いイントネーションだ。

「そちらの教祖について知りたいんですが」と言うと、「電話での問い合わせには応じかねます。こちらに来て、直接、お話をする、という事でよろしければ、お答えします」と言い、毎週日曜日には、駅前からマイクロバスが出ているので乗るように、と時間まで指定した。

道場にでも閉じ込められて洗脳されるのではないかと怖じ気づき実藤は電話を切った。

それにしても、ここに本当に水名川泉は関わっているのだろうか。

鍵を握っているのは三木清敦だ。彼は数年前、下北半島まで行き、研究報告書の中に、霊燈園の存在を突き止めている。三木がそこから引き出した結論は何だったのだろう。

「泉は殺されたらしい」という、三木の奇妙に確信をこめた口ぶりは、何なのだろう。

電話をかけてすぐに確かめてみたかったが、三木は実藤の担当ではなく花房の担当だ。その上、文壇の大御所ともなれば、実藤あたりが自由に電話をし、対等に話をできる相手ではない。この前、三木がわざわざ電話をしてきて、情報を提供してくれたのは、酔って迷惑をかけたことへの埋め合わせのつもりだったのだろう。

実藤は、機会を待つことにした。それに再び青森に向かい、「霊燈園」まで行きたくても、この先しばらく休暇はとれそうにない。

6

三木から電話がかかってきたのは、それから二週間後のことだった。担当の花房孝子が話を終えて切ろうとしたのを、実藤は横から受話器を奪い取った。花房は、驚いたような顔をした。

「先生、先日はどうも」と受話器を握ったまま、頭を下げる。

「何かしたかね」と鷹揚《おうよう》な口調で、三木は答えた。

へそを曲げられないように、細心の注意を払わなければならない。

実藤はちょっと呼吸を整えてから、かねてから用意していたセリフを言った。

「先日は、水名川泉さんの事を教えて下さってありがとうございました。さっそく霊燈園に行ってみました」

電話の向こうで息を呑む気配があった。三木が提供した情報の中には霊燈園の事は入っていない。実藤に何かを摑《つか》まれたことをすぐに悟ったらしい。

しばらく間を置いてから「で、何かわかったか」と、いささかゆっくりしすぎた口調で三木は尋ねてきた。

「先生も、行かれたそうですね。それで水名川泉さんについて尋ねられたそうで。五年前に」

　もし間違っていたら、しかたないが、むつ市立図書館に残された三木の足取りからの当て推量で、実藤は言った。

　とたんに、ため息のようなものが聞こえた。無言の肯定だった。

「そんなに……なるかな」

　数十秒間沈黙してから、三木は続けた。

「毎年、暮れに伊豆高原の山荘で世話になっている者を集めて、ちょっとした慰労会をしているのだが、君も来るか？」

「はい、ぜひ、うかがわせてください」と実藤は直立不動で答えていた。


　一週間後、実藤と花房は、「踊り子」号に並んで座り、伊豆高原に向かっていた。

「今年は実藤君が一緒でよかった」

　花房は、ほっとした表情で言った。「あの先生、ときどき手がつけられなくなるから」

「女の人では、やはり大変ですか」

　実藤は、いつかの文壇バーでの三木の荒れようを思い出した。

「山荘っていってもリゾートマンションで、ツインルームになっているんだけど、例の愛人兼秘書が一緒ならまだいいのよ。そうでないと、編集者が同室にされるんだから。

それでみんな戦々兢々《せんせんきょうきょう》としちゃってるのよ」

「いびきとか、変な趣味があるとか？」

花房は、首を振った。

「気味が悪いそうよ。あの先生、うなされるらしくて、それで一人で寝ないんでしょうけど、唸《うな》り声を上げるし起き上がるし、そのせいか同室に泊まった人の中には、怖い夢を見た人がいたり、変な物がベッドの向こうから顔を出したのを見たり。S社の岡田君なんか、一晩中、先生を寝かさないで将棋の相手をしていたそうよ」

「まさか、その役を僕に押しつけるんじゃないでしょうね」

花房は、笑っただけだった。

三木は、その夜、リゾートマンションのワンフロアを各社の担当のために借りきっていた。シャンデリアのまばゆく輝く玄関を入ると、クラブのホステス達が出迎える。この日のために呼ばれていたらしい。しかし秘書兼愛人の姿はなかった。

大広間での宴会は、実藤達のついた四時過ぎから始まった。三木は、仕事のときとは打って変わって、わざとらしい程の陽気さを見せ、両脇に気に入ったホステスを侍らせている。ビンゴやらカラオケやらのばか騒ぎは、深夜に終わり、ホステスはハイヤーで送られ、招待客達は明朝の三木のゴルフに付き合うため、それぞれの部屋に引き上げた。

その直前まで、銀座のチイママの和服の裾《すそ》に手をつっこんでいた三木は、彼女をあっさりと帰してしまった。寝室にまで呼ばない理由は、実藤には想像がついていた。

宴の後、ゆっくり風呂に入った三木は、いくらか気難しげに口元を引き締めた文学者然とした顔に戻っていた。

実藤は将棋のセットをフロントで借り出すと、三木の前に行った。

「先生、お休み前に、お手合わせ、お願いできませんか？」

三木は、ちょっと微笑《ほほえ》んだ。

「よし、それでは相手になろうかな」と言うと、自分の部屋に向かった。

実藤は悟られないように、気をつけながら負けた。

「うん、かなわない。先生、やっぱり強いです」と言うと、三木は白髪頭《しらがあたま》をかきあげて言った。

「その眼鏡《めがね》、わざわざ曇らせる事はないよ」

苦笑して二回戦に入り、八百長はやめて本気で駒を置いたがあっさり負けた。実藤は、けっして弱い方ではない。高校時代、大宮で行われた地区予選では一位になった事もある。それが三木にはかなわない。頭に血が上ってきた。

「先生、もう一番！」と短く言うと、自分が何をしにここに来たのかも忘れて、夢中で駒を運んだ。

三木は強かった。いったいどれだけ先を読んでいるのか、見当もつかない。二回ほど実藤があっさり負けた時、三木は、腫《は》れぼったくなった瞼《まぶた》をこすりながら、「寝るか」と低い声で言った。

実藤は慌てて、将棋盤を片づける。洗面所から出たときには、三木はベッドに身を横たえ、瞼を閉じていた。

灯りを消そうとしたときだ。

「すまんが、ダウンライトだけでいいから、点《つ》けておいてくれないか」

三木は低い声で言った。はっとして実藤は三木の方を見た。しかし瞼を閉じた顔は穏やかで、半ばまどろんでいるように見える。それから数十秒後には、静かなゆっくりした寝息が聞こえてきた。

なんだ、何も起きないじゃないか、と実藤は失望したような、ほっとしたような気持ちで目を閉じた。そしてつい将棋に夢中になって、水名川泉について聞き損なった事を悔やんだ。

地の底に閉じこめられた者の断末魔の声、くぐもった、この世の物ならぬ苦痛に満ちた雄叫び、そんなものが耳を打ったのは、寝ついて小一時間もした頃だっただろうか。

毛布をはねのけ、起き上がった。

淡い灯りに、二本の腕が浮かび上がっていた。仰向けになったまま、三木は両手を突き上げ、目を開いていた。

「来るな。許してくれ。頼む」

背筋が凍りついた。実藤は唾を飲み込んだまま、しばらく身動きできなかった。すぐにでも部屋を飛び出したい気持ちを抑え、震える手で傍らのスイッチをひねり、部屋中のライトを点けた。それからベッドを下りて三木に近づき、その両肩を摑んでゆする。

三木の開かれた口が空洞のように見えた。

「先生、先生」

二度、三度、ゆすっているうちに、三木は充血した眼を実藤に向けた。ゆっくりと焦点が合ってくる。一声呻《うめ》くと、両腕をだらりと垂らした。

「先生、起きて下さい、先生」

そう叫ぶと、三木はようやく正気づいたように実藤をみつめた。「すまん」と低い声で言うと、長い息を吐いた。

「水名川泉の夢ですか」

実藤は、尋ねた。三木は目を閉じて、かぶりを振った。

「彼女はそんなに恐ろしい女でしたか」

「君は戦争に行った事はないんだったな」

実藤は、息を呑んだ。いつかの文壇バーに入ってきたときの三木の言葉を思い出した。

彼は今、どこかの塹壕《ざんごう》にいたのだ。そして顔を削ぎ取られた少年兵に出会っていたに違いない。多くの者にとって、五十年も前の体験は風化している。しかし未だに、作品の内に、原体験として内包している三木にとっては、形を変えることはあっても消えて無くなることはないのだろう。

「恐ろしいものは、他人ではない。それは自分の内に住む」

つぶやくように、三木は言う。

「はい」

「僕には水名川泉が必要だった。通俗的な意味ではない。魔を払うのは女の力だ。ほかの者ではだめで、泉でなければだめなのだ。それに気づいたときには遅かった。どうしても探し出したかった……」

「どうして霊燈園に行き着いたのですか？」

「水名川泉は、東京生まれの東京育ち。世田谷で生まれ、杉並に嫁《とつ》いだ。しかし一度だけ青森で暮らした事がある。伯父が、下北の大湊にあった日本特殊鋼管という製鉄会社の技師をしていたのだ。空襲がひどくなって、彼女はそこに逃れた。学童疎開ってやつだ。君達は疎開って言葉も知らないかもしれないな」

「知っています」

実藤は感情を込めずに答えた。

「彼女の作品が北を向いているのは、多感な時代に何か、そのあたりの文化に触れたせいかもしれない。僕は、彼女の足取りを追った。日本特殊鋼管の跡にも行った。だれもいなかった。ガラスは無くなり、屋根にまで草が生い茂ったコンクリートの廃屋が残っていただけだ。ところがたまたま入った食堂で、村の廃寺にどこからか女が来て住みつき、失《う》せ物探しや相談事に乗っているが、実によく当たる、という評判を聞いた。場所は、というと昔聞いた泉の疎開先に近い。それからむつ市の図書館で調べると、その辺りで新興宗教らしきものが興っている、という記事に当たった。さっそくその廃寺に行った。しかしそのときには、その寺、憶念寺はもう隣町の寺の配下に入っていて住職がいた。前に住んでいた女は、内陸にあるヒバの森に移っていった、と言うだけで消息は知れない。しかし顔形を聞けば、確かに女は水名川泉だ。その失せ物探しやら、仏下ろしやら、相談事をする会が『霊燈園』だった。住職が言うには、どこかの大和《だいわ》宗の寺で、泉の行き先を把握しているかもしれない、ということだった」

「大和宗って、何ですか？」

実藤は尋ねた。そんな宗派は聞いたこともない。

「天台宗地神盲僧派《ちしんもうそうは》に起源をもつ教団だ。盲僧と盲目の巫女《みこ》によって構成されている。戦時中、仏下ろしや祈禱などの行為が、人心を攪乱《かくらん》し社会秩序を害《そこ》なうという理由から禁止されたとき、天台宗から独立した」

「なぜ独立したんですか」

三木は、皮肉っぽい笑みを唇にたたえた。

「独立というより、切り捨てられたのだ。ちょうど宗教団体法が制定された年だ。天台宗側の言い分は、地神盲僧派は結社としての統率力にかけている上、教師の程度が低い、ということだ。天台という大教団の性格が見えてくる話じゃないか。しかし大和宗は、単なる加持祈禱や招霊を行う者の組合ではない。慈覚大師を宗祖に、貝田《かいだ》と旭《あさひ》という二人の伝説上の巫女を教祖とするれっきとした教団だ。本山は岩手県にある聖徳山大乗寺にある。僕はそこまで行って霊燈園の所在地を聞いた。いや、大和宗でそれを摑んでいた、というわけではない。たまたま来ていた巫女から、噂《うわさ》として聞いた。それでようやく霊燈園の引っ越し先を知ったのだ」

「内童子の方ですね」

「そうだ。さっそく行ったが、泉には会えなかった。応対に出た女は、『教祖は、カミサマになられてしまったので、もうだれにも会われない』と言う。自分は知り合いだ、といったが、女は、『カミサマはたとえ親子でも会わない』と言う。『厳しい修行の末、カミサマになられたので、会えない』と言い換えたとき、僕は戦慄《せんりつ》したよ。向こうの巫女の修行を知ってるかな、君は。山岳宗教の修験者達にも通じる事だがね」

「知ってます、知ってます」

岩手県の下払村で聞いた、百日行の事を実藤は話した。そして自分が、それをてっきり泉の事だと誤解して、そこまで出掛けたことも。

「結局は、精神障害者を抱えた家で起きた悲劇だったんですが、行の中には、そういう死そのものを目的に据えたようなものもあるようです」

三木はうなずいた。

「修行というのは、もともと死に限りなく近づく事を目的にしているものだよ」

その平静な口調の中に、不吉なニュアンスを感じ取り実藤はびくりと顔を起こした。

「もしや泉はその修行で……」

「僕は霊燈園を訪れた信者をつかまえて話を聞いた。確かに少し前までは、泉はだれとでもきさくに話をした、と言う。昔はカミサマは何でも話を聞いて、色々な事を教えてくれたものだ、と残念がった。ところが僕の行く数ヵ月前から、いくら頼んでも会えなくなった。相談ごとは紙に書き、金を包んで渡し、しばらく待たされてから巫女の一人が伝えに来るようになった、と言う」

「つまり……」

実藤は、少しの間逡巡《しゅんじゅん》して言った。

「水名川泉は生きてない、って事ですね」

三木は口元を引き締めただけで答えなかった。

「霊界の向こうから答えているというのは、そういうことですね」

命がけの修行をした後の泉に書かせることができたなら、すばらしいラストになっただろう。だが、その修行のために あの話の先は永遠に失われたのかもしれない。

それにしても不思議に思ったのは、物語中の主人公は天台僧なのに、水名川泉自身は仏教に接近せずに、土着宗教のカミサマになったことだ。

実藤は、比叡山で得度したある著名な女流作家の法衣姿を思い出していた。

秋の文学賞の授賞式に彼女が現れたときに、花房から紹介された。奔放な愛に生きたと言われる若い頃の面影はすでになく、皺深《しわぶか》い口元に漂う穏やかな笑みに、戦慄にも似た感動を覚え、実藤はその煙《けぶ》ったような薄紫色の衣の前に膝《ひざ》を折りそうになった。

もちろん文壇の地位という事では、三木に匹敵するくらいの作家であるから、畏敬の念はあったかもしれない。しかしそれにしても、仏教の僧侶という地位は、それが偏見だとわかっていても、農村の祭事や追善供養のために呼び出されるシャーマンよりも上だ、という意識はぬぐえない。

実際のところ仏教僧も巫女も、聖職者であることに変わりはない。しかも水名川泉は厳しい気候と閉鎖的人間関係の中で暮らす農村の女達にとっても、未だ戦争神経症らしき症状の発作に悩む三木にとっても、頼りになる相談相手であったようだ。

ただしその包容力に富んだ宗教者の姿は、実藤の中では、作品「聖域」を書いた水名川泉と、かなりずれた像を結んでいる。

やがて十二月も終わりに近づいた。

「聖域」は、一年前、篠原の元にあったときのように、実藤の机の中に置かれたまま、年を越す事になった。

死んでしまったとすれば仕方ないことだと実藤はぼやきながら、ときおりその原稿の先を想像してみる。

泉が生きていれば、どれほど果敢な魍魎《もうりょう》達との戦いを描いた事だろうか。中断した辺りに現れる、母の形をした妖怪の正体を慈明はどのように暴き、それを鎮めていくのだろうか。

もうどこにも完成させる者はいない。

ここでやっていることがふと無意味に思えてくる。足元を洗うような勢いで流れていた時間が急に弛んだような気がした。退屈というよりは憂鬱極まる日々の繰り返しが、二十年も先まで見渡せた。人生の黄昏に立っている彼は、すっかり髪も薄くなり、家族もなく、吹けば飛ぶような肩書きを身に帯びて、今の彼と全く同じ表情で、山稜出版の一室で何か印刷物のチェックをしている。

たかが小説じゃないか、とつぶやいてみた。たかが小説だ。

そう繰り返しながら実藤は鉛筆を取り出し、この年最後の仕事にかかる。新春号の著者校の見直しである。

何の役にも立たない嘘八百の数十枚、場合によっては数百枚。しかしそれが現実の自分の生活を支えている。生活を支えるものが、結果的に精神を支え、さらには彼自身の生になんらかの意味を持たせている。そう考え、気を取りなおす。

7

その電話を受けたのは、自宅の掃除をなんとか終え、年賀状を投函しに行こうとした矢先だった。

米山から、葬式の報せが来たのだ。「篠原」という名を聞いたときは、まさか本人の訃報だとは思わなかった。しかし何度聞き返しても、父母ではなく本人だった。

クリスマスの日、一足先に夫人と子供を実家に帰し、篠原は一人で自宅に残ったが、妻が電話しても、いっこうに出る様子もないので、心配になり戻ってみると亡くなっていた、と言う。丸二日間、食事をした跡はなく、空の酒壜《さかびん》が床に散乱していた。何を思ったものか、子供の二段ベッドの上段にもぐりこみ、真っ黒に変わった顔をクマの模様の毛布に押しつけて絶命していた。アルコール中毒による多臓器不全というのが、死因である。人は絶望の果てでは自殺もできない。レールから外れ、失速するだけの人生に生きたくない、と首をふりつつ、相反するように生に執着し、子供の毛布を抱きしめ愛する者の体臭を求め死んでいった。実藤は言葉もなかった。

通夜は今日で、手伝いがほしいと米山は言う。すぐ行くと答えて電話を切り、洋服ダンスを開けて舌打ちした。礼服は無かった。数ヵ月前、友達の結婚式で着た後、久しぶりにクリーニングに出したはいいが、取りにいくのを忘れていた。

仕方なくグレーのズボンに、黒のセーター、その上にランチコートを引っかけて出かけた。

国立の家は、この前実藤が来たときとは、打って変わって整然としていた。腐りかけた木戸の横に白い花が飾られ、無造作に茂ったつわぶきや万年青《おもと》の間に、急ごしらえの筧《かけい》ができて、落ち着いた日本的情緒をかもしだしていた。奇妙な形で撤退してしまった篠原の人生を、せめてこんな形で清々《すがすが》しくしめくくろうとしているように見えて、実藤は痛ましい思いで足元の白菊をみつめていた。

「こっちだ」と米山が手を上げる。走り寄っていって、受付に座ろうとすると、「なんだ、その格好は」と、低い声で咎《とが》めながら、自分はコートを脱いで喪服姿になった。北風が吹きつけてきて、薄い白髪が巻きあがった。寒さのせいか、頭の地肌が白かった。

灯りのついた部屋の中で篠原の妻が、ストーブに灯油を入れているのが見える。

「気の毒にな」と米山がつぶやき、中学校の制服を着た男の子の方を指差す。

「一人息子なんだ」

「えっ」と実藤は首を傾げた。確か、篠原は二段ベッドの上段で、クマの模様の毛布に顔を突っ込んで死んでいたのではなかったか。

「子供が一人なのに、二段ベッドがあったんですか」

米山は、首を振った。

「上のお子さんを五つで亡くしているんだ」

「そうですか」

実藤は、息を吐き出して、正面にある篠原の遺影を見る。まだアルコールにむしばまれる前だったのだろう、すっきりと鼻筋の通った篠原は、口元に知性的な笑みをたたえて、まぶしげにこちらを見ていた。

弟が十四、五、という事は、上の子供を亡くしたのは、十数年前の事だろう。いくつ違いの兄弟だったのかわからないが、幼児用毛布をそのまま残したベッドの上で死んでいった父親の気持ちを思うと、息苦しいほどの悲痛な気持ちになった。

通夜を終えて、米山と駅に向かったのは、十時過ぎだった。一杯飲み屋の前で、米山は、実藤のコートの袖を引いた。

「寄っていこう。冷え切ってしまった」

うなずいてのれんをくぐる。米山は、自分から誘ったにも拘わらず、実藤が話しかけても何も答えず、片肘《かたひじ》をついて無言で熱燗《あつかん》の徳利を傾けていた。

しばらくして、ぽろりと涙をこぼした。実藤はどきりとした。さんざん、自分を無能よばわりしたアルコール中毒の部下のために、泣いてやれる男の姿に、ひどく感動した。

「名前、呼ぶと、目を開くんだとさ……」

米山は、ぼそりと言った。

「子供だよ、子供。シノさんの上の子。半年も前に、もうだめだ、とわかってたそうだ。それで死にぎわに、ヒロシって言ったな、あの子。ヒロシ、がんばれって、言うと、うっすら目を開けるんだそうだ。でも、すぐにふーっと閉じる。一晩中そうやって、明け方になって、もういい、逝《い》かせてやろう、と思ったそうだ。十何年も前の話だな。シノさんは、後悔し続けていたんだ。ごく最近、シノさんが会社に出てこなくなる少し前だが、飲んだときに言うんだ。そんな話はしたこともなかった男が。子供がね、幼くても自分が死ぬことがわかっているんだ。それで、子供はきいたそうだ。『お父さん、ぼく、死んだらどうなるの?』って。シノさんは、『おまえは死んだりしない。がんばれ』って答えた。がんばったって、生きられない事は承知している。親の嘘を子供は見抜く。しばらく経つと、また同じ事を尋ねるらしい。辛過ぎて、つい、怒ってしまう。『大丈夫だと言ったら、大丈夫なんだ。つまらない事を言うな』と。シノさんは言っていた。『おまえは死ぬんだ』と言うべきだった、と。『死んだら、天国に行くんだ。いいところだ、少し待っていれば、お父さんもお母さんも、後から行く。そうしたら、そこでずっと仲良く暮らすんだ』と」

実藤は、冷え切って脂の白く固まったモツ煮に箸を突っ込んだまま、じっと米山の話に耳を傾けていた。

「篠原さんが、酒に溺《おぼ》れたのは、それがきっかけなんですか？」

そう尋ねると、米山は顔を上げて、かぶりを振った。

「仕事に溺れた。あらゆる企画書や原稿に目を通し、人に会って交渉して、夜は接待で、いつ寝てるのか不思議だった。社内で異例の出世をしたのも、その頃だよ。仕事ぶりを知っているから、だれも文句は言わなかった。しかし無理はいつまでも続かないものだ。それから二、三年で、おかしくなった」

水名川泉に会ったからですよ、という言葉を言おうとして、実藤は止めた。この場でそんな話をするのは気がひけた。

今となっては、篠原の冥福を祈るばかりだ。いや、冥福などというものではない。死んだ後に、どこか飛んでいける場所があってほしい。大脳の働きが停止したときに、人格や心に関わる物はすべて無に帰する。これが、厳然たる事実であるからこそ、篠原は、死に行く子供に向かい、「死など考えるな」としか言えなかった。

しかし今、実藤は、魂はあってほしいと痛切に願っている。天国だろうと西方十万億土でもいい。肉体を抜けた魂が帰っていく場所がほしい。それが科学的事実である必要などない。生きていく上の単なる取り決めでいいのだ。そういう事にしておいてくれたら、どれほど安らいだ気持ちで暮らせるだろうか。

実藤は祈っていた。天国か、極楽浄土か、草葉の陰か、どこでもいい。とにかくどこかで、篠原が幼い息子に再会し、腕に抱いている事を。そして息子の小さな手に導かれて、旅立って行ったことを。

水名川泉に関しての意外な情報を得たのは、正月明けだった。出勤はしたものの、作家も印刷所も、松の内一杯は休んでいて、仕事にならなかった。

それを見越してか、同僚の姿も疎《まば》らだ。編集長の米山だけが、せっせと何やら書き物をしている。正月中の飲みすぎも手伝って、実藤はだるい足を机の上に乗せ、のけ反《ぞ》るようにして『ウィークリージャパン』を広げていた。しかし正月のせいか、誌面も作り置きの記事が多く、目立ったニュースはない。当たり障りのない、めでたい見出しばかりが並んでいる。

しかし、パラパラとページをめくり、一枚の写真が現れたとき、実藤は思わず目を凝らした。

冬枯れの木立に、若い女が立っている。作業ズボンに綿入れ半纏《ばんてん》といういでたちの女は笑っていた。満ち足りたというよりは、「私は満ち足りています」と表現しようとしている、わざとらしいまでに明るい微笑に、これは新興宗教の熱心な信者だ、とピンと来た。まさにそうだった。しかも彼女がいるのは、「霊燈園」となっていた。

実藤は慌てて、机の上に上げていた足を下ろし、雑誌を机の上に置き直した。

女は、菊若《きくわか》という祇園の芸者だった。財界の大物との関係、人気タレントとの恋愛等々で、女性週刊誌ではお馴染《なじ》みの顔だ。白塗りの化粧と、カメラに向ける濡れたような視線を取り除いた素顔を見るのは初めてだ。

少し前、タレントとの恋に破れたとかで、厚化粧のやつれた顔を週刊誌にさらしたが、今、そこにいるのは、のびた眉がへの字形になって、頰《ほお》にあかぎれを作った今どきめったにいないような垢抜《あかぬ》けない田舎娘だ。

コメントによれば、菊若は失恋の痛手から体調を崩して入院していた頃、馴染みの客から、霊燈園の教主、西田宗太郎《にしだそうたろう》を紹介された、と言う。

すると教主は西田という男か、と実藤はいぶかりながら記事を読み進む。

菊若は病院を出て、西田に連れられ青森の霊燈園に行き一週間の修行の後、教祖に会ったという。

菊若は、教祖をお母さま、と呼んでいた。今まで見たこともないほど慈愛にあふれた人、菊若はそう語っている。彼女はそこで立ち直り、わずかばかりの財産をすべて寄進し、霊燈園で暮らすようになった。

「お母さま」……霊燈園では、教主の他に教祖がいるのだ。

教祖は健在だ。それが水名川泉なのか？

泉は生きているのか？　生きて、農村で始めた小さな信仰の会を大がかりな教団に組織化したのか？

教主と教祖の機能分担とは、宗教団体の発展と成長の段階を見事に示している。実務と祭事を司る教主を別にすえ、自分は巫女《みこ》として神の声を聞き、託宣《たくせん》を下す。信者が増えたら、教祖が直接一人一人に関わっている暇はなくなる。その言葉を伝える下位の宗教者が必要になるし、そのためのマニュアルが必要だ。確固たる教義も整備しなければならないし、雑事も増える。その陣頭指揮に当たる事務長としての教主が必要だ。教祖はそれに西田という男を据え、自身は神事に専念したのだろう。

神様になられたとは、そういう事だったのだ。死んだわけではない。

三木が訪ねて追い返されてきたのは、ちょうど変革期のことだったのだろう。

三木は会えなかったが、菊若は一週間の修行の後、「お母さま」に会えた。

自分だって会えないことはない、と実藤は思った。教主とのコネが無ければ、二週間なり、一ヵ月なり、菊若より長く修行すれば良い。

何をさせられるのか知らないが、人格改造セミナーに毛が生えた程度のものだろう。多少の気色悪さを我慢すれば済む。そう思うと度胸が据わった。

ただし菊若は自分の財産を寄進し、身一つになって霊燈園に入った。しかし実藤が、ニュータウンの家を寄進するわけにはいかない。適当な嘘を考えておかなくてはならない。

霊燈園は雑誌の記事によると、五百町歩の土地に農園と牧場を持っており、信者は中では原始共産制に似た生活を送っている。しかも「リョウトウエン」のブランドで都内の有名デパートに無農薬有機栽培の野菜や、低温殺菌ノンホモ牛乳などを出しているらしい。

読めば読むほど、「聖域」を書いた水名川泉のイメージとはかけはなれていくが、教団も規模が大きくなると、教祖の意のままにはならないものなのだろう。

その分だけ、教主、西田宗太郎の経歴に興味があった。

実藤は雑誌を抱えて、下のフロアにある『ウィークリージャパン』の編集部に走った。

ドアを開けると、こちらの方は文芸の部署よりも人が多かった。元の同僚の一人を摑《つか》まえ、この記事を書いた者の事を尋ねたが、他の記事同様、霊燈園の記事も編集プロダクションに外注したもので、内容について詳しく知っている者はいない。

「何を知りたいの?」と、同僚の一人が、実藤の手元を覗きこんだ。

「こいつ、何者か知ってる?」と実藤は西田の名前を指差す。みんな首を傾げていると、背後から「その世界じゃ、有名人だよ」と答えた者がいた。野村といって、京大の大学院を卒業した後、何を間違えたか、ここに入社してきた男だ。

「うちの大学で宗教哲学をやって、たしかドクターまで行ったと思うけど、日本宗教界きっての理論派だ」

「理論派？　京大出の？」

「そう。おかしいと思うだろうけど、理論で食ってけりゃ苦労はないんだよ。だからいろいろな事業を考えるわけだ」と野村は、皮肉っぽい調子で続けた。

巫女と理論家の教主、広い敷地と産業、生産物の販売ルート、労働力、これらの物を備えた霊燈園とは何なのだろう。いつか電話をかけたときの、先方のもったいをつけた受け答えや高飛車な態度がどこから出てくるものか、なんとなくうかがい知れた。

とにかく「霊燈園」は、他の新興宗教団体にはない、強固な経済的、理論的基盤を持つ集団のようだ。

七年前の調査時に、廃寺を使ってごく素朴に自然発生的に起きた村の信仰が、ずいぶん急発展を遂げたものではないか。

「実は、なんとかこの西田にコネをつけたいんだけど、野村さんは、確か学部が一緒だよね」

とんでもないというように野村は、片手を顔の前で振った。

「僕は、もう十年以上研究室に顔を出していないし、始めから西田と個人的に話なんかしたことはないよ」

野村の話によれば、西田の年齢は四十七、八。切れ者の上、研究者らしからぬ野心家で、十年ほど前、企業の協力を得て学際的研究を目的としたグループを結成したが、組織内の内紛に嫌気がさして飛び出していった、と言う。その先が霊燈園だった。

「といっても、俗物じゃない。ああいうのはヨーロッパなんか行くと、国の指導者になるタイプだね。優秀な頭脳と、政治力や経済手腕に加えて、学問、芸術にも造詣《ぞうけい》が深くて。あっちは階級社会だからね、東大出の日本の官僚達の無教養ぶりじゃ、相手にされない。逆に言えば、だから西田のようなやつは、日本の社会じゃ能力を発揮できないんだ。宗教団体の長に納まるっていうのは、いいところに目をつけたものだ、と思うな」

と、野村はちょっと言葉を切った後、「で、なんで西田に会いたいの」と尋ねた。

わけを話すと、野村は、答えた。

「それなら下手に信者のふりをして、忍びこもうなどと思わない方がいい。うちの社の名刺をちらつかせて、取材に来た、と言うのがいいと思うよ。掲載誌は、エグゼクティブ向けの月刊誌という事にしておくといいさ。いっておくけど相手は嫌になるほど優秀なヤツだから、ごまかしはきかないよ」

問題はいつ行けるかだ。

一刻も早く青森に行って水名川泉に会いたいが、それは本来の業務とは見做《みな》されず、出張扱いにならない。休暇がとれる見込みはない。カレンダーをめくりながら、どうしても出勤しなければならない日をチェックしていく。一日単位なら休めるが、続けて一週間となると、この先数ヵ月はとうてい無理だ。

ゴールデンウィークか、夏休みまで待つしかない。

ビジネス手帳をめくるうちに、蓮見ゆきえの原稿が、締切を半月過ぎても上がってきていないのに気づいた。

慌てて、文芸のフロアに戻る。

一昨年デビューしたばかりで、締切を平然と遅らせるとは、いい度胸だ、と思いながら、電話番号をプッシュする。

蓮見はすぐに出た。

「明けましておめでとうございます」と型通りの挨拶《あいさつ》の後、「で、いかがですか、進み具合は？」と、尋ねる。

「ごめんなさい。書けないんです、もう少し待ってください」との答えを予想していた。ところが返ってきたのは、「まだ」という短く、眠たげな返事だった。早く出すように、と実藤はできるだけ柔らかい口調で督促する。

「締切って、二、三週間のサバ読んでるんでしょ」

平然と、蓮見は答える。

「それはですね、直してもらったりする場合もあるから」

「ああ、直しを見込んでるのね。不完全なものでいいなら、もうできてるけど。じゃ、送るわ」

「え、それは」と、言いかけたとたん、電話は切れた。舌打ちしているとファックスの作動音が聞こえた。

送り状もなく、蓮見ゆきえの署名のある原稿が、吐き出されてきた。ワープロ打ちで、ちゃんと体裁《ていさい》の整ったものだった。実藤は、思い出した。「締切日が近くなりましたら、お電話を入れ、取りに伺います」と言ってあったのだ。しかし蓮見の顔を見るのも、声を聞くのも不愉快なせいか、すっかり忘れそのままにしてあった。

書き終えていながら、わざわざ知らん顔していたのだ。何という陰険さだと、ぶつぶつ言いながら、実藤は延々と繰り出されてくる原稿を一枚一枚取り出し、目を通す。

作品の主人公は、だらしない身形《みなり》に黒縁眼鏡《くろぶちめがね》のさえない青年で、その身体描写は実藤そのものだ。しかも名前が進藤となっている。一種の不条理小説であったが、ストーリーたるや、青年がおぞましい妄想を抱きつつ町を徘徊《はいかい》し、最後はヤクザの撃った流れ弾に当たり、公園のトイレの便器に顔を突っ込んで死ぬ、というものだ。

銀縁眼鏡の奥の、人を見下したような蓮見の眼を思い出しただけで、実藤の全身を嫌悪感が這《は》い回った。感情を押し殺して蓮見に電話をかけ、「お原稿、たしかに頂戴しました。ありがとうございました」とだけ言って、受話器を下ろす。

取りあえず、これで担当作家の原稿は全部出揃《でそろ》った。校了すれば、土、日を入れて三日の休暇は取れる。しかしそれでも、教祖に会うには日数が足りない。

正月も七日を過ぎたあたりで、社内はようやく活気づいてきた。新年会と称して小さなパーティーが行われたのは、その頃だった。

老舗の中華料理店のフロアを借りきった会場に蓮見が現れたときには、実藤は度胆をぬかれた。トレードマークの銀縁眼鏡がなくなって、パールのアイシャドーに真っ赤な口紅を引き、歩く度に太股《ふともも》が露《あらわ》になるようなチャイナドレス姿だったのだ。ドレスは、白絹《しろもの》に銀の刺繡《ししゅう》をほどこしてあり、豪華でありながら清純で、およそ蓮見には似合わない代物だ。コンタクトレンズが合わないらしく、両目は血走っている。挨拶しかけた実藤を一瞥《いちべつ》する視線が、流し目めいていて、吐き気をもよおしそうになった。

そのとき、ある大きな賞の選考委員が入ってきた。とたんに蓮見は、小走りに駆け出した。

「先生、どうもご無沙汰しております。お元気でいらっしゃいました？」

普段の無礼ぶりとは打って変わった低姿勢だ。選考委員の方も「おお、活躍しているようだね」などと満面の笑みをたたえている。

かたわらで、花房がささやいた。

「あの先生の門下生なのよ。秘蔵っ子と言われているわ。彼女の言動に、腹の立つことがあるかもしれないけど、この場じゃがまんしてちょうだいね」

「子供じゃないですからね」と実藤は、表情を変えずに答えた。

しばらくして、蓮見は実藤のそばに来た。

「何か、いかがです。取りますよ」と実藤は皿を手にした。話し相手をしているより、給仕をしている方が気が楽だ。

蓮見は、料理の油でてかてかと光った唇で舌なめずりした。

「そうね、ここ、ちょっと味付けが甘めだわね」と言った後で、「あれ」と車海老のチリソースを指差した。

「ところで、どう、彼女はできたの？ この寒さじゃ冷房あるから来ないってわけにはいかないわね」

実藤は、一瞬手を止めたが、聞こえないふりをしてチリソースを皿に取る。

「こたつ買ったから、入りに来ないって、いうのは、なんだか鄙猥《ひわい》だしね」

「けっこう、冗談がしつこい方なんですね」

視線をそらせたまま、実藤はぼそりと言った。

「でも、それで来たコが、いるんだって？ 聞いたわよ。行く行くって、答えて、日時を約束してたって」

ぎくりとして、スプーンをしゃにむに動かす。皿が、真っ赤な海老で山盛りになっていく。

「でも、気の毒だったわね。海外で亡くなったそうね。人生、何があるかわかんないわ。でもこれで自分も彼女くらい作れるって、自信はできたでしょう」

実藤は黙りこくったまま、片手でチリソースを山盛りにした皿を持った。

「あら、大サービス……」

そこまで言いかけたところで、無意識のうちに手が動いた。次の瞬間、皿を振り上げ、中身を蓮見の頭の上にぶちまけていた。悲鳴も上がらなかった。

蓮見は口をぱっくり開けたまま、頭上の車海老を叩き落とす事もせずに、瞬きしていた。髪と白絹のチャイナドレスから、真っ赤などろどろとしたソースをしたたらせた姿は、昔、ホラー映画で見た、豚の血を頭からぶっかけられた少女そっくりだ。

周りに人垣ができた。米山が真っ青な顔で、つったっている。

花房が抱えきれないくらいのおしぼりを抱えて、突進してくる。

一呼吸おいてから、顔を覆って蓮見は叫び出した。

「目が、目が、唐辛子《とうがらし》が入って……だれか、水、持ってきて」

だれも実藤の方など見ていなかった。彼はそのまま中華料理店の狭い非常階段を降りて、神田の町に飛び出した。

ネオンの中を泳ぐようにして、地下鉄の駅まで戻ったとき、コートを店に置いてきた事を思い出した。寒さは感じない。この先どうなるのだろう、とぼんやり考えたが、後悔してはいなかった。

「なあ、千鶴」

通路を歩きながら、実藤は独り言を言った。

「やっちゃったよ……しかたないよなあ」

追い越しざまに、どこかのＯＬが、気味悪そうに実藤を見ていく。

「君ならどうする？」

自分のすぐ脇をほんの少し遅れて、スニーカーをはいた千鶴がついてくるような気がした。彼女なら笑うだろう、そんな気がした。千鶴なら、パーティーになど頼んだって顔を出さない。追従《ついしょう》も、愛想笑いも、ぜいたくな料理にも縁はない。名刺一枚持っていなかったくらいだから。

定期を自動改札機に入れながら、実藤はぶつぶつ言い続けていた。千鶴の事は、ずっと「豊田さん」と呼んでいた。名前で呼んだり、ましてや「君」などと言ったことはない。亡くなった後に、こんなに馴々《なれなれ》しく呼び掛けているのが、切なくもおかしかった。

「偉い先生でなかったっていうのが、幸いだな。でも謝るのはやだよ、俺。この件に関してはね、それからあいつに対しても。でも、困ったことになったよな……」

偉いとか、偉くないとかって、私、よくわからない……。

酒の覚めかけた瞼《まぶた》の裏で、千鶴の小麦色の顔がそう語りかけながら微笑《ほほえ》んでいる。

「そうか。でも俺達にとっては、重要なんだ」

本当に陽焼けしているのか、地黒なのかわからない。いつもびっくりしているようなまん丸い目と、丸い鼻、大きな口と白い前歯。細かな輪郭は、すでにぼやけてきているのに、生き生きと活力に溢れた印象は、反対に鮮明になっている。

「本当に、どうしようかなあ」

隣の座席の女が、ぎょっとした顔で実藤を見ると、反対側の空席に移っていった。

8

翌朝、実藤は寝過ごした。うっとうしい気分で目覚めると、外は霙《みぞれ》が降っている。のろのろとストーブをつけ、枕元にまるめてあったセーターに袖を通した。鉛色の空を見上げ、ふと一ヵ月ほど前に訪れた、下北半島を思い出した。一冬ずっとこんな天気が続く土地の暮らしを想像しただけで、気が滅入ってきた。

あのとき買ったジャンパーを手に取り、ごく自然に旅行用ボストンバッグを引っ張り出した。これといった決意もないまま、再びそこに向かおうとしていた。

時刻は十一時だ。

会社の電話番号を押し始めたとき、ためらいは消えていた。

「はい、『山稜』編集部です」

花房のアルトが耳の奥で響いた。

「編集長、いますか？」というと「あら、まあ」と花房は、すっとんきょうな声を上げた。まだ出勤していない、と言う。

休暇を取ると伝えてくれ、と実藤は言った。

「いつまで？」

深刻な声で、花房は尋ねる。

「一ヵ月位……」

「ちょっと、あなたね」

「もっとかかるかもしれない」

「実藤君、とにかく出ていらっしゃい」

花房は、声をひそめて言った。

「事情は、あたしから米山さんに、重々、話しとくから。蓮見ゆきえは、私の担当に代えればいいの。とにかく子供みたいに駄々《だだ》こねてないで、出てらっしゃい」

「彼女の事は関係ありません。クビ覚悟で、やりたい事があるんです。男には、そういう時があります」

「何が男だって？」

少しすごんだ低い声で花房が尋ねる。

「じゃ、休暇ってことで」

実藤は受話器を置いた。

簡単な事ではないか、と思った。その気になれば、休暇くらい取れる。電話をかければ済むのだ。ただし水名川泉の原稿を完成させた後、首がつながっているかどうかは不明だが。

玄関に出て、スニーカーに足を突っ込んでから思い直して、登山靴を出した。霊燈園はやや内陸にあり、雪が深い事が予想された。あわててボストンバッグの中身をアタックザックに移し替え、押し入れをひっかきまわして、古いスパッツを取り出す。

下り「やまびこ」に乗ったのは、その日の昼過ぎだった。盛岡で、特急「はつかり」に乗り換え青森に向かうが、霊燈園のある小湊《こみなと》は停まらないので、そのまま浅虫《あさむし》温泉まで行った。ホームに降りた時は、六時間近で、あたりはすっかり暗くなっていた。実藤は、そこから霊燈園に電話をした。少し関西訛《かんさいなま》りのあるこの前の男が出た。

悩んでいるとき、そちらの事を知った。少しの間でいいから、ぜひ身を寄せさせてもらえないか、とそう持ちかけるつもりだった。

しかし男の「どういったご用件でしょうか」という、すこぶる乾いた口調に出会ったとたん、実藤は野村の言った通り、へたな芝居をするより大出版社の看板を背負った方が有利だ、と判断した。

「山稜出版の実藤と申します。実は、当社で出している『ヴィップ』という雑誌がございまして」

「ああ、知ってます」

上等だ。『ヴィップ』は書店売りしていない。通信販売のみで扱い、購読者を年収一千五百万円以上、大手企業の部長クラス以上に絞った、ビジネスと人事に関する情報誌だ。つい最近も、下級公務員と公立図書館からの購入申し込みを断ったばかりで、徹底した差別化をはかっている。

宗教法人の職員で、『ヴィップ』を知っているとは、かなりのものだ。

「それで『ヴィップ』の中に『精神《こころ》の時代』という連載記事があるのをご存じですか？」

「ええ」

ますます上等だ。「精神《こころ》の時代」というのは、仏教の各宗派の座主《ざす》、法主《ほっす》クラスの僧、日本カトリックの総本山の神父など、つまり宗教界の権威に会って、話を聞くという企画だ。企業社会のエグゼクティブに向けて、宗教界のエリートが心の時代を説く、という図式である。

「それでそちらの教祖様にお会いして、ですね、お話を伺いたいと思いまして」

「取材の申し込みについては、電話では何とも申し上げられないので、一応こちらにお越しいただいて、どういった方針で取材されるのか、記事はどのような形で発表されるのか、など詳しい事をお聞きして、その上で判断させてもらいたいんですよ」

『ヴィップ』の名前を出しても、相手の頭の高さは、変わらない。実藤は、自分がすでに小湊まで来ている事を告げ、これから行く、と有無を言わせぬ調子で告げた。

駅前からタクシーを拾い、霊燈園の住所を告げる。チェーンの音をけたたましく鳴り響かせて、車は雪のうっすら積もった道を走り始めた。

まもなく、あたりはうっそうとしたヒバの森に変わった。それほど雪は深くないが、木々に遮《さえぎ》られ、ヘッドライトに照らされた白い路面以外は、何も見えない。底知れない闇が広がっている。

まもなく前方に小さな辻堂のような物が見えた。タクシーは止まった。堂はごく小さな物で、人がいるようには見えない。

「本部前まで行かないの？」

実藤は尋ねた。

「行かれないんですよ」とすまなそうにドライバーは言う。

「そんなこと、言わないで、この雪なんだから」

「信者さんをそこまで乗せていくと、私達が怒られるんです」

「なんで？　どっちにしても、本部の真ん前まで行かなければわからないでしょう」

「なぜか、バレるんですよ。それでサービスセンターの方に苦情の電話が入るんです。まあ、せいぜい二キロですから、念仏でも唱えながら行って下さいよ」

実藤は、舌打ちして車を降りる。恐山に行ったときと同じだ。しかし今度は夜で、雪も深いから、始末が悪い。

辻堂の軒下《のきした》に入り、手探りで、ザックからスパッツとポンチョを取り出し、身につける。

駅前に比べると、雪は深い。風がなく体感温度がさほど低くないのが幸いだ。

と、そのとき辻堂の軒に、何かが光っているのに気づいた。雪明かりにうっすらとその形を認めたとき、実藤は頭に血が上った。監視カメラだったのだ。よほどアカンベエをしてやろうと思ったが、やめて歩き出す。

雪はしまっていて、思ったより歩きやすい。街灯一つないが、森はうっすらと明るい。ごく淡い光点が無限にあるような、おぼろげな明るさだった。車に乗っていては、気づかなかっただろう。これが雪明かりというものか、と実藤は呑まれたようにあたりを見渡す。

ナイターゲレンデや夜の山小屋で見たものとはまったく異質の、ひどく懐かしく、神秘的な光だ。根雪《ねゆき》は踏み固められていて、せいぜい足首までしか潜らなかった。しっとりと湿った冷たい空気は、鼻孔から脳の隅々《すみずみ》にまでしみわたって、驚くほどさえざえとした気分にさせた。

ぎしぎしと音をさせて、新雪を踏んでいると体が暖まってきた。ポンチョを脱ぐ。雪は乾いていて、服の上を軽く滑り落ちるだけで、体が濡れることはない。

一時間あまり歩いただろうか、いきなりヒバの森が開け、目の前に二階建ての家が現れた。「霊燈園本部」という板看板がなければ、民家と間違えそうだ。ツーバイフォー工法で作られた、真四角の建物だ。

近寄るとノックをする間もなく、鉄の扉が開いた。

「御苦労様でございました」と、初老の男が出てきた。グレーの古びた背広の上に、いつか写真の中で菊若が着ていたものと同じ、綿入れ半纏《ばんてん》をひっかけている。関西訛りがないところからすると、電話に出た男とは違う。

挨拶《あいさつ》もせず名前さえ名乗る前に、男は実藤を部屋に招き入れた。通されたのは十畳程の部屋だ。暖気で曇った眼鏡《めがね》の、ぼんやりした視野の中に、中年の男が事務机にむかって書き物をしているのが見える。電話に出たのは彼だろう。

少し離れて見事な彫りのある座卓が置かれており、実藤はそこに座らされた。湯気の立った湯呑みが置かれた。まるで実藤が来る時間を予測して、用意しておいたようなタイミングだ。湯呑みを手に取り、中身をすすり込む。甘かった。暖かく、滑らかに喉を落ちていくそれは、過去に飲んだどんな飲み物よりも、甘美な味がした。

机の前に座っていた男が、立って来て正面に座った。こちらは背広の上に、イギリスの大学のプロフェッサーが着るようなガウンを着ている。ただし色は白だ。

慌てて挨拶をしようとすると、男は手で制した。

「どうぞ、お飲みなさい。雪道を歩いて、ここにやって来る方の素性《すじよう》は問いません」

素性は問わないって、電話でわかっているはずじゃないか、と憤慨しながら、実藤は甘い湯をむさぼるように飲んだ。思ったより体は冷え、渇いていた。男は土瓶を引き寄せ、素早く空になった湯呑みに注ぐ。薄黒い液体だった。

「松葉を黒砂糖で発酵させたものです。ここではだれも酒を飲みません。別に禁止してはいませんが、ここに来るとだれも飲まなくなるのです。お茶やコーヒーなどのカフェインも飲みません。悪いもの、汚れたもの、まずいものをわざわざ体に入れることはありません。我々の体は我々のものではなく、一時、貸し与えられた物なのだ、と気づけば、どうして汚し痛めつけたりできるでしょう。アルコールやカフェインをうまいと感じるのは、体がおかしくなっている証拠です」

実藤は眼鏡を外し、セーターの裾《すそ》で無造作に拭く。机の上には、ファックスと電話がある。壁の黒板には、幹部とおぼしい人々の名前が並び、予定が書き込まれ、その隣はテレビモニターになっている。敷地内の様子をこれで監視しているのだ。

「雪道は、難儀《なんぎ》しましたか」

「いえ、快適と言うと語弊《ごへい》はあるでしょうが、さわやかな気分で歩けました」

実藤は、正直に答えた。男は満足気にうなずいた。

「信者の方は、それぞれに心に悩みを抱え、ここを尋ねてこられます。恨み、つらみ、悲しみ、いろいろな心の底にたまったものが、あの道を歩いているうちにゆっくり溶けていくのです。ここについたときは、だからみなさん、半ば菩薩様のようなお顔になっています。ヒバの森は、向こうの世界の垢《あか》を落として、魂を浄めてくれるところなんです」

「タクシーを入れないのは、そういう理由なんですか」

納得はしたものの、共感まではしかねて、実藤は言った。それからおもむろに、名刺を出した。

「山稜出版第六出版部」と書かれてあるだけで、そこからは何の雑誌を編集しているのかはわからない。男は、凝視した後、そっと押し返した。

「おしまいなさい。ここでは、そんな物はいりません。取材か何か知りませんが、私達は、あなたを信者としてお迎えしたのですから。信者以外の方は、ここに立ち入ることができません」

男の言葉が、建前上のものである事は、実藤の名刺を見た視線の熱っぽさから窺《うかが》われた。体面を保つ一方で、この組織の宣伝をしたくてしかたがないのだ。そうでなければ、菊若の事だって記事にさせたはずはない。

「事情は電話でも申し上げた通り、教祖様とお会いしてお話を伺いたいのですが」

「夕飯は、召し上がりましたか？」

男はそれには答えずに言った。

「いえ……しかしけっこうです」

男は立ち上がり、実藤について来るよう促した。

霊燈園の名の入った傘をさして、二人は本部の建物を出た。

雪で藍色に明るんだ道を五分ほど歩くと、民家があった。圧倒されるほどに大きく高い茅葺《かやぶ》き屋根だ。

「南部の曲屋《まがりや》です。取り壊されるというので、ここに移築したものです」と男は説明する。

「遠来荘《えんらいそう》」という木札が下げられている横手の入り口から、彼らは入った。

「別に裏口からお入れしたわけではありませんよ。正面は馬の出入り口ですから」

男は説明する。

だだっ広い土間の向こうに、さらに広い座敷が広がっている。

正面に大きな仏壇のような物がある。しかし仏壇らしい漆黒や金の色彩はない。白木で作られた祭壇は、むしろ神道のものに似ている。左側の厨子《ずし》に安置されているのは、仏像らしい。布の衣を身につけた座像は、上半身は簾《すだれ》に隠れ、結跏趺坐《けっかふざ》の形に組んだ腰から下だけが見える。

男は、そちらに向かい合掌《がっしょう》した後、実藤に座敷に上がるように言い、祭壇の裏側の部屋に連れて行った。そちらも驚くほど広い。二十畳はありそうだ。少し待っているように、と言って男は姿を消し、五分ほどして、皿を二つ持って現れた。カレーライスが、湯気を立てている。

「どうぞ、お上がりなさい」と差し出す。ここに信徒が集まって食事するのだ、と言う。食事はみんなで同じ物を食べる。野菜と乳製品はすべて自給自足で、もちろん化学肥料や農薬は使わない、と男は胸を張った。

実藤は、恐る恐るスプーンで口に入れる。腹が減っていたせいで、十分にうまい。黙って一皿平らげると、「おかわりをどうぞ」と言う。

「ここに来た人は、だれでも好きなだけ食べていいんですよ。どうぞ」

実藤は、両手で皿を捧げるようにして男に頭を下げている自分に気づいた。

疲労、寒さ、空腹、渇き、そんなものが、一杯の黒砂糖湯やカレーライスを福音そのものに変える。ここに人を迎える教団の巧妙なやり方に、実藤はただただ感心していた。

湯気を立てた皿を持って、再び現れた男の、こめかみの高く禿《は》げ上がった顔を見て、ふと思った。

「失礼ですが、教主、西田宗太郎さんというのは、おたくですか」

男は、かぶりを振った。

「茅野《ちの》、と申します。他の団体では宣教部長、とでもいうところでしょうが、ここでは『当番』と呼んでもらっています。信仰を持つものが、長などという言葉を自分につけるべきではありません。仕事というのは、させていただいているものなのですから」

「はあ……」

「で、インタビューをなさりたい、と言うことでしたね」

当番の言葉つきは、急に引きしまり、事務的なものになった。その変化に自分では気づいてないに違いない。

「ぜひ、直接お会いして、お話をお聞きしたいんですが」

実藤は、カレーライスの皿を置き、正座して頭を下げた。

「もちろんかまいません」

「ありがとうございます」

「しかし今、京都に出張なさっているんですよ」

「京都？」

「ええ、学会がありまして」

どうやら当番は、実藤が西田教主と会いたがっていると、誤解しているようだ。

「お話を聞きたいのは、教祖様の方なのですが」

当番は、少し驚いたような顔で実藤をみつめ、すぐに不審そうに目を細めた。

「『精神《こころ》の時代』では、宗教界の指導者にインタビューしているんじゃありませんか？」

「教祖様は、ここでは『お母さま』と呼ばれているようですが、その方は指導者ではないんですか？」

男はそれには答えず、実藤の顔を見つめた。

「ご自分の身分を偽ってはおられませんか」

尋問する表情ではない。温かさを漂わせ、懺悔《ざんげ》を促す視線だった。さすがに宣教部長だけある、と実藤は思った。

実藤は、先程戻された自分の名刺を再び取り出した。

「下に書いてあるのが、代表電話です。この時間でも社にはだれかが残っているはずですから、確かに、こういう者がいるかと、お確かめ下さい」

当番は、眉《まゆ》を寄せるとうなずき、片手で名刺を押し返した。

「失礼な事を申しました。しかし教祖は外部の方とはお会いになりません」

思いの外、きっぱりと男は言った。実藤は、予想外の拒否に、少し戸惑った。

「うちの社の雑誌に、芸者の菊若が載ったのは、ご存じですよね」

「ええ、やはり取材にこられましたね。ただし、ここに芸者の菊若はおりません」

「えっ」

「田中菊枝さんとおっしゃる、信者の方ならおられますが」

「わかりました。それで菊枝さんが、『お母さまに出会って、目覚めた』と語られていまして、お話を伺うならぜひお母さまにお願いしたいんです」

当番は、口元を引き締めた。

「申し訳ありませんが、お母さまの姿を見られるのは、信者の方だけです」

「ここに来たものは、すべて信者として迎えられるそうではありませんか」

当番は、少しの間沈黙し、真っすぐに実藤を見すえた。

「あなた、すべてを捨てられますか。財産だけではありません。お母さまに『死ね』と言われたら、死ぬことができますか？」

「言えるはずないじゃないですか」

反射的に実藤は、答えていた。

「僕はまだそのお母さまに会ってない。会って感銘を受けたら、その人柄に打たれたら、命を捧げることにためらわないかもしれないけれど」

一息に言った後、ふと、思った。水名川泉に会って、もしも作品を完成させ、出版することができて死ねるなら、この先、おもしろくもない人生を生き永らえるよりいいのではないか、と。

「なかなかの理屈です。ただしあなたが見ているのは、相、つまり現象であって、本性には近づいていない。しかし言葉で説得するのは、本懐ではありません。明日から、まず信徒としてのお勤《つと》めをなさい。そうすればおのずから見えてくるはずです。それとも早急に記事を書いて、会社に戻らなければならない、という事情がおありですか」

試されているのは、すぐにわかった。実藤は首を振った。

「すべて捨てろ、とおっしゃるなら、まず山稜出版の看板を捨てましょう。社には戻りません」

きっぱり言い切った。

実際のところ、実藤が捨てるのではなく、捨てられかけているのだが、この言葉は効いたらしい。当番は、静かにうなずき、立ち上がった。

遠来荘を後にして、今夜泊まるところに案内された。

雪を被った畑の間の細道を歩いていくと、ぽつりぽつりと木造アパートらしきものが建っている。明かりが漏れている部屋はなく、どこもしんと静まり返っている。

これがすべて霊燈園の敷地だとすればかなりのものだ。村がすっぽり一つの教団になっている。

やがてアパートの一つに近づくと、当番はドアを開けた。

「どうぞ。ここに鍵はありません。盗まれる物もなければ、盗もうとする心を持った者もいないからです」

中は、六畳と四畳半の二間だ。当番は、石油ストーブの使い方と、明朝からお勤めがあるので、四時に作業当番が迎えにくる、という事を告げて、出て行こうとした。

「ちょっと待って」

実藤は、慌てて引き止める。

「ここの神は何ですか。何を祭っているのですか」

当番は、微笑《ほほえ》んだ。

「特定の神仏は祭っていませんし、祭るという事自体していません。しかし手を合わせ感謝する心を持って、お勤めをなさるうちにおのずからわかりましょう」

それじゃ、何に向かって手を合わせ、何に感謝するのか、教えろ、と尋ねたかったが、やめて見送る。

一人とり残され、あらためて部屋を見回す。ごく普通の、木造アパートだ。古いとも新しいともいえないが、よく掃除が行き届いている。部屋には、トイレも洗面所も台所もない。それらはすべて共同なのだ。

旧式のストーブに点火し、布団を敷く。夜具はすり切れているが、清潔だ。

灯りを消すと、窓から藍紫に鈍く光る雪原が広がっているのが見える。重たい寒気が、首筋に張りついてきた。ここのどこかに、水名川泉がいるのだ。いったいどこで、何をしているのだろう。会ったとして、再び作家として書いてくれるのだろうか。書かせなければならない。そのためにここまで来たのだ。ひょっとすると、もう編集部に机はないかもしれない。かまうものか、と思う。そうなれば、フリーのエージェントとして、別の出版社に持ち込めばいい。

実藤は目が冴えて眠れないまま、闇の中に目を凝らしていた。

ドアを叩かれ飛び起きたのは、少しばかりまどろみかけた頃、まだ空が白む前だった。扉を開けると、作業着姿の中年の男が立っている。これからお勤めをするのだ、と言って、ゴム長靴と作業用ジャンパー、軍手等を差し出した。

実藤は、言われた通りそれらの物を身につけ、男の後を追う。空には、まだ一片の明かりもない。時計は昨夜から左手首にあるが、暗くて文字盤は見えない。たぶん四時前だろう。

足元の雪は凍りつき、耳が寒さでずきずきと痛む。しばらく歩くと牛小屋の前に出た。信徒はすでに十人程集まっていて、互いに挨拶を交わし、すぐに作業にかかる。まず、敷《し》き藁《わら》の取り替えだ。

間近で見る牛の大きな頭に、少し怖気《おじけ》づきながら、実藤は見よう見まねで、糞尿で汚れた藁をスコップですくい、車に載せる。デスクワークでなまった体に、濡れた藁は重く、たちまち腕は痺《しび》れ、息がはずんだ。

だれも一言も口をきかない。これは行であるからなのだろう。中に、少し足の不自由な青年がいるが、自分のペースでゆっくり作業している。

においに慣れた頃、体は暖まり眼鏡は汗で曇っていた。実藤はジャンパーを脱ぎ、餌のおけを運ぶ。

子牛が、よだれで濡れた大きな鼻面をすり寄せてくる。白黒に塗り分けられたような顔をなでていると、心の底が温かくなってきた。

気がつくと小屋の中に、ぼんやりと外の光が差し込んでいた。

もうじき終わろうか、というときに、信徒の一人である五十がらみの女がいきなり咳《せ》き込んだ。あまり苦しげな気配に、実藤が振り返ったときだった。体を二つに折った女は、ヒーッという苦しげな吐息と共に、大量の血を吐き出した。

実藤はびくりと後退《あとずさ》り、それから血への嫌悪感を振り切るように近づいた。喀血《かっけつ》か吐血か確かめ、気道を確保し、安静にしてすぐに病院に連絡。いつか習った応急手当ての手順が、頭の中でかけめぐる。

しかし周りの人々に特に驚いた様子もない。近くにいる一人が、ごく落ち着いた手つきで、女の背をなでている他は、本部に走る者もいない。黙々と、それぞれの作業を続けている。女の方も、咳《せき》が止むと、腰につけた袋からぼろきれを取り出し、あたりを汚した血を平然と拭き始めた。終わるとそれをビニール袋に詰め込み、再び腰に結わえ付ける。

茫然と立っている実藤におかまいなく、作業は終了し人々は移動し始めた。血を吐いた女も、土気色の顔をしたままついて来る。

実藤達は、遠来荘に入った。朝のお勤めが終わって、食事になるのだ。共同洗面所で手や顔を洗い、仏壇だか神棚だかわからぬものに手を合わせてから食卓につく。

遠来荘の広間は、人々で一杯になっている。それぞれ朝のお勤めをしてきたものらしい。食事は胚芽米に野菜と海藻の煮付け、それから干物だ。悪くない食事だが、実藤は、先程見た大量喀血と、周りの人々の異様な反応に衝撃を受けて、食欲は全くない。

「どうしましたか？　具合でも悪いのですか？」

気がつくと、後ろに当番がいた。両隣の信徒が手を合わせ、当番に一礼する。当番も会釈を返す。礼儀正しい。が、病気の仲間に対する、あの冷やかさ、無関心さは何なのだろうか。実藤は、薄寒い思いで、当番を見上げる。それから、少し離れたテーブルに座っている女を見る。女は、食べていた。喀血の消耗を取り返すように、せっせと箸を動かしている。恐ろしいほどの平静さだ。実藤は、そちらを指差し、当番に先程見たことを伝えた。そして一刻も早く入院させるように、言った。

当番はうなずいた。

「ご心配なく。結核でないから、うつりません。肺ガンなんですよ」

「そういう問題ですか？」と実藤は押し殺したような声で尋ねる。

当番は、首を振った。

「東京でクラブを八つも持っていた女性経営者の方です。自分の命が長くない、と知って、訪ねて来られたのです。ここに来て、初めて満ち足りた思いを味わったそうです。自分は生かさせてもらっている。命は貸し与えられたものだ、と悟られ、そのご恩返しに、一生懸命、お勤めにはげんでおられます。今までは頑張ったけれど、自分のためだった。自分のための努力というものの虚しさに、気づかなかった。今はガンになったことに感謝している、と言われる。病気がここに導いてくれたのだと」

ホスピスも兼ねているのはわかる。それにしても、自分の吐いた大量の血をぼろきれで拭き取る女の姿は、あまりに凄惨で、実藤にはやはり尋常な事とは思えなかった。

食後は、再びそれぞれの持ち場に散っていく。掃除や洗濯はそれぞれ係がいるので、自分でする必要はない、との事だ。係は信者の部屋に勝手に入って、汚れ物を集め、掃除をしていくらしい。衣類も食器も、私有物はなく、信者は洗い終えた物を置場から勝手に持っていって、身につけるのだ、と言う。

午後四時、というごく早い夕食までの間、さまざまな牧場の仕事はあったが、さほどきつい作業ではなかった。

夕方以降は反省の時間と称して、ほぼ自由に過ごす。部屋に戻るもよし、遠来荘にそのまま留まってもよし、という事だ。カラオケもテレビもゲーム機器も、およそ娯楽らしいものは何もないから、実際のところ反省以外やる事はない。人々の表情は思いのほか明るい。楽しげに身の上話などしている。

実藤は、信者達の話の輪に入った。教祖のことを聞き出そうと思ったのだ。しかし教祖の事を知っている者はいなかった。自分の境遇を、なぜここに来たのか、今までどんな人生を送ってきたのか、ほとんどの者が、包み隠さず語った。しかし教祖がどんな人で、どのような経歴の持ち主なのか、そしてこの教団の組織がどうなっているのか、正確に把握している者はいない。

「お母さまは、わたくしたちみんなのお母さまですよ」

白髪交《しらが》じりの髪を後ろ一つに結わえた中年の女が言った。

「あれは春の祭礼の折でしたか、初めてお母さまを見たんです。何もおっしゃらなかったんですけどね、目で語りかけてこられたんです。そのとたんですよ。もう、なんていうか、胸がいっぱいになって、涙がぽろぽろこぼれてきました。ああ、いったい自分は今まで、何のために生きてきたんだろう、私の四十三年の人生ってなんだったのかしらって」

女の束ねた髪の先に、まだパーマっ気《け》が残っている。かなりきつくブリーチしていたものらしく広がった毛先は途中からはっきり段がついてオレンジ色に変わっている。

その境目《さかいめ》が、この女の決意の時だったのだろう。

ふと、その角張った顎《あご》と厚い上唇に見覚えがあるような気がした。知り合いではないが、かなり馴染《なじ》んだ顔だ。

「もしさしつかえなければ、ここに来られる前は？」

実藤は尋ねた。

「デザインの仕事をしてました」と女は何のこだわりもなく答えた。

実藤は、あっと声を上げた。『ウィークリージャパン』にいた頃、グラビアで取り上げたこともある、国際的にも著名なファッションデザイナーである。

質問したわけでもないのに、女はここに来ることになったいきさつを語った。時代に遅れかけ、鈍磨《どんま》した感覚を薬で削りながら、四十過ぎまでやってきたこと。疲れ果てて何度か自殺未遂を繰り返した後、知人のつてでここにやってきたこと。そしてここに来て初めて自分の本当の人生をみつけたこと。まるで他人《ひと》ごとのように、淡々と女は語った。

いや、女の言葉を借りれば、まさに「向こうの世界」にいたときの自分は、自分ではなかった、ということになる。

一緒に作業をしたメンバーは、一部上場会社の役員をしていた、という男や、銀行のコンピューターシステムの設計をしていた、という若いエリート、そしてパリ・コレで活躍していたステージモデルなどだった。まるで会員制クラブのような顔触れが、実藤を驚かせた。

しかし一人として、地元の人間がいない。それぞれの内情はともかく、一般的にはかなり裕福な階層の人々だ。

もともと泉が、小湊の憶念寺で始めた霊燈園は、地元の主婦達の悩みを聞くことから始まった。そして地元の人々に支えられて発展してきたものではなかったのだろうか。男が女が、熱心に今の自分の正しい生き方と、満ち足りた精神について語った。だれもが、奇妙に幸福な心理状態に酔っている。頭脳のどこかが、休止しているのではないだろうか、と実藤は思った。心の内の、求め貪《むさぼ》る部分とでも言おうか、生の根源的エネルギーが眠らされているような気がする。物を求め、貪ろうとする思いだけではない。生きる意欲自体をなくしている。

もしや変な薬でも、食物に入れられているのではないか、ここにずっといたら、自分もそうなるのではないか、と不安になった。しかし考えてみれば薬を食物に入れる必要などない。ここの静寂と、肉体労働による疲労、澄みきった空気、そして何より、徹底した情報遮断、これらの物が巧妙に絡《から》み合って、人の心を淀んだ水のようにしている。実藤は、話題が自分の方に向きそうになるのを巧妙に避ける。幸いここの人々はだれも、他人の事情にそれほど興味を持つことはなかった。

霊燈園の夜は早い。それぞれに宿舎に引き上げていったのは、夜の八時過ぎで、九時を回った頃には、どの部屋からも物音一つしなくなった。

翌朝も同じ時間に起こされ、牛の世話をした。しかしこの日は大きなイベントがあって、深夜まで起きていた。子牛が生まれたのだ。産気づいてから数時間、実藤達の班は、全員で見守った。あの肺ガン病みの女も、喀血を繰り返しながら子牛が出てくるのを待った。やがて膜を体のあちこちにつけたままの子牛の全身が、藁の上に出たとき、女の顔は笑み崩れ、紅潮していた。実藤は昨日の当番の言葉を理解しはじめていた。

夕飯が終わり当番がやってきて実藤の肩を叩いたのは、ここに来て四日目の晩の事だった。

「お母さまが、会われてもよい、ということです」

実藤は、はっとして顔を上げた。ありがとうございます、と当番の手を握り締めそうになった。

「身を浄めてから、お会いすることになっていますので」と当番は、実藤についてくるように促す。

実藤は、隣の部屋の祭壇の正面に正座させられた。当番は何度か丁寧に合掌し、それから霊燈園の由来について語った。

お母さま、と呼ばれている教祖は、名を大和霊光《だいわれいこう》という。水名川泉、あるいは本名水無川扇子を名乗っているはずがないことは、実藤も承知していた。

その大和霊光は、幼い頃から奇妙な病気を持っていた。原因不明で、胸が苦しくなり転倒し、ひどいときには意識を失う。心配した両親が、熊野の寺のさる僧に見てもらうと、本州の北の果てに小さな岬があって、そこに寺があるので行け、と伝えたと言う。

そこの住職に相談するように、という意味だと思い、十になったばかりの霊光を連れて、彼女の父親が行ってみたが、そこはすでに廃寺になって久しく、はめ板には穴が空き、屋根には草が生え、荒れ放題になっていた。
父が帰ろうとすると、霊光は急に首を横にふった。ここに住む、と言ってきかない。父は、仕方なく荒れた寺を直し、祭壇や仏像を磨き上げた。四日目、いきなり霊光は倒れ、そのとき寺の向こうに広がる海から、地蔵菩薩が虹色の雲に乗ってやってくるのを見た。それは霊光に「おまえの生は、多くの人々を救うために与えられたのだ」と告げた。

郷里に戻った霊光は、不思議な力を持った。これから起こる事や、人の心の内を見透しいくつかの予言をして、人を救った。しかし両親は娘の病が治ってみると、平凡な女の幸せを摑ませたい、と願うようになった。そこで霊光が二十歳のときに結婚させるが、結婚後の霊光は、長男の死産、長女の病死、夫の不貞、とあらゆる家庭的不幸に見舞われ、さらに少女時代の病気がぶり返してきた。

思い余って再び熊野の寺に行くと、そうした不幸は霊光が本来の生き方と違うことをしているので、神仏が忠告を与えているのだ、と住職に言われた。霊光は再び、昔、彼女が菩薩に出会った岬の寺に戻り、そこでさまざまな迷いを抱えている多くの村人のために尽くした。

二年程経ったある日、再び夢の中に地蔵菩薩が現れた。そして「おまえはもう、この小さな村に留まる時期は過ぎた。ここの南のヒバの森の中に、おまえを待っている者達がいるから、そこに行って、より多くの人々のために尽くせ」と語った。そこで西田宗太郎他、熱心な信者の協力を得て、この地に「霊燈園」を開いた。

痺れる足をもぞもぞと動かしながら、実藤は耳を澄ませていた。どこの教団にもある縁起《えんぎ》のパターンをきちんと踏んでいる。まとめたのは、おそらく西田なのだろう。

しかしその話はいくつかのヒントを与えてくれた。

前半の霊光こと、水名川泉の教祖になるまでの過程は、どの程度泉自身の経歴と重なるかはわからない。しかし成人し家庭を捨てた後、北の果ての岬に戻った、というあたりからは、かなり正確に事実を踏まえている。

北の果てとは、すなわち昔、泉が少女時代に一時、住んだ村であり、霊光が、地蔵菩薩から啓示を受けた、という荒れた寺は、陸奥湾に面した廃寺「憶念寺《おくねんじ》」のことだろう。夢のお告げで憶念寺から、こちらに移ってきたという部分は、隣町の寺から住職がやってきて、住まいを追い出されたという散文的事実に重なる。

そう考えてみれば、少女期の病気治療のために東北の村を訪れたというエピソードは、泉が、少女時代に伯父を頼って疎開してきた、という事実に対応するわけだが、それでは話の中にある仏の啓示に匹敵する出来事が、少女時代の泉にはなかったのだろうか。それがわかれば、後年、泉が昔の疎開先に戻ってきた理由が明らかになるような気がする。それが書きかけの「聖域」を中断させた理由であり、作家としての再出発のチャンスを捨ててしまった理由であろう。

当番の話は、物事の実相と本質、自力本願と他力本願、常見《じょうけん》と断見《だんけん》といった、小難しい教義の説明に移っていった。その間、実藤は、頭の中で生身の泉のライフヒストリーと霊光のエピソードを対比させ、整理し続けていた。

やがて当番は口をつぐみ、静かに立ち上がった。後を追って立った実藤は、勢い良くその場に転倒した。足が痺れて、感覚がなくなっていたのだ。慌てて立とうともがいたものの、体は言うことをきかない。

当番は、呆れたように、その姿を見守っている。両手で上半身を起こしかけたとき、実藤は、祭壇の奥で、灯明に照らされている仏像とおぼしい物、半分以上簾で隠されているものを一瞬、下から見上げる格好になった。

煙った紫色の僧衣に包まれた上半身には、どうみても剃髪《ていはつ》していない頭部があった。さらに落ち窪んだ眼窩《がんか》らしきもののある黒々とした顔が見えたような気がした。

脇から当番の手が伸びてきて、実藤の体は立たされ、異様な姿は視野から消えた。即身仏のようだ……実藤の背筋が冷たくなった。

「あれは何なんですか」

実藤は、指差した。当番は怪訝《けげん》な顔をした。

「何って、あなた、お母さまの像ですが。お母さまは信徒の方には、滅多にお会いになられないのですが、いつでもここで見守っていてくださいます。もちろん神様ではないですから、祭壇の中央ではなく横に控えておられるわけです。それより、足は大丈夫ですか？」

大丈夫と答えて、実藤は何度も祭壇の方を振り返りながら、当番の後をついて遠来荘を出た。

外は雪がやんでいた。銀粉を敷きつめたような星空だ。重なり合うばかりの星の密度に、実藤は息苦しさを覚えた。あまりに澄み切った大気はわずかの揺らぎもなく、星は、凍てついたように瞬《またた》くことがなかった。すべての音を吸い取ったような分厚い雪原の中を、彼らの雪を踏みしめる音だけが、響く。

やがてそれに、さらさらという水音が混じり始めた。

「川ですか？」

「はい」

「よく凍らないものですね」

「よどみなく流れていれば凍りません。人の心と同じです」

うなずいて進むうちに、不規則な水音が聞こえた。

「あれは？」

当番は、黙って木々の間から、川筋に入った。

そこだけ常夜灯がともっていた。うっすらとした灯りの下、川面を霧が流れている。外気より水温が高いのだ。霧の中で、白い物が動いている。目を凝らすと女だ。丈の短い白いあわせが濡れて、ぴったりと体に貼りついている。岸辺にひざまずき、手桶《ておけ》で水をかぶる。

「よく心臓マヒを起こしませんね」

身震いして、実藤は声を上げる。当番は振り返ると、厳しい眼差しを向けて口の前に人差し指を当てた。

「すいません」と小さな声で謝った実藤は、次の瞬間、はっと気づいて逃げ出したくなった。浄めてからでなければ、教祖に会わせない、とは自分もあれをやらなければならない、という事か。

「僕もやるんですか？」

恐る恐る尋ねる。

「どうぞ。何か思うところがあれば」

当番は答えた。

「浄めなければ、会わせてくれないんでしょう」

寒さで白くなった当番の頬《ほお》に笑いが浮かんだ。

「水行は、自分を見つめるためのもので、何かの代償として行うものではないですよ」

そう言い残すと、当番は、さっさと森の中の小道に戻った。ほっと胸を撫《な》で下ろして、実藤は後に続く。それにしてもいったいどこまで行くのだろうか。

川の水音を聞きながら進んでいくと、やがてさらさらというせせらぎの音は、流れ落ちる滝の音にかき消された。

森が切れると、正面に木造の二階建てのごく粗末な庵が現れた。

「奥の院です」

「ここがですか？」

「各地の新興宗教団体に見られる豪壮な社殿や寺院は、信仰する心とは対極にあるものです」

実藤の考えを見抜いたように、当番は答えた。

実藤はうなずいて、小さな草庵を見る。まわりに濡れ縁をめぐらせた建物は、積雪に備えて土台を高くしてあるだけで、二階建てではなく、平屋だった。

その脇にこんもりとした茂みがあり、滝音はそこから聞こえてくる。

「お母さまは、こちらにおられます」

実藤は、障子越しに灯明らしい淡い灯りが揺らめくのを息を詰めてみつめた。

「それでは、取材させていただいて、いいんですね」

念を押すと、当番はうなずいた。

「二人にさせてもらえますね」

「席を外せ、という事ですか？」

「できれば」

「いいでしょう」

当番は、庵の裏の戸を開けた。そして中から何か、白い物を抱えて出てきた。

「着替えてください」

実藤は、瞬きした。

「白装束《しろしょうぞく》で、教祖にお会いするわけですか」

当番は、ゆっくりと首を左右に振った。

「お母さまは、信徒の方にしか会われない、と申し上げたはずです。信徒の行う事を一通り、あなたにもしていただいたのですが、まだ残っています」

実藤は、木綿の白衣を握りしめた。

「やっぱり水をかぶるんですか」

「水行は人に強制されて行う事ではない、と先程も申し上げたはずです」

「わかりました、わかりました。望んでやります」

半ば自棄《やけ》のように実藤は、ジャンパーを脱ぎ捨てた。ここまで来て引き返す手はない。

探し続けた水名川泉は、ここから数メートルのところにいるのだ。なんとしても会う。セーターを脱いでも、歩いて体が暖まっているので、覚悟したほど寒くはなかった。

「あの……」

白衣の袖に腕を通しながら、実藤は当番に尋ねた。

「パンツの替えがないんですけどね」

「こちらで用意してあります」

当番は、表情を変えずに答えた。

薄手の衣一つで、滝に向かって行くと、さすがに寒気がこたえる。無数の針で皮膚を撫でられるような、痛みに近い感覚だ。

なあ、千鶴……。

不意に、実藤はあの丸い鼻をした、小さな顔を思い出し、無意識のうちに語りかけていた。なぜ、こんなときに思い出したのかわからない。寒いからだ、と思う。寒いとなぜ思い出すのかわからない。彼女が来たのは夏だ。そして秋には、目の前から永遠に消えた……。

水音が大きくなった。

千鶴が笑っているような気がした。

「実藤さん、野宿したことある？　釧網本線の駅を泊まり歩いたの、あたし。十一月、寝袋あるけど、寒いよ。鼻水凍るもの」

クーラーの吹き出し口の真下で、そう言って笑った。そしてしゃべっているうちに眠ってしまったのだ……ふっくらとした頬が、健《すこ》やかで幸福そうだった。死の影なんか、どこにもなかった。

「いいですか。両足は肩幅くらいに開いて、しっかり立って下さい。腕を脇につけて、合掌するのです。水を頭や首で受けてはいけません。鞭打《むちう》ち症になることがありますから。両肩で受けて下さい」

当番が、傍らで注意をする。

大丈夫だよ。こんなときは、外気より水は暖かいんだ。ほら、湯気が立っているじゃないか、そうだよな、千鶴……。

もちろん答えはなかった。

肌についた飛沫《しぶき》が、急激に体温を奪う。実藤は胴震《どうぶる》いしながら、無造作に滝下に立った。とたんに頭上に、水の一撃を食らい、その場に崩れた。

「くそっ」と滝上に向かってつぶやき、よろよろと立ち上がり合掌する。

案の定、水は暖かい。全身で水圧を受けとめていると、何か心が何層にも剝離《はくり》してくるような気がした。今、現実として見ている物が、ひどく頼りなく、疑わしいものに思えてきた。足元の岩の感触、体を包む水音、牛小屋のにおい、そしてここに来る前夜の真っ赤な海老チリソース、米山の薄くなった白髪頭、積み重なったゲラ、何もかもが、意識の表面を滑り落ちていく。

千鶴のいくらか擦《かす》れた低い声だけが、甦ってきた。丸い眼鏡、びっくりしたように見開いた丸い目、丸い鼻、顔立ちの隅々まで、驚くほど鮮明に浮かび上がってきた。

「チベット、夢だったんだよね。ラサって、一度でいいから行ってみたかった。仕事で行けるなんて信じられない」

言葉の一つ一つが、表情の変化の一瞬一瞬が、記憶の底から浮かび上がってくる。

雫《しずく》の滴《したた》る体を拭いて、衣服を身につけても体は芯まで冷えていた。鼻水を啜《すす》り上げながら、実藤は当番の後をついて、奥の院に上がった。

内部は灯油のにおいが鼻をつき、暖かかった。ごく薄い白熱灯を映して、磨き上げられた床が光っている。当番は実藤を残し奥に消え、しばらくして戻ると、中に入るように言った。

室内は暗い。灯明に祭壇の浮き彫りが浮かび上がっている手前に、人影があった。実藤は、唾を飲み込んだ。水名川泉だ。ようやく出会う事ができた。何から言い出したらいいものやら、そして、自分の意図を何と伝えたらいいものやら、冷えた体に血が逆流してくるようで、実藤は興奮に息をはずませるばかりだった。

当番は座布団を差し出し実藤を座らせ、自分はそっと消えた。

淡い光の中に女の顔が、陰影を際立たせて浮かび上がる。はっ、とした。

泉ではない。そんな感じがした。

こけた頬、ポンパドール、つながったような一直線の眉と、こちらを貫き通すような緊張感に満ちた視線……実藤が見たのは、そんな一枚の写真にすぎない。

自分の作り上げたイメージと現実の泉が違うだけなのか。

「ようこそ、いらっしゃいました。お寒いでしょう。火にお寄り下さいまし」

女は語りかけた。低く、温かい響きのこもった声だった。疲れ、冷え切った体と心に、じわりとしみ入ってくるような、優しげな声だった。視線を交わしたとたん、涙がとめどなくあふれた、という信徒の言葉を実藤は思い出していた。

だが、彼女は実藤が探していた作家ではない。

美しすぎた。どこか作られたような感じがするほどたおやかで官能的でさえあった。歳は、五十前後だろう。秀《ひい》でた額と頬、真っすぐな白い鼻筋。後ろで束ねた髪が、その白く整った顔を際立たせている。僧衣らしい物を身につけているが、袈裟《けさ》ではない。中国の婦人用道服と似た、ゆったりと柔らかな感じの浅黄の衣は、深い襞《ひだ》を作って膝《ひざ》に流れている。

「失礼ですが……」

実藤は、頭の中で、必死で言葉を探していた。

「あなたは水名川泉、いえ、水無川扇子さんですか」

結局、こんな気のきかない問いしか発せられなかった。

「ぶしつけですみません」

「大和霊光です」

「いえ、本名のほうです。でもやっぱり、違いますね。僕は、水無川扇子さんを探しに来たんですが、ここの教祖じゃないんでしょうか。教祖はあなたですよね、水名川さんは、ここにいたんじゃありませんか？」

霊光と名乗る女は黙っていた。ふっくりと切れ長の目に、穏やかな微笑を浮かべていた。

「僕が来た目的は、水無川扇子さんへのインタビューだったのです」

「先代の霊光は、ここにおられますが、お会いにはなれません」

「なぜです？」

女は静かに言った。

実藤は座布団から片膝を外して詰め寄った。

「神様になられました」

「最初からあの人は、カミサマと呼ばれていましたよ」

しゃれにもならないしゃれを言ったとたん、ぎょっとした。ここの幹部がカミサマだのオガミサマだのという土地の言葉を使うわけがない。神様のことだ。

「死んだのですか?」

「いいえ、神様になられたのです」

死という言葉は巧妙に避けられている。

生身の人間が神様になって祭られる場合は、どんなときか。

日本仏教では死んだらみんな仏様だが、神様になれるのは、恨みをのんで死んだ英雄や政治的指導者だけだ。

膝が震えた。震えは次第に膝から上に上がってきた。歯がかちかちと鳴った。

遠来荘に飾られていた奇妙な教祖像、あれはやはり即身仏、すなわちミイラではないか。

「どうなさいました。具合がお悪いようですね」

「風邪を引いたようです……空気がきれい過ぎて、ここは私の体には向いていないようです」

実藤は、じりじりと後退った。

「どうも貴重なお時間をすみませんでした」

ぺこりと頭を下げるとふらつく足で立ち上がった。

霊光は、怪訝な顔で小首を傾げたが、すぐに落ち着き払った様子で合掌した。襖を開けると、当番が控えていた。

「人違いでした」

実藤は短く言った。

「は？」

「僕が、お話を伺いたかったのは、先代の霊光さんでした」

「ほう」

驚いた風もなく説明するそぶりも見せず、当番はさっさと靴を履き始める。

奥の院を出て、雪を踏みしめながら当番は、ぽつりと尋ねた。

「もしやおたく、取材ではなく、先代の霊光と個人的な話をしたかったのではないんですか」

見抜かれて、実藤は苦笑した。

「家出した僕の母ではないか、と思ったもので」

「ほう」

当番は、しみじみとした表情になった。

「なぜ、教祖の代替わりを公表しないんですか」

実藤は鋭い調子で尋ねた。

「無意味なことを言われる」

「なぜ公表するのが、無意味なんです。なぜ隠さなければならないんですか」

「隠してなどおりませんよ。現にあなたも、いまお母さまの口から教えられたでしょう。お母さまがどこのだれか、というのは、どうでもいいのです。お母さまは、ここの信徒の母です。個人ではないのです。『我』というものはありません。別《わ》け隔《へだ》てなく慈しんで下さる方で、神様の御意志をお伝え下さる方なのですから」

「わかりました。で、その先代はどうなったのですか」

「神様になられました」

「つまり死んだのですね」

当番は、否定も肯定もしなかった。

泉の開いた霊燈園は、次第に宗教法人としての体裁が整えられていった。西田という有能な管理者が迎えられ、生産協同体として経済基盤も確立された。その過程は、必ずしも開祖水名川泉の意にそうものではなかったのだろうか。

泉は本当に死んだのか、遠来荘に安置されたあれは即身仏、もっとも仏教でないから、即身仏とは呼ばないだろうが、つまり泉の遺体なのか。

あるいは、東北地方に稀に見る大規模宗教団体に育とうとしている霊燈園にとって、貧相な泉よりは、官能的な雰囲気を漂わせた熟年美女の教祖の方が、信者にもマスコミにも受けると判断され、追い出されたのか。

遠来荘の前まで来て、実藤は中に入っていいか、と尋ねた。

どうぞ、と当番は言う。ここの施設はどこにも鍵はかかっていない。心ゆくまで、自分の心と対峙なさい、と言い残し、当番は戻っていった。

実藤は祭壇の前に座った。外の雪がすべての音を吸収しているようだった。淡い電灯が内部を照らしているだけだ。

実藤は何度か身震いした。それから祭壇に一歩ずつ近づいていった。

白木の柵《さく》を跨《また》いで、中に入る。そして教祖の安置されている厨子の前に立った。簾に手をかけ、一気にそれを引き上げた。

息がつまった。黒ずんだ平坦な顔が現れた。眼窩が窪み、黒髪の鬘《かつら》をつけた顔に、目鼻はなかった。本物の僧衣から突き出している頭部は木像だった。のみの跡を残した、いったいだれの姿やら、輪郭もはっきりしない、稚拙な彫刻に過ぎなかった。

教祖に人格はない。教祖に我はない。教祖は個人ではない。まさにそうだった。

つまりだれでもいいのだ。ここの指導者は、西田宗太郎であって、お母さまと呼ばれる教祖は、すげかえ可能なのだ。

実藤は簾を下げて、ゆっくりと後ろに下がった。

クビを覚悟の、四日間の修行、滝行までしたが得たものは何もなかった。

そのとき雪を踏んでかけてくる、幾つかの足音が聞こえた。

深夜の行でもやっているのか、と思っていると、足音は間近で止まった。

引き戸が、荒々しく開かれ、数人の半纏姿の男が入ってきて、実藤を両脇から挟んだ。

「やめろ」

実藤は叫んで、振り払おうとした。恐怖にかられた。

「出ていってもらいます」

男の一人が言った。

「今すぐ、出ていって下さい」

「言われなくたって行くから、離してくれ」

実藤は、混乱した気持ちのまま振り返る。祭壇が目に入った。厨子の方ばかり見ていて気づかなかったが、監視カメラが取り付けてあったらしい。

祭壇の柵を乗り越え、厨子の簾を引き上げた彼の行動は、すべて監視されていた。鍵がいらない、というのは、こういうことだったのだ。

引きずられていき軽乗用車に放りこまれた。両隣にはがっしりした信徒の男が乗った。当番の姿は、どこにもない。

車は奥の方に向かった。殺される、と思った。恐怖が体を駆け抜けた。だれにもここに来ることは伝えていない。ここの中に入ってしまえば、外とは連絡を絶たれる。川にでも放り込まれれば、一巻の終わりだ。なんといっても自分は、この教団の水名川泉殺しを、もしそれが本当にあったとしたらの話だが、それを探りに来た男なのだ。

まもなく車は、実藤が寝泊まりしていたアパートの前で止まった。男が一旦降りて、再び戻ってきた。実藤のザックと登山靴を抱えている。

実藤はその場で靴を履き替えさせられた。行き倒れを装って、森の中にでも捨てられるのだろうか……。

口の中がからからに渇いて、物を言おうとすると舌と唇がねばつき、不快な音を立てた。男達は車をUターンさせ、反対方向に向かった。

まもなく本部前まで来て、停車した。実藤は引っ張り出された。当番がいた。

「うちは、取材でも個人的な用事でも、ここを訪れる方は、拒まない方針でした。ただ、あなたには人としての基本的な礼節が欠けていた。残念です」

そう告げると、実藤にザックを手渡し、ヒバの森に続く灯り一つ無い道を示した。

「お行きなさい」

実藤はわけがわからなくなり、数秒間立ち尽くしていたが、すぐに深々と頭を下げた。

「どうも、お世話様でした」

殺されるわけではなかった。霊燈園はマナーの悪いマスコミ関係者を放り出しただけだ。実藤はその場にへたりこみそうになるくらい、ほっとした。もっとも凍死せずに駅につけるかどうかは、運次第、体力次第だが。

満天の星は消えていた。暗い空を真綿のようなうっすらとした雲が、動いている。また雪が降って来るのかもしれない。

実藤は、その場に屈みスパッツをつけ、靴紐《くつひも》を丁寧に結ぶと歩き始めた。

四十分ほどで、来るときにタクシーを降りた辻堂のところまで来たが、車の通りはない。人家も公衆電話もない。雪がちらつき始めた。ザックから傘を取り出してさし、さらに歩いていく。

腹が減って、頭がくらくらした。木の枝に積もった雪を摑んで口に入れ、曲がりくねった道を下っていく。

人家を見かけたのは、それから二時間も歩いてからだった。しかし真夜中に戸を叩いて電話を借りるわけにはいかない。

ヒバの森は切れ、広々とした道路に出たが、雪はかえって深くなった。ふくらはぎまでもぐり、口の周りが凍ってきた。

公衆電話をみつけたのは、さらにそれから一時間あまり行ってからだ。今さらタクシーを呼ぶまでもない、と半ば意地になって、実藤は小湊駅に向かって歩き続けていた。

9

朝一番の列車に乗り、その日の午後、実藤は出社した。

「出てきたか」と米山は腕組みしたまま微笑み、「いい歳して甘ったれたまねはよせ」といつになく厳しい口調で言うと、やりかけの校正ゲラを実藤の机に積み上げた。その上に、花房孝子がゲラの束を置き「ガキ」と一言、ささやいた。彼の仕事だった。出てこないので仕方なく、みんなで分担していたらしい。

実藤は平謝りに謝って仕事に戻った。しかし朗報が待っていた。不愉快な新人の世話は、花房の手に移っていた。かわりに実藤は、花房の受け持っていた三木の担当に代わった。

それから四日後、『ヴィップ』編集部宛に、霊燈園から抗議の手紙が届いた。そちらの社員が、取材目的で信者を装って侵入し、大変な無礼を働いた、というものだ。実藤の名前と祭壇内に入り、厨子《ずし》の簾《すだれ》をまくり上げている写真まで添えられていた。

事の真偽を確かめるため、『ヴィップ』の編集長はそれを総合誌『ウィークリージャパン』に持ち込んだ。実藤が、すでに文芸に異動して半年も経っている事を知らなかったのだ。

『ウィークリージャパン』の編集長は、この件はうちでカタをつけると言い切り、抗議状と写真を引き取った。

その日のうちに、実藤は『ウィークリージャパン』に呼ばれ、事情を説明させられた。元上司であるデスクに実藤は霊燈園に行った経緯を包み隠さずに話した。しかしデスクにとってそうした経緯や事情は関心の外にあるように見えた。それよりは、彼がいったいそこで何を見たのかといったことを執拗に尋ねてくる。

ほどなく『ウィークリージャパン』に「文化人を巻き込む新新宗教」と題された特集記事が載った。

最近、脱税で上げられた不動産会社は、霊燈園の財産管理会社であった、というものだ。霊燈園に入るには、信者はすべてを捨てなければならないのだが、自分を捨てよ、というのは、第一義的には、財産を捨てよという意味だ。すなわち「捨てよ」、というのは、教団に寄進せよ、という事だ。寄進された財産は、運用しなければならない。そのためには、会社が必要になる。だが、霊燈園の場合、会社が先にあって運用資金を集めるために宗教団体を設立したのではないか、などという内容だった。

『ウィークリージャパン』では、以前からいくつかの新宗教についてそうしたテーマで取材を進めていたところに、実藤が、意図せず潜入取材を敢行し、貴重な情報を持ち帰ってきた、というわけだ。

『ウィークリージャパン』が店頭に並んだと思われる時間から数十分後に、抗議の電話がかかった。霊燈園本部からだ。根も葉もない低俗な記事で、大いに迷惑している。名誉棄損で訴える、というものだった。

編集部は間髪を入れず、教主西田の愛人問題を取り上げた。教祖大和霊光は、収入のなかった助手時代の西田に貢《みつ》いだ、年上の愛人だった。

銀座の一流クラブのママであった、と聞けば、実藤にはあの美貌と人の心を溶かす声音が、理解できた。

信者による、抗議の電話もかかったがそう多くはない。大部分の者はあの内童子のコンミューンで俗世間とは隔絶して暮らしているのだから、『ウィークリージャパン』のような雑誌など、もとより目にする機会はない。

それより多かったのは、財産をそっくり寄進させられてしまった信者の家族からの被害を訴える声である。さらに元信者からの投書も来た。たいていは、霊燈園内の集団主義的な雰囲気に馴染めず、逃げだした者達だった。

実藤は、暇があると『ウィークリージャパン』の編集部に立ち寄り、投書を読ませてもらった。

二月の最初の週に、ファイルされた手紙の中に、実藤はとうとう求める物をみつけることができた。

匿名の手紙で、消印は青森県東津軽郡の平内町《ひらないまち》となっている。地元だ。

手紙の主は、平内町の福館《ふくだて》の方の主婦、と自分の事を語っていた。憶念寺でカミサマを知り、何度か亡くなった母親とカミサマの口を借りて、対話をした、と言う。一年ほどで、憶念寺に住職がやってきて、カミサマは追い出されてしまったが、何とか消息を伝え聞いて、内童子の方に会いにいった。

そうするうちに、家庭内で辛い事が重なり、霊燈園の敷地内に暮らすようになった。しばらくすると、園内に色々な建物が建ち、敷地がどんどん広くなり、他の土地から信者が入ってくるようになった。カミサマの顔を見られる機会も、めっきり減った。

行事のときだけ、カミサマは姿を見せたが、ひらひらした衣を付け、仰々《ぎょうぎょう》しい格好をしていた。相談事があっても、男の役員が説教をするだけなので、何の解決にもならない。しかもカミサマに会いたければ修行をしろ、と言って、いろいろな無理難題をふっかけてくるようになった。

それでも他に行くところもないので、しばらくとどまっていたが、ある冬の夜、綿入れ半纏《ばんてん》にトレーニングズボンという格好でカミサマが、荷物を抱えてかけていくのに出会った。呼び止めようとしたが、あまりの切迫した形相に声をかけられなかった。カミサマはヒバの森の中を町の方に下っていってしまった。

綿入れ半纏とトレーニングズボンというのは、カミサマの普段着で、前はいつもそんな格好をしていたので、もしやまた憶念寺に戻ったのではないかと思ったが、そういう話は聞かない。

それ以来、カミサマは見えなくなって、春の祭りで見たとき、カミサマはきれいな女の人に代わっていた。そのうえ、後からやってきた信者達と無学で貧乏な自分を霊燈園は、何かと差別した。そんな理由で、まもなくそこを出て、今は、嫁いだ娘のところに身を寄せている、と手紙は結ばれていた。

実藤の希望はつながった。水名川泉は無事だ。千鶴と違って、こちらは生きている。カミサマは逃げ出したのだ。おそらくは自分が開いた教団の堕落に愛想をつかして。逃げだしてどこへ行ったのだろう。

家出して霊燈園に行った主婦は、娘の元に戻ったが、水名川泉は、息子の元にも、夫の元にも戻らなかった。

どこかでまた新たな宗教を興したのだろうか。

実藤は、手紙をコピーし、ポケットに突っ込んだ。

手帳を取り出し、予定表を見る。三木清敦の原稿の締切まで、あと四日だ。そろそろ連絡を取る時期だった。前回、三木に会ったのは、一月の末で担当の交替を伝えるために、花房が同席していたため、肝心な話はできなかった。

電話をすると、三木はどうも間に合いそうにない、と言い訳するでもなく言い、気晴らしに話しに来ないか、と誘ってきた。締切に間に合わずに、気晴らしも何もないところだが、実藤は勇んで手紙のコピーを摑み、世田谷にある三木の事務所にかけつけた。

三木は、茶のタートルネックのセーターの上に和服、という不可思議なスタイルをしていた。冬場の執筆のときの格好なのだ、と言う。

秘書兼愛人の四十女が、白いエプロン姿で実藤を迎え、酒は何にするか、と尋ねた。

「僕は、ビールですが、先生は書き上がるまで烏龍茶《ウーロンちゃ》にしてください」などと、冗談ともなく答えた後に、コピーを渡す。

三木はおもむろに、懐から眼鏡を取り出した。二、三行読んでから秘書に向かい、

「君、ちょっと」と手を動かす。女はうなずき、隣の部屋に消えた。

三木が、手紙をテーブルに下ろすのを見計らって、実藤は霊燈園に行った事を告げた。

「つまり水名川泉は、殺されても自殺してもいません。神になった、というのは、教祖に逃げられたと言うのが格好悪いので、教団がそういう事にしただけでしょう」

三木はうなずいてぽつりと言った。

「ま、生きていたとしても、君は関わらんほうが、いいな」

「なぜですか」

実藤は、三木のはれぼったい目から視線を外さずに尋ねた。

「彼女の昔の担当者も、同じ事を言いました。いったい何があったんですか」

三木はかすかに笑った。

「僕は、泉より十歳ほど上だが、それでも同じ世代に属している。つまり戦争を経験している。僕は終戦間際の満州で、泉は疎開先の青森で、人が日常的に死んで行くのを見ている。死が身近にあったって事が、僕と泉だけでなく、この世代を結びつけているんだ。高度成長のさなかに育った君たちが、彼女に関わる必要はない」

「僕達の世代すべてが、豊かで、幸福だなどというのは、誤解ですよ」

大宮で機械部品の下請け工場をしていた彼の実家は、ドルショックや中東戦争などのたびに揺れた。不渡り手形を出して家が人手に渡ったり、裁判所が来て冷蔵庫にまで赤紙を貼りつけたのを何度か見てきた。

「豊か貧しいか、などという事ではない。死生観の問題だ。僕達にとって、死は日常だった、という意味だ。ところで君、恋人を亡くしたそうだな」

「なぜ、知ってるんですか？」

実藤は驚いて顔を上げた。

「君が、生意気な新人に海老をぶっかけた話を聞いた。よほどの事だろう、と思っていたら、あのときの蓮見とかいう女の言葉を聞いていた者がいた。人の死に対し、ああいう態度をとる者に文学をする資格はない。がそれはそれだ。死んだ者のことはあきらめるしかない」

「別に……恋人なんかじゃないですよ。蓮見さんが言った通り、僕の家に涼《すず》みに来ただけです」

「部屋に女が来て、恋人じゃないも、ないだろう」

「いえ、何の関係もないんです」

「まあ、それはいい。かんじんなのは、早く忘れる、という事だ。死は永遠の別れだ。二度と彼女は君の部屋には来ないし、君に語りかける事はない。死んでもなお魂は存在し、その気になれば交流できるなどという戯言《ざれごと》を信じるほど、君は愚かではないだろう」

「水名川泉の口寄せの事を言っているんですね」

三木は押し黙った
「先生はそれを経験した……」

実藤は三木の引き結んだ口元を見つめた。血色の悪い乾いた唇に、縦皺《たてじわ》が寄っていた。

三木と水名川泉を結びつけたものが何だったのか、わかりかけてきた。男女の仲でも、文学的交流でもない。死を日常にした間柄、仏を下ろす泉と、泉の口を借りて死者と語り合う三木。後《のち》にカミサマである泉と農村の主婦達との間に生じた関係と同質のものが二人の作家の間に存在した。しかし三木はそれを認めようとしない。近代人としての理性が、それを恥としているのだろう。

三木は机の引き出しをかき回すと、黄色く変色した紙を出した。

「戦争体験を語り継ぐ」と毛筆体のタイトルが見える。ごく薄いパンフレットだ。

「作家クラブの機関誌だ。十二、三年前の八月に出した特集号だ。やるよ、君に」

実藤は、ぱらぱらとページをめくった。

「終戦間際、次第に空襲が激しくなる東京を逃れて、私達は当時大湊にいた伯父の一家を頼り、疎開していた」

水名川泉の文章は、こんな始まり方をしていた。

疎開先を泉は、今の青森駅から三沢に向かい七つほど戻ったところ、とはっきり書いている。確認してみないとわからないが、たぶん小湊駅だ。そして「気候は厳しく、山の斜面に張りつくようにして潮風に耐えている村」としているところから、それが現在の霊燈園とは反対側、陸奥湾に面した村だという事がわかった。

泉は、そこは東京とちがい空襲にさらされる事はなかったが、村の生産力は低く、栄養失調や結核などで、人が日常的に死んでいったと書いている。

次男坊三男坊が、飯を食えるというだけの理由から志願兵として出征し、娘達は女工や娼婦として売られていく。その中で都会からやって来たよそ者の自分が養われている事に、泉は心苦しさを覚える。

しかし死と貧困に蝕まれた村は、驚くほど美しい自然に恵まれている。緑したたる森に浮かび上がるように見える村を、泉は「ブリガドーンのようだ」と形容している。

村外れの岬の先端に、美しい円錐形《えんすいけい》の山があった。海に沈む夕日見たさに、ある日、泉はその先端の山に登った。理由はわからないが、その山に登る事は村では禁じられていた。山を巻く道を登りつめると、頂上は風にさらされて草木もなかった。

泉はそこの白い巨石の間に、晴れ着を着せられ横たわっている少女を発見する。目を患《わずら》った少女だった。「場所ふさぎ」とされて、そこに捨てられたのだ。まだ息はあったが、泉は夢中で逃げたと書いている。その場所が昔から、養い切れなくなった年寄りや病人を置き去りにしていく、棄民の山であった事を彼女は初めて知る。

実藤は、息を呑んだ。もちろん「戦争体験を語り継ぐ」という特集であれば、だれのエッセイも悲惨で重たい事実を語ったものであるのは間違いない。しかし泉の文章の中に、実藤は戦争という非常時の特殊な出来事ではなく、桓武《かんむ》天皇の時代まで遡《さかのぼ》る東北の構造的な貧困と、中央政権による収奪と支配の歴史を見たような気がした。

同時に、「聖域」の舞台が恐山ではなく、青森から三沢側に七つ戻った駅の海辺の村であり、そこの岬の高台、あるいは山である事を知った。

「思うところはあったかな」

三木は低い声で言った。

「こういう事実の上に、今の日本の繁栄は築かれた。君らの世代には縁の無い事だが」

「君には水名川泉を追う理由も資格も無い」と言われているように実藤には聞こえた。

「水名川泉は、この過去に向き合おうとしたのでしょうか。彼女が布教を始めたのが、そもそもこの疎開先の村でしたから。もっとも布教とは、言えないかもしれませんが」

実藤が尋ねると、三木はうなずいた。

「たぶん彼女が戻れるのは、そこだけなのだろう」

「と、言うことは、青森のここに行けば会えるって事ですね」

三木はため息をつくと、かぶりを振った。

「君という男は、人の意見に耳を傾けるという習慣がないのか？」

実藤は苦笑した。

「すいませんが、水名川泉の写真を持ってたら、借りられますか」

三木は、憮然《ぶぜん》とした顔で引き出しから封筒を取り出し、その中の二枚を実藤の前に投げてよこした。

実藤は、拾い上げて確認する。

赤っぽく変色したカラー写真の一枚には、四人、もう一枚には七人の人物が写っている。

「作家クラブのパーティーのときの写真だ」

三木は、短く言った。

泉の顔はすぐにわかった。どちらの写真も一番右端にいる。白髪《しらが》を染めているらしい。淡い茶色の髪は、ポンパドールに結い上げてあるが、その華やかな髪型には不釣り合いな、底光りする目がカメラを睨《にら》みつけていた。ほっそりこけた頰《ほお》に、精一杯の微笑を浮かべているが、白く化粧浮きした顔はひどく緊張し、不自然さばかりが目立つ。レースのストールを巻き付けた肩がひどく細いのが、可憐《かれん》というよりは肉体を失って、意識ばかりがそこに浮いているかのような印象を与える。

写真には、他に三木や作家クラブの理事、担当編集者などが写っていた。中央に立っている三木は、すでに髪が白いが、両の口角にまだ弛《ゆる》みが見えず、青年の面影を残していた。

「あの、水名川泉が一人で写っているのは、ありませんか」

実藤は遠慮がちに尋ねた。

「僕が、そんなもの持ってるわけがないじゃないか」

三木はぶっきらぼうに言うと、隣室の愛人兼秘書を呼んで、酒肴の用意をするように言いつけた。これで泉の話は終わりだ、という宣言をしたようだった。

10

二月の十三日は、金曜日の上に、仏滅だった。

ネクタイとウールのブレザーに登山靴、背中にはアタックザックという、珍妙ないでたちで出勤した実藤は、深夜、ある人気作家に書き下ろしの約束をさせた後、そのまま上野駅に出て、寝台特急「はくつる」に乗り込んだ。

三度目の正直だ。今度こそ会えるに違いない、とポケットの中のスナップ写真を撫《な》でた。

体の向きを変えることすらできないB寝台の最上段で、二万五千分の一の地図を広げ、これから行こうとするところ、青森県東津軽郡、夏泊半島の脇に突き出た小さな岬を眺める。

ガイドブックや普通のロードマップにはない地名が見えた。「胡」という一文字だ。エビスと読む。少し発音を変えてエミシ、蝦夷として、「聖域」にストレートに連なっていく。ここになにか秘密が隠されているのは間違いない。

早朝、野辺地に着いた。眠い目をこすりながらホームの正面に立つヒバの防雪林に目をやる。ヒバの木は密生した深緑色の葉にまだらに雪をはりつけ、吹きつける風を受けてわずかに揺れている。

夜は明けきっているが、空は薄墨色の雲に閉ざされていた。目を凝らすとそれは無数の黒く微細な斑《まだら》模様でできている事がわかる。斑模様は次第に大きくなり、目の高さまで落ちてくると、まばゆく白い粒に変わる。

空の暗さと対照的に、地上は降り積もった新雪で、目の底を射るばかりに明るい。視覚のどこかが逆転したような奇妙な感覚だ。

待合室で、ぼんやりとタバコをふかしながら、青森行きの鈍行を待つ。二十分ほどで二両編成の電車が来た。車内は制服姿の中学生や、高校生で、込みあっている。

三十分足らずで、小湊に着く。駅前から電話でタクシーを呼び、胡《えびす》の地名を言う。岬も山も、降りしきる雪で見えない。道路の両側は、夏は青々と稲穂がそよぐ田園地帯なのだろうが、今は眩しいばかりに平坦な雪原だ。

「もうこの辺が、胡《えびす》だけど、どこまで？」

やがて家々が軒《のき》を連ね始めると、運転手は尋ねた。

「町の中心っていうと、どこ？」

そう尋ねた後で、実藤は苦笑した。小さな集落に中心も何もない。運転手は、一軒の店の前で車を止めた。「野菜、肉、魚介、土産、スーパーたいらや」と看板があった。日本全国、どこにでもあるスーパーマーケットだ。

実藤は車を降りて、しばらく待っていてくれるように頼んだ。今までの感じからいって、どうもこの場ですぐに見つかるようには思えなかった。

実藤は、スーパーの中に入った。

まだ八時過ぎだというのに、店は開いていた。しかしレジに人はいない。奥で若い女が一人、腫《は》れぼったい目で商品のバーコードに機械を当てている。

握り飯とコーヒーを買い、金を払いながら実藤は写真を取り出し、女に見せた。

女は目を丸くした。

「お客さん、刑事さんですか？」

ねむたげな顔が、好奇心で生き生きと輝いていた。事件などめったに起きないところなのだろう。女の期待を裏切った事に、少しばかり心苦しさを覚えながら、違う、と答える。女は、つまらなそうな顔をして、写真を覗《のぞ》き込み、知らない、と首を振る。

「このあたりに憶念寺《おくねんじ》ってありますよね」

「ええ……」

「そこで、講《こう》をやってたって聞いたんですが」

「コウってなんですか？」

「あの、つまりここの村の女の人達が集まって」

「あたし、家は青森市内なんで、わかりません」

女は、ちょっと怒ったような顔で言った。

実藤は、あきらめて店を出る。正面は小さな郵便局だが、閉まっている。その横に古びた店がある。品揃《しなぞろ》えは豊富だが、店内は暗く、汚れていた。綿入れ半纏《ばんてん》を着た、五十過ぎの女が店内にいる。

「すいません」と声をかけると、女は「私はここの店の者じゃないんです」と言って、奥にむかって首を伸ばし、「ちょっと、お客さん」とどなった。

老人がのそりと出てきた。実藤は写真を見せて、先程と同じ事を尋ねる。ゆっくりした動作で、老人は眼鏡《めがね》をかけ、首をひねった。背後から女が覗き込む。

「あらまあ、立派な」

紳士然としたいでたちの男達の事か、華やかなパーティー会場の事かわからないが、女は感心したように言いかけ、ぴくりと眉《まゆ》を上げた。あかぎれで割れた指先を右端にあてがう。

「この人……」

「知ってますか？」

「カミサマですね」

「カミサマ、そうです、そう」

息を弾ませ実藤は女の隣に行った。

「ほら、ほっぺったこけさしたこの顔、たしか、そうだわ」

「どこにいますか、今？」

「前に、寺にいたけど、住職さんが来てから内童子の方さ行ってしまって……私らも会いに行き行きしましたけど、そのうち会われなくなってしまったんです」

「そこからまた、どこかへ行ったらしいんですが、知りませんか？」

女は、低い声でうなった。

「…………」

「ここには、来られませんでしたか」

「戻ってこられれば、すぐにわかるけど」

実藤は落胆のため息をついた。

「もしかしたらこの人、おたくのお母さんか、だれか？」

「え……いえ、伯母です」

「それで探してるの」

女は気の毒そうにうなずき、老人に向かって言った。

「極楽寺のボサマのとこ行けば、わからないだろか？」

「あ……ああ」

老人は、顎《あご》をがくりと突き出した。

「ボサマ？」

「目の見えない坊さんのことをそういうの。この先の、西平内《にしひらない》っていうとこに、極楽寺って寺があって、そこに組合があるの。カミサマやイタコ達の。何ていったかな」

「平内本吉加持祈禱組合《ひらないもとよしかじきとうくみあい》」

老人が、初めて口を開いた。

「そうそう祈禱組合って言って、そこ行ってボサマに聞けば、この辺で商売しているカミサマの住所がわかるから」

カミサマが「商売する」という感覚に違和感を覚えながら、実藤は手帳にそこの名称や行き方をメモする。

礼を言って、タクシーに戻った。まず、水名川泉がいたという憶念寺に行ってもらう。

メインロードを抜け、車は岬を回り込んだ。雪を被った岩山が前方に見え、あの山を登るのかと思っていると、車は停車した。山陰に雪と風を避けるようにして、真新しいモルタルの二階建ての民家が見えた。

「ここ」

ぶっきらぼうにドライバーが言う。

「寺ですよ、僕が行きたいのは」

「憶念寺でしょう」

言われて見れば、横手に山門らしいものが見える。

「本堂は、奥に、小さいのがありますよ」と促されて、外に出る。

民家の玄関前に立つと、「夕方まで、所用があって戻りません」とはり紙がしてあった。しんしんと肌にしみ入るような寒さに首を縮めながら、再び車に戻る。

泉が、ここにいた頃とは、だいぶ雰囲気が違っているのだろう。

とりあえず、極楽寺に車を向けてもらう。

極楽寺までは、西へ十キロほどだが、途中、雪が深く、三十分以上かかった。

海辺の集落の中を走る見通しの悪い道を何度か行き過ぎた後に、ようやく行き当たった。

山門を入ってすぐに軒の傾いた堂があり、渡り廊下でつながれたトタン屋根の錆《さ》びた建物が、住居らしい。玄関に「平内本吉加持祈禱組合」と書いてあった。

呼び鈴らしきものはない。引き戸を開けて、「ごめんください」と声をかけるが、だれも出てこない。大声で、繰り返すが、狭い家はしん、と静まり返っている。

諦めて帰ろうとすると、背後から「はい、どなた」と女の声がした。

振り返ると、小柄な老女が立っていた。住職に会いたい、と言うと、今、法事で出かけていて留守だ、と答えた。女は住職の妻のようである。

実はあるイタコを探していて、と写真を見せる。女はわからないと首を振った。実藤を座敷に上げ、組合に加盟しているイタコの名簿を持ってきた。実藤は、水無川扇子という、泉の本名を言った。女は、丁寧に調べたが、やはりないと言う。岩手や宮城の方だと、大和宗が教区管理をしているのでわかりやすいが、こちらの方は、それに匹敵する組織力のある教団はなく、ただの同業者組合しかないので探しにくいとの話だ。

「ここの地区よりも、津軽半島にある組合の方が加盟者が多いからそちらへ行かれたらどうでしょう」

「津軽、ですか」

実藤はうなずきながら、ふと気になって尋ねた。

「こちらのお寺さんは何宗でしょうか？」

「うちは天台の寺ですけど……」

「でも、このあたりの巫女《みこ》を束ねている、ということは、ちょっと普通の寺とは違いますよね」

「束ねてと、おっしゃると……」

老女は怪訝《けげん》な顔をした。実藤には、大和宗のような特殊な性格を持った寺ならともかく、一般的な仏教寺院と巫女がどう結びつくのか、よくわからない。

「巫女になるのには、それはそれは厳しい修行をするんですよ」

女は、少し間を置いて話し始めた。

「百日行とか……」

実藤は、昨年行った東磐井郡の村で見た事を思い出し、口を挟んだ。

「それは本当に最後の最後のことで、師匠の家に住み込んで、昼は家の中のことや師匠の身の回りの世話をして、夜は経文や祭文を覚えたり、八卦《はっけ》の仕方を教わったり……それが十を少し出たばっかりの娘が、やるんですよ。何年も何年も。そうしてようやく百日行が来て、うまくカミサマが憑《つ》いてくれたら、うちの寺に来て得度式をして、一人前の巫女になるんです。神社や結婚式場で、赤い袴《はかま》穿いた娘達のことを巫女なんていってますけど、本当の巫女は、ああいうものではないです」

老女はイタコの名簿を指差した。

「この人達はみんな、そういう厳しい修行をされて巫女になられて、自分の身などほんの少しも顧みず、神仏にお仕えしているんです」

「承知しています」

しかし神社神道と巫女の結びつきというのは、一般的だが、仏教と巫女というのは、ぴんと来ない。

女は続けた。

「そもそも人の霊を体に招くというのは、遠い昔、お釈迦さまが、弟子の一人にお教えになったことなんです。その秘法は中国に伝えられて、今から一千年以上も前に慈覚大師様が唐にお渡りになったおりに、お持ち帰りになったものなのです。大師様は、日本に帰られた後、陸奥の国をお歩きになったおり、この近くの雲雀尼《うんじやくに》という盲目の尼にお会いになって、その優しい心根《こころね》に心を動かされて、その秘法をお授けになりました。ここの辺りの巫女は、みんなその雲雀尼の子孫なのです」

実藤は神妙な顔で、聞いていた。女の語るような伝承は、この辺りには無数にあるのだろう。おそらく寺の数と同じだけ。遠い昔、この辺りを席巻《せっけん》した天台勢力の強大さを示すエピソードだ。

泉を探す手がかりを得られないまま極楽寺を後にして実藤は、住職の妻に言われたとおり、津軽半島を目指すことにした。

西平内の駅で、時刻表を見て舌打ちした。通過列車ばかりで、後三時間半、電車が来ない。

ちょうど昼なので、駅前の食堂に入って、時間をつぶす事にした。

古びた食堂の暖簾《のれん》をくぐると、中は驚くほど暖かい。中央に大きな薪ストーブがあった。座敷に上がった実藤は、曇った眼鏡を手でごしごしとこすり、ほたて丼に味噌汁を頼む。

ほたての刺身丼のつもりでいると、運ばれてきたのは、山のようなほたてフライを卵でとじたものだ。いくら食べてもいっこうに減らない丼の中身は、店内の汗ばむほどの暖かさとともに、ずしりとした満足感をもたらした。

食べ終わっても、電車が来るまで三時間以上ある。実藤はあぐらをかいたまま、店の女がストーブに薪をくべるのを眺めていた。

「めずらしいですね、薪ストーブというのも」

実藤は、振り返った女に話しかけた。

「そうでしょ。暖かいのよ、冬だって三十度くらいになってしまうんだから」

女は笑いながら、太い薪を手際よく突っこんでいく。

丈が低く、かまどのような形をしたストーブの上では、粕汁の鍋が煮立っていた。木のはぜる音が耳に心地よい。

「東京ですか、お客さん」

「ええ」

「わざわざこんな時期に、旅行？」

「いえ……親戚の者を探しています」

そう答え、泉の写真を引っ張り出した。知らない顔だ、と女は首を振る。

「どこへ行くの？」

「津軽半島」

「車？」

「いえ、電車」

「しばらく来ないですよ」

「ええ」

女は、カウンターの中に入り、すぐに戻ってきた。店の主人がこれから浅虫温泉まで行くので、便乗したらどうか、と言う。浅虫温泉駅なら特急が停まるので、そこから津軽行きに乗ればいい、という。

「お願いします」と即座に頭を下げた。

店の前に、年代物のトラックが待っていた。六十がらみの男が、愛想よくドアを開けてくれた。

これからこの先の温泉地にあるホテルに、魚を届けるところだ、と言う。ディーゼルエンジンの騒々しい排気音を響かせながら、車はやがて青森湾に面した海岸線に出た。殺風景な海辺の町を少し走ると、前方にいくつか鉄筋コンクリートの建物が見えた。

「あれがホテルですよ」

男が言った。

「昔はこの辺の人が行く湯治場《とうじば》だったんですけどね、ここ何年かの温泉ブームで、すっかり変わっちゃいました、ほら、浅虫温泉って書いてあるでしょう」

男は、スピードを落とし、車をホテルの駐車場に入れた。

「悪いんだけど、ちょっと待ってて下さい。ここで下ろしてしまうから」と言い残し、運転席から降りた。

魚の木箱を持って男が裏口に走っていくのを見送りながら、実藤もトラックを降りた。海岸ぎりぎりの所に建つホテルは、この辺りでは目立って大きい。何の気なしに玄関を入った。海に面したロビーは、彫刻やらシャンデリアやらで、ごてごてと飾られている。

そのとき不思議な匂いが鼻を打った。黴《かび》のような、香のような、とにかくこのホテルにふさわしくない、奇妙に古色のついた匂いだった。

振り返ると、ガラス越しに見える曇った海と雪景色を背に、人影が一つ見える。背中がいくらか丸くなった、子供のように小さな女が、たった今、入ってきてストールを肩から外したところだった。黒ずんだ羽織の下は、モンペだ。垢《あか》よけに衿にあてがった布の白さだけが浮き上がって見える。

この場に場違いないでたちの、場違いな人物だった。実藤は、目を凝らした。こけた頰《ほお》、平坦でかさついた白い顔、半ば白い髪は、ポンパドールではない。ごく普通の農家の主婦のようにパーマをかけている。しかし写真で見た限りの特徴、瘦《や》せた頰、真っすぐな眉、貫くような重たく張りつめた視線を実藤は、逆光に濃く陰影を刻んだ女の顔にみとめた。

表の雪のまぶしさを遮《さえぎ》るように目を細める。

横合いから、真っ赤なブレザーを着たここの女性従業員が現れた。女に何か話しかけると、どこかに連れていく。

実藤はとっさに後を追う。女が向かったロビーの右手から、カラオケスナックに続く廊下が伸びている。しかしけばけばしいカーペットを敷いた一直線の廊下には、だれもいなかった。瞬《まばた》きして、かぶりを振る。

とうとう変な物を見てしまった。水名川泉が、こんなところに遊びに来るはずはない。頭の中が、あの写真の顔でいっぱいになっているのだ。こんなことでは、魅力的な若い女に出会っても、みんな泉に見えてしまうに違いない。

ふと横を見ると、扉があった。「荷物、従業員専用エレベーター」とある。女と赤いブレザー姿の従業員は、幻ではなかった。階数表示ランプは、ケージが上昇していることを示していた。

実藤はいったん車に戻った。納品が済んで男が戻って来たとき、実藤は礼を言ってこちらで降りる旨を伝えた。

あらためてフロントに行き、泉の写真を係に見せる。

「すみません、この方なんですが、こちらのホテルに泊まっていませんか」

真っ赤なブレザーを着たフロント係が、何か言おうと顔を上げたとたん、年配の支配人らしい男が遮るように尋ねた。

「おたくさまは?」

実藤は、名刺を取り出した。

「実は、親戚の者を探しておりまして」

支配人はすまなさそうに一礼した。

「もうしわけございません。ちょっとお客様のお顔までは、確認しておりませんので」

確かに警察手帳を見せられたならともかく、客に関する情報を外部の者にぺらぺらしゃべるようならホテルマンは失格だ。

実藤は、急遽ここに部屋を取った。近辺の観光地のポスターがところせましと貼られたフロントを出て、客室にむかう。

部屋は八階だった。窓から見える陸奥湾の海は、灰色に沈んで、晴れていれば見えるはずの下北半島は、分厚い雪のカーテンに閉ざされている。

座卓の上に、館内ガイドが置いてあった。出張時の習慣で実藤はまず非常口を確認し、それからガイドを最初から見ていく。

これといって周りに遊ぶ所もないせいだろう。ホテル内にはスナックやゲームセンター、土産物屋などが揃っていた。ホテルから出ずに、すべて用が足りるようになっているのだ。

少しして仲居がお茶を持ってきた。心付けを渡すものなのだろうか、と実藤は迷ったが、料金にサービス料が含まれていることを思い出し、勘弁してもらうことにした。

「お客さん、どこから来たの」

仲居は、気さくに話しかけながら、ポットを置く。東京だ、と答えると仲居は、私は千葉だ、とうれしそうに言った。

実藤は館内ガイドをめくり、そこにある料金表を指差した。コンパニオンと芸者の花代の下に、マッサージ六千円、というのがあり、その下にサービスマッサージ、一万八千円というのがあった。

仲居は、ひょい、と覗き込むと、「こんな何もないところだけど、うちはお客さんに退屈だけは、させないんですよ」と胸を張る。

実藤は苦笑した。男ばかりの団体がけっこう入るのだろう。

その下に、先ほどから気になっていた文字があった。

「これ、何ですか」

咳き込むように言って、それを指差す。

「イタコ」とあった。

何度見なおしても「イタコ　壱万弐千円」と書いてあり、ここだけ料金表示が漢数字だ。

コンパニオン、芸者、マッサージ、サービスマッサージに続き、イタコだ。

「イタコって、お客さん、知らない？　ほら死んだ人の魂を呼び出してくれる」

「ええ、だから、そのイタコですか」

女は、大きくうなずく。

「このへんの名物です」

先ほど玄関ロビーで出会った女が、やはりそうなのか？　それにしても名物って言い方はなかろう、と実藤は思う。

「津軽半島にも、呼んでる旅館があるらしいけど、うちみたいに簡単にやってはくれないんですよ。イタコに仏様を下ろしてもらうのはえらい面倒くさいんだから。お金包むだけじゃないのよ。前の日から、まず、下ろしてもらう人の名前を筆で書いて、お菓子とかいろいろ、お供え物を用意して、それで呼ぶんだけど、ここでなら、そんな事はみんなうちでやるから、お客さんは、一万二千円払えば、イタコの口寄せをいつでも見られるんですよ。恐山行けばイタコを見られる、と思って来るお客さんがいるんですけどね、お祭りのときしか来ないんですよ。それでがっかりしているお客さんに、呼んであげてたんだけど、そのうち評判になっちゃって。そりゃ、そうでしょう。同じお金払って、女の子にマッサージしてもらうのもいいかもしれないけど、女の子なら東京だっているんだから。でもイタコはここでしか見られないですよ」

よせよ、と実藤は、つぶやく。霊燈園の教祖のありがたげな微笑を思い出した。当番と自称する宣教部長のもっともらしい口調が耳に甦る。

つい先程行った寺の老女の「厳しい修行をされて巫女になられて、自分の身などほんの少しも顧みず、神仏にお仕えしている」という言葉を思い出した。

悪い冗談だ。

作家水名川泉、憶念寺のカミサマ、そして霊燈園開祖、大和霊光……それがコンパニオンやピンクマッサージのお姉さん達と同様に、旅館に呼ばれるというのか。

実藤は、おしゃべりを続けている仲居を遮った。

「呼んで下さい」

「ただし、この人です。この人」

ポケットから写真を取り出した。

「この人が、今、ここに来てるはずです」

仲居はあっけにとられたように、実藤の顔を見た。

「この人って」

「さっき玄関で擦れ違いました。早く、帰らないうちに。名前は水名川さん、偽名を使っているかもしれないけど」

「まさか」

仲居は眉間《みけん》に皺《しわ》を寄せた。

「お客さん、刑事さん？」

「違うけど、この人に会いたいんだ。早く」

実藤は言いながら、受話器を取り上げた。仲居を介するのももどかしく、自分でフロントに問い合わせるつもりだった。

「ああ、わかりました、わかりました」と仲居はひょい、と受話器を実藤の手から奪った。

「あ、もしもし、今日、イタコ頼んだ？　あ、そう。ハギワラシゲコ、そう」

名前を聞いた限り、別人だ。女は通話口をふさいで、実藤を振り返った。

「萩原さん、と言うそうですよ。他のお客さんの所に来てるから、今日はだめだって」

「そのお客さんの後でいいです。終わるまで待ちますから」

仲居は困ったように顔をしかめた。

「イタコは、一日一人しか、お客を取らないんですよ。お盆なんかなら別だけど」

面倒くさくなって、実藤は受話器を取り返した。

「もしもし、実藤と言います。８０２号室の客です。今日来ているイタコさんに会いたいんです。仏下ろしはしないでいいですから、お願いします。料金はちゃんと払いますから。今、そちらまで行きます」

こちらで萩原巫女に聞いてみるから、部屋で待っているように、と相手は言いかけたが、そのまま電話を切り、実藤はあっけにとられている仲居をそのままにして、部屋を出た。

フロントでは、支配人が待っていた。

「先程のお客様ですね。実はあの後、一応萩原さんに確認したのですが、そういった親戚はいない、と言われまして」

「嘘を言ってすみません」

実藤は謝った。

「ぜひ、この方に見ていただきたい事情がありまして。それがだめなら、一目会いたいので」

支配人は少し考え込んだあと、「わかりました、頼んでみましょう」とうなずいた。

「すみません、この方の住所は？」と実藤は尋ねる。

「イタコさんやコンパニオンさん達の住所は、お客さんにはお教えできないんですよ」

と支配人は、丁寧に、しかしきっぱりと断った。

このホテルが特別なのではないのかもしれない、と実藤は思った。来る途中に立ち寄った村でも、「商売」とはっきり言ったのだ。

イタコは、宗教者であり、同時に商売人なのだ。

「萩原さんは、いつからここに来られるようになったのですか？」

実藤は、さらに尋ねた。

「契約してから、もう、一年くらいになるでしょうかね」と、支配人は言葉を濁す。

とにかく部屋に来てもらえないなら、ロビーででも会いたい、ともう一度告げて、実藤は引き上げてきた。

落ち着かない気持ちで夕飯を食べおわったまま、風呂にも行かずに待機して、一時間もした頃だった。

遠慮がちにドアがノックされた。実藤は、弾《はじ》かれたようにソファから飛び起き、ドアを開けた。

白の作務衣《さむえ》のような衣装をつけた女が立っていた。

「実藤様ですね」と確認する。

見れば、フロントにいた赤ブレザーの従業員だ。衣装を替えてやってきたのだ。

「遅くなって、すみません。イタコがまいりましたので」と言うと、後ろを振り返って手招きする。

先程、玄関ロビーで嗅いだ匂いが、かすかに漂っていた。

女の背後にいるのが、写真の中のその人であることを実藤はとっさに確認していた。

かさついた白いこめかみには青白く静脈が浮き、ほっそりした頬に縦皺が刻まれている。伏し目がちの目に際立った表情はなく、写真の中のポンパドールの婦人より、はるかに老け込んでいた。

しかしその顔立ちは明らかに、長い間探していた「聖域」を書いた水名川泉、その人だ。

「無理言ってすみません」

実藤は、床に散らばった荷物を脇に寄せ、座布団を出した。

「失礼します」と言いながら、作務衣姿の女が段ボール箱を両手に抱えて入ってきた。そして部屋の隅の実藤の荷物をどかし、手際良く祭壇のようなものを組み立てる。祭壇の下段に、驚くほど大量の菓子を置く。何のへんてつもない、安物の袋菓子だ。

イタコは、小学生程の背丈の体をさらにすぼめるようにして、軽く一礼し、にじるように座布団の上に座った。

その姿を実藤はじっとみつめた。先程のモンペ姿ではなかった。くすんだ藤色の僧衣のような物の上に袈裟をかけ、あかぎれのできた小さな手に数珠《じゅず》をかけて、水名川泉巫女は、端然と座っていた。彫刻のほどこされた大きな黒ずんだ玉を連ねた数珠は、長く重たげで、呪術の匂いがした。

「それでは、お客様、下ろしていただく方のお名前と、生年月日とお命日をこちらにお書き下さい」

作務衣の女はことさら厳《おごそ》かな仕草で、硯《すずり》と和紙を実藤に手渡す。

祭壇では、蠟燭形のランプの樹脂製の炎の中で、オレンジ色の光が点滅していた。防災上の理由から、灯明は上げられないのだろう。

祭壇も菓子も、仏の名を記す紙も、本来ならすべてイタコを招いた側が用意するものなのだ。ホテルはすべて代行することによって、簡便な仏下ろしショーを見せている。

なぜ、こんな所に出てくるのだ。実藤は、目の前に静かに座っているイタコの姿を痛ましいような、腹立たしいような気持ちで見ていた。

「すみませんが、席を外してくれませんか」

実藤は女に言った。

「それを書かれたら、私は行きます」と女は、事務的に答えて、実藤に渡した和紙を指差した。

仏の名をいったい、だれにすればいいものか迷った。父母は元気だし、祖父母はあまりに昔に亡くなっていて記憶も薄い。千鶴の事が頭をかすめたが、こんなところで、彼女の名前を出すのは痛切すぎる。

実藤は少し考えてから、「篠原幹三郎《みきさぶろう》」と、書いた。

女は受け取ると、それをイタコの所に持っていく。イタコは、袖から眼鏡を取り出し、かけた。細いレンズは、鼻に引っ掛けるような形をしていた。近ごろのイタコは盲人ではなく、老眼なのか、と実藤は奇妙な所で感心した。

記された名前を見て、ほんの少しだけ間をおいて、イタコの顔にかすかな動揺が広がった。顔を上げ、片手で眼鏡を取ると、彼女は実藤を見た。実藤は背中を壁に張りつけ、凍りついたように息を止めた。不思議な眼差しだった。眉と目の間が近く、眉と眉の間もまた近い。鋭角的な印象の大部分は、顔立ちからくるものだ。しかしそれだけではない。その視線は焦点がわずかにずれている。真っすぐ実藤の方を見ていた。しかし実藤を見ているのではない。実藤の後ろ、無限大の彼方で焦点を結んでいるように見える。体を射貫かれたような気がして、彼はたまらず目を伏せた。

女は出ていった。

部屋には、イタコと実藤の二人だけが残された。

「水名川泉先生、ですね」

重苦しい気分から逃れるように、実藤は、二、三度、息をついてから尋ねた。否定されると思った。しらばくれられる事は覚悟していた。

「はい。あなたは？」

意外にも、イタコはあっさりと認めた。驚いたふうもない。

実藤はザックのポケットから、名刺を取り出した。イタコは老眼鏡をかけなおす。

「山稜出版？　それで、篠原さんのお名前など書かれたのですね」

「本当に亡くなったんですよ。彼」

泉は、眉を上げた。

「それはまた、いつ？」

「昨年の暮れです。飲み過ぎでした」

「そうですか」

呆れるほど平静な口振りだ。まるでとうに知っていたかのような。

「なぜ、篠原さんの霊を下ろしてほしい、と」

「いえ」

実藤は即座に否定した。

「あなたに会いたかったんです。一編集者として。『聖域』を読んだのです。篠原さんが持っていた原稿です」

「それはどうも……」

泉は、ごく自然に答えた。驚きも戸惑《とまど》いもなく、快不快の感情も表さず、かといってことさら無表情を装った様子にも見えなかった。

「続きを書いて下さい。お願いします」

実藤は、畳に両手をついて頭を下げた。

この女には、おだても理屈も通用しない。単刀直入に頼みこむしかないと判断した。

泉は、微笑《ほほえ》んだ。

「勘弁して下さい」

柔らかな辞退だった。

「いい作品でした。途中まで書いて放っておく手は、ありません」

泉は、微笑んだまま首を振った。なまじ毅然とした拒否でないだけ、その意志の堅さが感じられた。

「惚れ込んだんですよ。私は文芸は短いのですが、作品の善《よ》し悪《あ》しくらいわかります。先生の他の作品も、読みました。国会図書館まで行って『異端文学』を閲覧したのです。でも、『聖域』ほどではない。『聖域』は、今まで見たこともないような作品です。外国を舞台にしたり、作品を目方で売るような長いだけのものが、スケールの大きさと取り違えられている最近の状況をご存じですか。だからこそ、真の意味での作品世界の大きさを持ったものを出したいんです。今年から、うちの社で新しい文学賞を設けました。賞金二千万、というのは、どうでもいいんです。もしも『聖域』のようなものが出れば、日本の文芸の流れが変わる、と信じています」

泉は、微笑んでいるだけだ。

「本気ですよ。それとも私のような下っぱでは、不満ですか。待ちますよ。とにかく今年の八月までに上げればいいんですから。いきなり書けと言われても、困るかもしれませんが、ブランクがあったって、自分の作品です。仕上げられるはずです」

「あれは、あそこまでです」

泉は、真顔に戻ると静かに言った。

「それは、無責任というものじゃないですか」

「あれは、完結しました」

「どういうことですか。そんな言い方ってないですよ。物を書くってことは、他人に読んでくれって言うことでしょう。人の気持ちを途中まで、引っ張っていって、そのままストン、と放り出すって、少なくともプロ作家失格じゃないですか。そりゃ今は作家じゃないと言いたいでしょうけど。しかし私がこの商売をしていて、あの作品を見つけたというのは、事実です。見つけた以上、放っておけません。あなたがどう考えようと、作品はあなたから離れて、独り歩きをはじめたのですから。あなたが、萩原だろうと、水無川扇子だろうと、大和霊光だろうと、関係はありません。私は、『聖域』を書いた水名川泉にお願いしているのです」

「大和霊光って……霊燈園をご存じなのですか」

驚いたように泉は顔を上げた。相手の顔に、動揺が現れた事に、実藤は少しほっとした。

「ええ、苦労して探り当てましたよ。潜入もしました。あなたに会って、原稿を書いてもらうために、『聖域』を最後まで書いてもらうために、泊まり込んで、雪の中で牛小屋の掃除をしました。滝行もしました。結局、無駄でしたが……」

「生きていく上に、無駄はありませんよ」

穏やかに、泉は言った。

「確かに。宗教が組織化される過程で、欺瞞《ぎまん》と堕落にむしばまれるというのが、わかったぶんだけ無駄じゃないでしょう。でも、ここまできた私の期待に応えてください。イタコでも霊媒でも、どうぞ続けて下さい。ただし、あの続きも書いてほしいのです」

実藤の頭に、慈明が魑魅魍魎《ちみもうりょう》と向き合う最後の場面が、甦った。恐怖の中に、幼い頃別れた母の姿を見る。が、その姿も妙に生々しく、どうも妖怪が姿を変えたものらしい、という所で、ぷつり、と物語は切れていた箇所だ。

「申し訳ない事ですけど、何度も申し上げた通り、完成する事はないし、すでに完成してしまったとも言えるし、なんと表現したらいいのかわかりませんが」

「どういう意味ですか」

実藤は遮った。

「紙に書く必要はなくなった、と申し上げればいいかもしれませんが」

「ようするに、あなたの頭の中で完成しただけでしょう。自己満足じゃないですか。活字になって不特定多数の読者の胸を打って、初めて完成した、といえるんじゃないですか」

泉は、かぶりを振った。男でも女でもない。気迫をこめ、物を作っていくときの修羅《しゅら》の顔が、二重写しのように現れた。

これだ、と実藤は思った。これこそが作家の顔だ。やっと出会えた、と思った。

唇をきつく引き結び、泉は言った。

「傲慢《ごうまん》なのではありませんか。紙の上に書き散らしたもので、人の胸を打つ、と思っているとしたら。物事の本当の姿は、あんなもので語り尽くせるものではありません」

「自分の書いたものをあんなものと言うこと自体が無責任です。少なくとも語り尽くす事はできなくても、人の心に触れる事はできます。そうでしょう。私は自分で作り出す事はできませんが、少なくとも作らせる事はできます。そして出来上がったものが、ただの暇つぶしとして読まれるのではなく、人の心に重たい印象を残すものと信じているから、神経にローラーをかけるような生原稿のチェックもします。先生方の前でたいこ持ちのような真似もします。そうでなけりゃ、こんな仕事やってられません」

そこまで言って、実藤はちょっと膝《ひざ》をずらせ、泉の方に寄った。

「篠原さんとは、この小説の事で話し合いました。彼が亡くなる数ヵ月前ですが」

泉は無表情だった。

「篠原さんは、この先がどうなるのか、自分の頭の中にはある、と言っていました」

泉はため息をついた。深い吐息だった。それが篠原の死に向けられたものなのか、それとも十年前の篠原と自分との関係を思い出してのものなのか、実藤にはわからなかった。

「篠原さんは、私に尋ねました。君なら、この物語の先をどうするか、と。私は慈明が、仏法をもって祈り伏せ、魑魅魍魎どもを鎮めると答えました。今は、私は……鎮めるのではなく、おそらく六道をめぐって苦しんでいる彼らを、慈明が成仏させてやるのだ、と考えたい、と思っています。もっとも慈明の所属している天台宗で、そういう考え方をするかどうか知りませんが」

「祈り伏せるときの経文は、何だと思いますか？」

泉は鋭い声で尋ねた。十年というブランクがありながら、彼女は物語の展開を覚えていた。たのもしく思いながら、実藤は答えた。

「魔物に対し、仏法を守るのだとしたら、戦いの場面にふさわしいのは、不動明王真言ではないでしょうか。最初はそう考えていました。しかし魔物自体をも救おうという深い慈悲の心ということなら、法華経です」

泉は、うなずいただけだ。

「実際はどうするつもりですか。教えて下さい」

実藤は詰め寄った。

「般若心経《はんにゃしんぎょう》です」

少しばかり力が抜けた。

「ずいぶん、ポピュラーですね」

言いかけて実藤は、気づいた。

「色即是空、空即是色、なるほど、すべては空であれば、今、自分の見ている魑魅魍魎どもすべて、自分の意識の作り出したもの、そういうことですか」

それにしても、ずいぶんと理性の勝った話だ。

「そして、その後はどうなるのです」

「わかりません」

泉は、答えた。

「それじゃ、これから考えて下さい。作れるはずですよ。驚くようなラストが。感動に満ちた、壮大なフィナーレにつっこんでいけるじゃないですか。魑魅魍魎との戦い、主人公の見出した真の仏法の勝利と、彼自身の菩薩行《ぼさつぎょう》の完成。魔の山に集まった者どもや、岬の村の人々の魂の救済……」

泉は、再び微笑んだ。そうすると鋭い顔の印象は一変して、驚くほど温かな表情が現れる。霊燈園で信者に見せたのはこんな顔なのだろう。が、自分の熱心な説得に心を動かされた様子もない泉に、実藤は少しいらだった。

泉は、つっと身を引くと、「篠原幹三郎」と書かれた紙を手にした。

「こちらの、仏様を下ろしてさしあげましょう」

「話をそらさないで」

実藤は泉の手元から、紙をむしり取った。

「私は、イタコとして、ここに呼ばれたのですよ」

「そうです。これを見てください」

実藤は、泉の前に料金表を出した。

「あれほどの作品を書かれるあなたが、これですよ。ピンクマッサージやコンパニオンと同列に、扱われているわけですよ」

「これがこの世に生きさせてもらっている私の勤めですし、コンパニオンさん達も同じでしょう」

「自己欺瞞です」

実藤は遮る。

「これが僧侶の読経と同じように、『勤め』だなどと言えますか」

「お経を読むことが、それほど尊いのでしょうか」

実藤は言葉に詰まった。それからかぶりを振って続けた。

「とにかく水名川さんが、宗教家になっている、というならわかります。ちゃんと教団の開祖として、人々を精神的に指導していくなら、納得できます。しかし作品は書きかけで失踪するし、せっかく信者が集まった霊燈園も、途中で放り出して逃げてしまった。あなたが教祖だった霊燈園が、どういう状態になっているか、わかっているでしょう。それについてあなたは何ら責任を持たない。結局、あなた自身だって、ここまで身を落とした」

失礼な言い方だ、という事はわかっている。しかし「聖域」のようなものを書く作家が、こんな北の果ての温泉で、見せ物になっていていいはずはない。

泉は、実藤をみつめた。

実藤は、ぎくりとして後ずさった。

穏やかな眼差しは消えて、皺に囲まれた落ち窪んだ目は、鋭く暗い陰りを帯びていた。こちらの脳裏を貫き通すような、強烈で無機的な光が、その瞳の奥底に見えた。今まで彼の前にいた、小さな穏やかな老女の姿は一瞬にして消えていた。

実藤は瞬きした。恐怖に心臓を摑まれたような気がした。

「私は、イタコです。私の体は向こうの世界とこちらの世界との懸け橋をするためにあるのです」

「ちょっと、待って。ホトケ下ろしのために呼んだわけではないんです」

意志に反して、手が震えた。篠原の真っ赤な手のひらが、汚れて額に貼りついた髪が、黄色い指先が、生々しく思い出された。

「いいです。やめて下さい」

ようやくそこまで言った声が、擦《かす》れていた。

「とても悲しい事が、ありましたね。ここ数ヵ月の間に」

だしぬけに泉は言った。

泉の言葉など耳に入らず、実藤はかぶりを振った。

三木を悩ませ続ける顔の無い少年兵の姿が、鮮やかな映像になって脳裏に浮かぶ。歯がかちかちと鳴った。

そんなものは見たくない。三木のように、この先ずっとうなされるのはごめんだ。実藤は後悔していた。こんなところまで泉を追って来たことを、そして呼び出す仏の名に「篠原幹三郎」などと書いた自分の軽率さを。

子供用の毛布を抱き締めて悶絶するどす黒い顔をこの場で見せられる、と思っただけで、背筋が板のように強ばってくる。

「悲しい事が、ありましたね」

泉は繰り返した。実藤は首を横に振り続けた。

「大事な方をなくされているようです」

ぎょっとして、泉の方を見る。

「でも素直に悲しむ事ができずにいる。なぜなのでしょうか。彼女の気持ちを信じておられないからですよ」

「彼女……」

大事な人を亡くした……確かにそうだ。そのとおりだ。泉は篠原の事など言ってはいない、しかし……。

「なぜ、わかるんです」

そう言いかけて、実藤は落ち着かなければ、と自分に言い聞かせた。このくらいの年の男の関心事は、大抵、女だ。それに実藤を見れば独身だと判断がつく。悲しい出来事など、数ヵ月に一度はだれにでもある。そして「なくした」というのは、「亡くした」という事に限らない。「無くした」だけかもしれない。ただの失恋なら、多くの人間が経験している。それだけの事だ。

泉は瞼《まぶた》を半ば閉じた。三日月のような目から、きらりと光がこぼれた。

「手を差し伸べていますよ。すぐそばで。早くみとめておあげなさい。強がってはいたけれど、人一倍、敏感な方のようです。あなたのそばが、あなたの家が、いちばん心休まる所だったのですよ」

「僕の家……」

「彼女は約束を信じていますよ。ずっと待っているようです」

約束？　この次に見せてね、と言って帰っていった「迷宮物件」のことか？

そんなばかなことがあるか、とかぶりを振る。

これがいつか神崎が言っていた事だ。ときどき変な事を言う。人を不安に陥れるような、いやな事。つまり真をつきすぎた、戯言《ざれごと》……本当に戯言なのか？

「素直に思い出し、心を開いておあげなさい。はたから見れば、なんという事もない間柄でも、心が触れ合った者同士なのです」

泉の言葉を断ち切るように、実藤は立ち上がった。

「やめましょう。そういう事を言うのは。私のような人間には通用しませんよ」

ぎりぎりの強がりだった。言葉に反して腰が引け、目は落ち着かなく周りを見回していた。

「座って」

泉は囁《ささや》いた。葉擦れの音に似た、ごく小さな声だった。が、実藤は抗《あらが》えなかった。立ち上がりかけた腰から力が抜けて、へたへたと座布団の上に崩れた。

「いやだ……」

弱々しく実藤は言った。

ガイドに乱暴され、裸で谷に落とされた、という千鶴。その千鶴が薄い空気に喘《あえ》ぎ、痣《あざ》だらけになって、下半身の傷口をさらしてよみがえってくるような気がした。その姿のまま、今もこちらと向こうの間を彷徨《さまよ》っているとしたら……。

「いやだ、やめてくれ」

めまいがした。

頭上の蛍光灯が回転しながら、うっすらと暗くなっていった。

そして次の瞬間、彼はいつか暗いエレベーターの内部に見たのと同じものを見た。峨々《がが》たる山並みだ。天を突く頂《いただき》、淡く菫色《すみれいろ》を滲《にじ》ませた空。

機関車のような、激しい呼吸音が耳を打った。それが何か見当がついて、実藤の全身が震えた。

体を弓なりにして、千鶴はあえいでいる。茶色にひび割れた唇から、血の交じった泡がこぼれた。

日本人とよく似た顔立ちの男が、荷物をその場に放り出し、彼女の方に屈《かが》み、一心不乱に祈っていた。

千鶴は、息を吸い込むたびに、悲鳴に似た音を出していた。本当に悲鳴を上げているのかもしれない。

肺水腫《はいすいしゅ》だ。高山病から肺水腫を起こしている。

「オン・マニ・ペ・メ・フム」

現地人ガイドのくぐもった祈りの声が、冷え切った空気を震わせる。

千鶴は手を伸ばした。苦しげに細めた目は、実藤の方を見ていた。

実藤は、今、明らかに彼の前に存在する、埃《ほこり》がこびりつき、がさがさに荒れた小さな手を摑んだ。力一杯摑んで、自分の方に引き寄せた。離すものか、と思った。

彼は千鶴を抱いて戻ってきた。多摩ニュータウンの自宅へ。

ビデオを見た……。

他愛の無い話をして笑いあった……。

そしてあたりがゆっくりと明るくなった。

夢を見た。長く幸福な夢だった。目覚めたとき、実藤は満たされた気持ちで天井の蛍光灯を見上げていた。

つぎに目に入ったのは、離れていく泉の手だった。彼に向かって差し伸べられた手、あれは泉のものだったのだろうか。

とっさに腕時計に目をやる。八時半だ。泉を説得しながら、何気なく時計を見たとき、八時二十七、八分だったのを覚えている。

するとわずか一、二分、あるいは数十秒の間に、見た夢だ。

泉に何かやられたのだ、とわかっていた。しかし安定した幸福な気分が、体の隅々まで満ちている。

「受け入れてあげましたね」

泉は、微笑した。

「自分の中の温かい気持ち、優しい心、物事をありのままに見つめる心が、見せてくれた、真実なのですよ」

実藤は、惚《ほう》けたように泉を見つめていた。

それから砕けた理性を必死でかき集めようとした。

泉は、座布団から体をずらすと、すっと立ち上がった。

「待ってください」

実藤は泉を呼び止めた。

「答えて下さい」

「何をですか？」

「彼女の名前を。あなたが下ろした仏のフルネームを」

「豊田千鶴さん、小柄な、よく陽に焼けた健康的なお嬢さん」

「髪型は？」

「短いまっすぐな、ショートボブっていうのかしら」

「服装は？」

「白いシャツ、半袖の。胸ポケットに何か、そうオリーブの葉の緑色のマークが入っています」

実藤は、唾を飲み込んだ。あの夏の日、彼の家に来たときに着ていたテニスシャツだ。

「足にぴったりしたジーパンを穿いているわ」

実藤は内心の驚きを押し隠し、醒めた調子で言った。

「霊能者と同じですね。よくテレビでやっているでしょう」

「はあ」

「この次、出会ったら、そのジーンズを脱がせてみますよ」

少しもふざけた調子でなく、実藤は言った。

「おやめなさい」

厳しい調子で、泉は答えた。

手の甲には、ざらついた感触とぬくもりが奇妙に生々しく残っている。それが何なのか思い出せない。

「絶対にいけません。あなたはこちらの世界で生きなければいけないのですから」

「それと、もう一つ、住所を教えて下さい。水名川さんは、僕の心の中を覗いたんだ。そのくらい僕が知っていてもいいでしょう」

「私は何も覗いてはいませんよ。私が、なぜこの世に生かされているのかを見せてさしあげただけです」

「逃げる気ですか」

泉は鋭い視線を上げた。

「私はここにいます。いつでもどうぞ」

泉は、先程の和紙にさらさらと住所を書いた。この近くだと、付け加えた。

「どなたでも訪ねて来られる方は、拒みません。呼ばれれば参ります。でも、もう来ない方が、よろしいでしょう」

「来ます。まだ、肝心の事に答えてもらっていない。続きは、いつまでに仕上げてくれるのか」

「何か大切なことを見失っているのに、まだ気づきませんか？」

「大切なこと？　私の価値観について、あなたに指図されるいわれはありません」

先程の夢の甘い陶酔感を払うように、実藤は強ばった口調で言った。その後で、こんなものの言い方をするようでは、書かせる事などできない、と後悔する。

「とにかく、お願いはひとつです。原稿ですよ。もう少し経ったら、またご連絡します。それまで考えておいて下さい」

「同じなのですね。あなた達というのは、みんな同じ……」

「私達編集者が、という事ですか？」

実藤は尋ねる。

「いえ、そういう事ではありません。いつも、より多くの物を手に入れようとして、飢えと渇きに苦しんでいる人々。必要のない名声、必要以上のお金を求めて、血を流し、心を削り続ける人々」

実藤は、顔を上げ、泉の前に立ちはだかった。

「金や名声なんかじゃありませんよ」

そこまで言って、実藤は口をつぐんだ。息がはずんでいた。

金でも名声でも、編集者としての評価を得ようという野心でさえもない。しかし自分の生について、他人が聞いたら鼻白むような憂鬱《ゆううつ》で深刻な見解を述べる気はなかったし、そんな必要もないと思った。実藤は少し間をおいてから言葉を続けた。

「水名川さん、少なくとも、私達は企業人とは言っても、一応、精神的な部分を担っているんですよ。日本の精神文化の一翼を担うと、そこまではいいませんが、心の部分に関わっているし、だからこうしてあなたにお願いしているんじゃありませんか」

泉はうなずいた。それが同意なのか納得なのか、実藤にはわからなかった。

その夜、布団に入っても、実藤は灯りをつけたままにしておいた。妙な夢を見るのは嫌だった。いや、夢は見たい。乾いた心が、悲しくひりつきながら千鶴の面影を求めていた。しかし得体《えたい》の知れない泉の術にこれ以上、飲み込まれるのはごめんだ。

それにしても、なぜ、泉は千鶴の服装を言いあてたのか？

ポロシャツにジーンズという服装は、若い女にすれば一般的だ。が、胸ポケットのワンポイントとなると、偶然に当たるという可能性は低い。

自分の意識が混濁していたときに、何かしゃべったのかもしれない。

もっともあの意識状態は、混濁しているとは、言いがたい。清明なままに、どこかに横滑りしていた。

もしかすると泉には、やはり特殊な能力が備わっているのかもしれない。しかしそれは霊界と通信する能力などというオカルティックなものではない。人の心の内を読み、人の意識下に侵入してくる力ではないか。もちろん、それでも十分にオカルティックではあるが。

11

翌朝、天気は相変わらずどんよりと曇っていたが、心は不思議と晴れやかで落ち着いていた。千鶴との束《つか》の間《ま》の出会いが、甘やかな余韻を残している。

ガラスの向こうに広がる鈍色《にびいろ》の海は、粘り気を帯びたようにおだやかだ。

これで終わらせてはならない、と実藤は自分に言い聞かせた。自分の目的は、「聖域」を完成させる事だ。

それにしても、あの短い幻は何だったのだろう。谷間の草地で、体を弓なりにして荒い息をしていた千鶴の姿は、あまりに生々しかった。差し伸べてきた手を握りしめたときの感覚は、今でも手のひらに残っている。皮膚が今にもすりむけるのではないか、と思うほど乾燥していた。そして部屋に戻って来てからの幸福な時間。

実藤は目覚めた後、手の甲に残っていたざらついた感触が何だったのか、思い当たった。千鶴の足だ。ソファに浅く腰掛けた千鶴の、木綿の靴下に包まれた小さな足、それが床に胡坐《あぐら》をかいていた彼の手に触れていたのだ。あの夏の日の事だ。少しばかり、後ろめたい思いを抱いたまま、実藤はそのぬくもりを楽しんでいた。

すべては案外簡単な仕掛けだったのかもしれない。祭壇や灯明といった、小道具、ようやくめざす泉に出会えたというこちらの高揚感と緊張感、疲労、期待、そうしたもので、やすやすと泉の暗示にかかったものだろう。

しかし泉に、だましているという意識があるかどうかは疑問だ。彼女もまた自分の術中に落ちている可能性がある。

つかのまの「夢」の中のある部分は正気に戻っても覚えていたし、ある部分は欠落してしまった。確かなのは、彼は今、幸福な気分でいる、ということだけだ。


東京に戻ってきてまっ先にした事は、「聖域」を読み返す事だった。最後の部分に、慈明が読む般若心経を入れて見た。いかにも主知的な僧の姿が現れた。

この世の一切は空である。

これでこの僧は、勝利するのだろうか。蝦夷《えみし》達の聖域に建てられた寺は栄え、蝦夷達の神々を吸収し、同化させながら、この地に根を張り仏の教えを広めていくだろうか。

仕事の合間に、実藤はもう一つの気がかりな事を確認した。

豊田千鶴の死に関する詳細は、『ウィークリージャパン』の方では、やはり摑んでいなかった。とにかく遺体はそのままの姿では日本に戻ってこなかった、とか、危険な場所に落とされていて拾えなかったらしいとか、ポーターに強姦されて殺されたらしいとか、そんな憶測が真実であるかのように伝えられたのは、数ヵ月前と変わらない。あの夜、実藤が見た幻を裏付けるような情報は得られなかった。

いずれ暇を見て一度線香を上げに行きたいと思い、二、三日後に、ためらいながら千鶴の実家に電話をしてみた。

出たのは、女だった。母親かと思い尋ねると、兄嫁だった。家にいるのは、彼女一人だと言う。悲嘆にくれた母親の声を聞かないで済んだことに少しほっとして、実藤は社名を名乗り、千鶴とは個人的に親しくしていた事を伝え、死の状況について尋ねてみた。

兄嫁の話によれば、千鶴の体は、ラサの町まであと数キロという谷間の草地に横たわっていた、と言う。一緒に下りた現地人ポーターが姿を消していたため、捜索はもっと山上の方を中心に行われ、発見が遅れた。父と母が、遺体を引き取りに行き、骨にして戻ってきた。気温は低かったが、死後、鳥につつかれて損傷がひどかったからだ。身につけていた荷物や時計などが消えているのは、ポーターが持ち去ったからだと見られている。

それから、義姉はちょっと声をひそめて言った。

「暴行を受けて殺されて、荷物を持ち去られたらしいんです。男のポーターを一人つけて山を下ろしたことで、お父さん達、出版社を訴えるみたいな事を言ってましたけど、でも結局、お金で解決されるだけだ、と悟って、やめたみたいです。電話に出たの、私でよかったですよ。そちらの会社の人だ、なんて言ったら、すぐ切ってしまいますから」

「あのポーターは、そんなやつじゃないですよ」

実藤は遠慮がちに言った。

「知ってるんですか？」

驚いたように、相手は言った。

「犯されたりしてませんし、殺されてもいません。豊田さんは、彼女が一番気に入った場所で高山病で亡くなりました。ヒマラヤの美しい夕焼けを見ながら。チベット人ポーターは、彼女のために祈りを捧げました」

なぜこんな不確かな事を言っているのだ、と思った。自分の見た情景が事実と何の関係もない事はわかっている。それでも強姦殺人説だけは否定したい気持ちだった。

「祈った？」

相手は不思議そうに尋ねた。

「死んでいく彼女のために祈り、それから、たぶん自分に嫌疑がかかるのを恐れて、死体をそのままにして逃げ出したのでしょう」

「なぜそんな事がわかるのですか」

見たからだ、という言葉が、喉まで出かかった。あの幻こそ、彼の心の内にあるもの、彼の願望に過ぎないのだ、とわかっていた。愛する者の最期が、身ぐるみ剝《は》がされて、凌辱《りょうじょく》されて殺されたものだ、とは思いたくない彼の心が見せた、敬虔《けいけん》な祈りの光景に違いない。

千鶴は手を伸ばしてきて、実藤はその手をしっかりと摑んだ。そして彼は、千鶴を連れ帰ってきた。夢を見た。夢とはわかっていても、甘やかな印象が心に深く残っていた。

「どうも失礼しました。なんとなく、そんな気がしただけです」

実藤は、それだけ言って電話を切った。その後で菩提寺《ぼだいじ》の場所を聞くのを忘れていた事に気づいた。しかし今となっては、それはどうでもいいような気がした。骨は和歌山に行ったが、魂は多摩ニュータウンのこの部屋に戻ってきた、そんなふうに信じた方が、幸福なのだと思える。

その夜は、千鶴の夢を見た。しかし深夜に目覚めてみると、その内容はどうしても思いだせなかった。切なく苦しい、いくらか湿った情緒だけが、胸の底から突き上げてきた。生前の千鶴に対しては抱くこともなかった感情だ。

このときになって、実藤はわかりかけた。

篠原も同じ夢を泉に見せられたのだ。可愛いさかりで亡くなった長男に、短い夢の中で出会ったに違いない。泉がどういう術を用いたのかわからないが、とにかくなんらかの暗示によって、彼もまた愛する者、そして永遠に失われた者を腕に抱いたのかもしれない。

しかし篠原の人生はどこからか狂っていった。

三木も同様なのだ。そして神崎も。

いったい彼らに何が起きたのだろう。

神崎の「関わりあうな」という言葉の意味する所は、何なのだろう。

しかし今の実藤の状態は、決して苦悩に満ちたものではない。その反対だ。就職して以来、長い間忘れていた、豊かな情緒が戻っている。それが千鶴がもたらしたものか、それとも泉がもたらしたものなのかは、わからないにしても。

仕事が、山積みになっていることは、昨年から変わらなかった。特に三月の校了の時期は、深夜になっても仕事が終わらず、花房孝子や米山は「今日こそ明るくなる前に、家に戻りましょう」などと冗談を飛ばしあっていた。

締切が過ぎても上がってこない三木の原稿を胃のせり上がるような思いで待つ実藤の隣で、花房は蓮見と旧知の友のように冗談を飛ばしあっては仕事をさせ、ベテランの調教師の手並みを見せている。

校正の合間に催促の電話を入れて数時間後、ようやく三木の原稿が上がってきた。ファックスで送られてきたのは、八十枚のうちのたった六枚で、かぜをひいて具合が悪い、と言い訳が書いてある。しかしつい数時間前、銀座のクラブで飲んでいる姿を見かけた者がいる。さっそく、おどし文句を連ねたファックスを流す。まもなく「今、書いているから、そこで待っていろ」と明らかに不機嫌な声で、電話があった。

向こうにしてみれば、自分はさぞ嫌なやつだろう、と実藤は思う。篠原や神崎が、水名川泉にやられたのは、こういう事情もあるのかもしれないが、そうとすれば逆恨みもいいところだ。

原稿が上がって来なくては仕事もできず、かと言って飲みにいって時間をつぶそうにも、この時間ではどこも開いていない。

実藤は半ばふてくされて、ソファにひっくり返ったが、思い出して「聖域」を読み返し始めた。異常な現象、襲いかかる魑魅魍魎《ちみもうりよう》を前にして、「一切は空である」という認識に立とうとする慈明は、水名川泉の分身なのだろうか。泉はここで何を言おうとしているのだろうか。それにしても二度目に読んでも飽きることはない。夢中になってストーリーを追った一回目には気づかなかった微妙なニュアンスや、エピソードに込められた重たい意味が、くっきり浮かび上がってきて驚かされる。

やはり最初に原稿を読んだときの自分のカンは間違っていなかった。これは中断させておいてはならないし、泉に完成させることができるのは、自分だけだ、という気がする。神崎も篠原もできなかったことだが、自分にはできる、という奇妙な確信があった。

彼らは無防備だったが、自分は心に侵入してくる泉の手口を見抜いている。

そして彼らはこの作品を優れているとみなしたが、それはすこぶる客観的な評価を下しただけのことだ。しかし今、実藤にとって「聖域」は、自分の人生の根幹に関わると思われるところまで、重さを増していた。

泉の住所を手帳で確認する。その気になれば、青森と東京の距離など、大した事はない。校了予定は来週末だ。夜行列車を使えば、土日をかけて丸二日、時間が取れる。その先はしばらく体が空かない。仮に土日に休めたとしても、いつ連絡が入るかわからないので東京を離れるわけにはいかない。

実藤はビジネスダイアリーの来週末のところに赤丸をする。なんとしてもこのときに、と説得する。いや、取りかからせなければならない。しかしまた断られたらどうするのだ、と不安になる。幻惑され、はぐらかされたらどうしよう、とも思う。しかも自分自身、心のどこかで、それを期待しているような気がする。

取り込まれてなるものか、と実藤はソファから立ち上がり『ウィークリージャパン』の編集部のある階下に向かう。そこはこんな時間でも明かりが消えたことはない。元の同僚が、「よう」と片手を上げた。

実藤はその男に近づき、霊燈園に関するある情報を確認させてくれるように頼んだ。泉を脅迫するのだ。

やり方が汚い、とは言わせない。人の心の内に踏み入り、幻を見せる方がよほど汚いではないか。術者には、こうした現実的な手段で対処するしかない。泉の見せてくれる幻に心を引かれる分だけ、実藤は泉と、何よりも非合理的な部分に飲み込まれそうな自分自身に腹を立てていた。

再び、『山稜』編集部に戻った実藤は、「聖域」の分厚い原稿用紙の束をコピーし始めた。濃度を調節して、黄ばんだ用紙を鮮明に写しだす。原稿の送り装置がうまく動かず、一枚一枚原稿をガラス板の上に置いていかなければならない。

六百枚の原稿を置いてはカバーをし、退かす、単調な作業を繰り返すうちに、ふと、千鶴に会いたい、と思った。自分の中で忌《い》まわしく危険な期待が、頭をもたげてきたのを感じた。

吐き出されるコピーは、たちまち熱を持ち熱くなった。無造作に揃《そろ》えようとして、思わず顔をしかめた。用紙で指を切ったのだ。ぱっくり開いた傷口から、血がしたたりコピー原稿の上を滑り落ちていく。気をつけろよ、と篠原が言っているような気がした。

机に戻ると、三木清敦から原稿が届いていた。たったの二枚だ。驚いて電話を入れると、「具合が悪いので寝る」と相手はますます不機嫌に答えた。

「それでは看病に参ります」と実藤は怒鳴って電話を切ると、一階に下りてタクシーに乗り込んだ。こうなれば書き終えるまで監視するつもりだ。

一週間後に無事校了し、目次を除くすべてのゲラが印刷所に回った。この週末は、何があっても出社しない、と『山稜』の部員達は笑い合った。

金曜日の夜、打ち上げ会をする事になっていたが、実藤はそこには行かず、一人、上野駅に向かっていた。

何重にも包んだ「聖域」のコピーの入ったザックには、寝袋がくくりつけてある。もし水名川泉が書くことを拒否したなら、軒先《のきさき》に居座っても帰らない覚悟だった。

甘く見るなよ、と実藤はつぶやいた。

浅虫温泉には、早朝ついた。この前来たときから一ヵ月が過ぎ、東京では中央線沿線の菜の花が、土手を眩しいばかりの金に染めていたが、ここではまだ雪の解ける気配もない。車窓から見る陸奥湾は、鈍色の空を映して淀んでいる。

道路脇に積み上げられた雪を避けながら、実藤はこの前、泉に教えられた住所をたよりに歩き始めた。車がチェーンの音を響かせて追い越していく。地図でたしかめたところ、約三キロあったが、一晩、身動きもならないような寝台に閉じこめられた身には、歩きづらい雪道も、寒さもかえって心地よい。

湾岸の舗装道路を野辺地側に戻り、水族館や遊園地など少しばかりの娯楽施設のある場所を過ぎると、後は雪を被った家々がぽつりぽつりとあるだけの田園風景が広がる。その先を山側に折れ、三十分ほど行くと正面に、ヒバの林が見えた。ぎっしりと葉を茂らせた木々が、隙間なく植わっているさまは、どこか植物離れして、堅牢《けんろう》な壁が立ちはだかっているような感じを受ける。

道を回り込んでみれば、林は横に幅広いだけで、厚みはない。本当に壁がわりの防雪林なのである。

林に抱かれるように、住宅地がその背後に広がっていた。古いタイプの都営住宅のような平屋建ての長屋だ。ただし世帯ごとに煙突が突き出ているのと、玄関が雪落とし用に張りだしているのが、少し違う。

こんな土地の安いところで、隣近所にくっついて住まなくてもよさそうなものだ、と思いながら実藤は、住宅の入り口に建てられた地図で地番を確認する。

ここに泉は、住んでいる。ただし彼女が教えた住所が嘘でなければ。

時計はまだ十時前だ。朝駆けのうちには入らないだろうが、早いことに違いはない。かまうものか、と表札と地番を確認する。

表札はあった。「萩原慈子《しげこ》」と浅虫の宿で聞いた名前になっていた。

ためらうこともなく、実藤は扉を叩いた。

「どうぞ、お入りください。鍵はあいてます」

中から声がした。耳に心地よい柔らかな響きだった。まるであらかじめ訪問を知っていたかのようなその調子に、実藤は驚いていた。

扉を開けると、玄関の三和土《たたき》に土埃《つちぼこり》一つなく、磨かれたように光っている上がりかまちには藤色の小菊が、生けられていた。

「いらっしゃい」

トレーニングズボンに綿入れ半纏《ばんてん》をひっかけた泉が現れ、実藤の顔を見て「あら」と、さほど驚いたような様子もなく言った。

「野辺地の方から、お客さんが見える事になっていたので、てっきりその方だと思っていたら」

屈み込んで、玄関マットを素早く直すと上がるように促す。

実藤が通されたのは、六畳間だった。家具は小さな和だんすと、姫鏡台があるきりで、中央に祭壇がしつらえてあった。ただしテレビの心霊番組で紹介される霊能者や巫女の部屋と違い、太鼓や祭器、札の類はない。金糸で織られた布のかけられた段上に、灯明や香炉、本尊らしい小さな仏像があるだけの簡素なものだ。仏像の上半身は、錦織の幕に隠れて見えなかった。菩薩像らしいが、観音なのか、地蔵なのかわからない。

「こんなふうに半分隠れている像を霊燈園で見ました」

実藤は、口を開いた。

「そうですか」

泉は、ポットを引き寄せると実藤のために茶をいれた。

「教祖の像です。私はてっきり水名川さんが、ミイラにでもされているのだと思って、祭壇に這い上がって、確かめてしまいました」

「実際されかけました」

あまりにさり気ない言い方で、実藤は聞き逃しそうになった。

「どういうことですか？」

数秒してから、実藤は尋ねたが、泉はそれには答えず、実藤の前に湯呑みを差し出した。いい香りがする。焙《ほう》じ茶《ちゃ》だ。黒砂糖と松葉ではない。

「祭壇に這い上がったぼくは、教祖様を侮辱したかどで、その晩のうちに追放されました。夜の夜中に二十キロ近く、雪道を歩いて帰りましたよ」

「それは難儀なことでした」

泉が話にのってくると思ったが、その期待はまったくはずれてしまった。

「水名川さんは、霊燈園を飛び出してきたそうですね」

「はあ」

「あの西田宗太郎という教主にご自分の教団を乗っ取られたわけですね、いえ、どうも、ぶしつけな言い方ですみません」

「霊燈園を自分のものだとは、最初から思っていませんよ」

泉は、毅然として言った。

か」

「すみません。いずれにしても、宗教としての堕落が耐えられなかったという事です
泉は答えない。

「不思議なのは、家庭を捨て、作家としての仕事を捨ててまで、ここの地にやってきて興した宗教をなぜ、あれほどあっさりと捨ててしまったのか、ということです。それとも水名川さんなりに抵抗して、負けたのですか」

「私は宗教などというものとは、関わってないですし、勝ち負けなどというのは論外です」

泉は穏やかな表情を変えずに答えた。

「負けたのでないなら、なぜ萩原などという偽名を使うのですか？」

泉は、眉《まゆ》をひそめた。ほんの少しだけ、動揺が見えたことに、実藤は勢いづいた。

「逃げてきたって、ことですよね。彼らにみつかりたくない事情があるんですか」

「霊燈園は、もう私には関わりありませんから」

「それでは、あなたを信じていた者はどうなります？」

泉は、束の間、遠くを見るようにぼんやりとしていた。

「あの地に行ったのが、間違いでした。あそこで教団をつくってから、こちらの人達は、離れていきました」

「当然でしょうね。あれは、淋しい都会人のための避難所ですよ。構想はあなたのものではないでしょう。西田とは、どうやって知り合ったんですか？」

泉は、それには答えなかった。

「私の本来の居場所はここなのです。私達はこういうところにいなくちゃいけないんですよ。あんな山の中にいて、さあ、ここまでいらっしゃい、などというのは思い上がりです」

「コンパニオンのように観光ホテルに呼ばれて、催眠術を披露していくばくかの金をもらうのが、あなたの仕事ですか」

「催眠術とは違います。ホテルでしている事も、大切な御勤めの一つですよ」

「失礼しました。しかし宗教をああいう形で見せ物にするというのは、抵抗がありませんか？」

「宗教ではなく……実相であって真理なのです」

「真理であると信じていることを宗教というのではないんですか？」

「お若い方には、かないませんね」と、笑いながら、泉は腰を浮かせた。

玄関先からひきずるような足音が聞こえてきたのだ。ドアがノックされた。実藤客だ。

まもなく泉に抱き抱えられるようにして、泉と同年代の女が部屋に入ってきた。

の方を見ると、軽く頭を下げ、体を揺すって座布団に腰を下ろす。足が悪いらしい。

泉は、実藤に出ていけとは、言わなかった。座布団を部屋の隅にずらし、そちらにいるように、と言う。

やがて女は、実藤におかまいなく話を始めた。下北弁か、津軽弁かわからないが、聞き取りにくい言葉だ。

女は、家庭内の事情を話し始めた。

自分は、三沢に生まれ、二十歳で隣町に嫁いだ。夫は、農業を嫌い、借金をしてダクト工場を始めた。子供を抱え、自分も朝から晩まで、工場に入って働いた。商売が軌道に乗りかけてまもなく、工場は不況のあおりで倒産した。二十年前の話だ。借金の返済のために夫は出稼ぎに出たが、やがて金を送ってこなくなった。連絡も途絶え、向こうで家庭を持ったという噂《うわさ》も聞く。

大変な苦労をしながら、子供を育て上げ、ようやく二年前に、長男が所帯を持ち生活が落ち着いたところに、横浜の福祉事務所から電話があった。家族を見捨てた夫が、山下公園で死んだのだ、と言う。仕事にあぶれた冬の日、ドヤに泊まる事もできずに、公園で段ボールにくるまり、下着までしみ通った霙《みぞれ》に凍えて逝ったらしい。骨をもらいに行ったものの、二十年間の辛い生活を思い出すにつけ、夫の身勝手さを許す気持ちにはなれず、まともな葬式は出してやらなかった。

長男が、いきなり腎臓病で倒れたのは、その半年後だ。今は、人工透析にするかどうかの瀬戸際だ。さらに長女が、妻子ある男の子供を身籠《みご》もった。しかも堕ろさない、と言い張る。その上、自分も原因不明の腰痛で歩けなくなった。

あまりの事に、知人の霊能者に見てもらうと、作業ジャンパー姿の老人が自分の後ろに立っている、と言う。真っ暗なところで、寒さに震えている、と聞いたとき、夫のことだ、とすぐにわかった。供養されないので、家族に訴えているのだろう。

自分は、死んだ後まで、こういう形で家族に祟《たた》る夫に、腹の底から憎しみを覚えたが、霊能者は、そういう心がいけない、といさめた。とにかくこのような不幸が続くのはいやなので、霊能者が言うとおりに八十万ほどの金を都合し、供養してもらった。

しかし不幸は去らなかった。つい最近、孫が車に撥《は》ねられた。重傷ではなかったが、顔に傷を負った。跡が残るのでは、と思うと女の子だけに心配で、夜も眠れない。

供養をしたのに何が悪いのか、と再び霊能者の元を訪ねると、その後、夫の供養をしたか、と厳しい顔で尋ねられた。供養、というのは、金を包んで一回拝んで終わり、という事ではない、と叱られた。夫はひどく苦しんで亡くなって、死後も苦しみを受けている。慰めてやれるのは、家族しかいない。毎日一度は夫の事を思い出し、生前好きだったもの、何もないときは、一杯の水だけでもいいから供え、心をこめて手をあわせなさい、とすすめられた。

しかしとてもそんな気にはなれない、と女は、ガーゼのハンカチを取り出し、涙を拭いた。悔し涙のように見えた。

妻や子を捨て、勝手な事をして、報《むく》いを受けて死んでおきながら、家族に祟り、そして自分のために、毎日祈る事を要求する。そんな夫に腹が立たぬはずはない。

もちろん実藤は、そんなことは信じていない。女の不幸は、人生をネガティブにとらえ、相談ごとを霊能者に持ち込むような、生きる姿勢に起因しているのだ、と思う。女は、自分はもう、夫の仏前に水一杯も供えたくはない、本当に縁を切りたい、と決然として語った。

あの霊能者ではだめだ、と思い、ここに来たのだ、と言う。最近、知人が浅虫温泉に行ったおり、部屋に来てもらったイタコの言うことが、とてもよく当たったと聞いて、ここにくれば、夫の霊を払ってもらえるのではないか、と期待したそうだ。

彼らは「当たる、当たらない」という基準で評価されるのか、と実藤はいささかあきれて泉の方を見る。

話を聞き終えると、泉は女の言葉を肯定も否定もせずに、折畳み式のテーブルを出してきた。食事に使うちゃぶ台だ。実藤は立っていって手伝う。

泉はテーブルの上に、香炉と灯明を置き、水の入った茶わん、女の夫の名前を記した紙などを並べていく。さらに女の持ってきた、袋菓子を重ねる。

用意を終えると、灯明に火をつけ、数珠《じゅず》を首からかけた。いつかホテルで見たあの長く、大きな玉のついたものだった。

泉と女は、そのテーブルをはさみ、向かい合わせに座った。

柱時計が、一つ鳴った。まだ朝の十時半だ。陽は照っていないが、雪の反射で、部屋は、白くすがすがしい光に満たされている。怪談めいた事を始める雰囲気ではない。

泉は祭文を唱え始めていた。その声はくぐもってはいたが、きれいな山の手風の発音で聞き取るのは容易だった。

実藤は、首を傾げた。彼の知っているかぎりでは、冒頭は「東は東方、薬師の浄土、南は南方、観音の浄土」と神下ろしの祭文で始まるはずだった。しかし泉は、いきなり奇妙な呪文のようなものを唱え始めた。

「……ここはどこか、森か林かふるさとか……しのびしのびに過ごすほどに、今ぞ寄り来る長浜の、葦毛《あしげ》の駒に、手綱《たづな》よりかけ、鞍《くら》も轡《くつわ》も備えども……」

はっとした。葦毛の駒というのは、あの世からこの世へ魂を運んで来るものだ。泉は、神を下ろす前に、いきなり死者を呼び寄せている。

正規の手順を踏んでいない。

あのホテルでは、泉は祭文など唱えなかった。実藤はごく簡単に暗示にかかり、幻覚を見せられた。つまり泉は相手の状態や思考の枠組みに合わせて、それらしい儀式を行っているにすぎないようだ。

まもなく祭文は終了し、数秒の沈黙が訪れた。

泉は震え始めた。カチカチと歯を鳴らした後、座ったままぐったりとなった。呼吸がゆっくりとして、ときおりびくりと体を痙攣《けいれん》させる。顔色は真っ青だ。

「勘弁してくれ」

泉の唇が動いた。

実藤はその顔を凝視する。静かな表情だ。それと対照的に相手の女の目は、飛び出さんばかりに大きく見開かれた。

「かあちゃん、勘弁してくれ……」

期待したような、男の声ではない。泉の声だ。しかも東京人のアクセントだ。

泉の口元は小さく動いた。

テレビで見る霊能者のように、大きなアクションも、表情や言葉つきの変化も特にない。泉のままだ。しかし泉が吐き出しているのは、音声としての言葉ではなく、五感ではとらえがたいある種の観念のようなものに感じられる。

東京に出稼ぎに出た男は、何かを語り始めていた。

「東京に出てきた最初の年、暮れだったな。給料もらって、すぐおまえ達のところに送ろうと思っていた。しかし飯場《はんば》で飲んで寝てしまった間に、持ち逃げされてしまった。

同情した雇い主が、郷里に帰る電車賃をくれたが、土産一つ持たずに、合わせる顔もなかった。そうしたら、これを正月までに四倍に増やそう、と持ちかけてきた男がいた。関西の方で、人手を欲しがってる、言うんでそっちに行った。船の荷降ろし作業だったが、何か変なものを扱っているらしい。手付け金として、法外にもらったが、仕事を紹介してくれた男と町に繰りだして飲んでしまった。後からまた、金が入るし、今夜だけならいい、と思った。そのまま正月もぶっ続けで働いた。おまえ達の事は気になっていた。しかし松の内が明ければ、百万近い金を持って帰れると聞いていたので、そのままにしてしまった。しかしあれは、正月の四日か、五日だったか、港に行ってみると、船も事務所もみんな消えていた。手入れがあると聞いて逃げだしたとか、もう捕まったとかいう話はあったが、結局、ただ働きさせられたんだ」

「どうして、帰ってこなかったの」

突然、女はがくりと体を折ると、泣きだした。

泉の口から、男はその後の事情を話し続けた。

働き、少し金ができて送ろうとしたが、これぽっちでは、と思い、つい飲んでしまう。家が恋しかったが、連絡を断った時期が長くなればなるほど、金と土産をたくさん抱えなければ帰れないような気がして戻れない。一人でドヤのかいこ棚に横たわる淋しさ、辛さに耐え切れず、酒を飲んだ。やがて脳梗塞《のうこうそく》で倒れてしばらく入院したが、こんな姿こそ、見せられない、と思い、住所も名前も一切言わなかった。

「なぜ、一言、電話をくれなかったの」と女は、両手のこぶしを震わせている。

「どんな思いで、あんたを待っていた、と思っているんだ」と、号泣した。

「勘弁してくれ、このとおりだ」と泉の唇から言葉が出た。

「夫」は、やがて回復して退院したが、すでに片手、片足がきかなくなっていて、ろくな仕事につけなかった、と語る。

「なぜ、戻ってこなかった」と女は問いかけた。「体半分だめになったって、家にいるだけでよかったのに」

「夫」の話は続く。

それから東京に戻ってきて、上野のドヤに住み、毎日東北線の出るのを見ていたが、帰れなかった、と語る。やがて上野では仕事がなくなり、横浜に移った。

移ってまもなく金は底をつき、山下公園で野宿を始めた。ちょうど十二月だったが、霙が降りだし、無人売店の軒先に移った。震えていると仲間が、鍋をやるので食べに来いと言った。管理事務所の軒下で、コンロを囲んで、食堂裏で拾ってきたものを煮て食べた。酒もあった。少し体が暖まって、眠ったらしい。郷里のダクト工場の脇の小さな家に戻った夢を見た。ボストンバッグを提げて帰ると、子供達が三人、頬《ほお》を真っ赤にして飛び出してきた……。

女の号泣は、やがて優しげな囁《ささや》きに変わった。小さな声で泉も答えていた。実藤にはよく聞き取れなかったが、ひそやかな夫婦のやりとりだった。

時間にして、三十分足らずだっただろうか、女の顔から興奮は消えた。半ば目を閉じ、ぐったりとしていた。泉は無表情のまま、背筋をのばして座っている。

やがて泉は、両膝《りょうひざ》をずらせて、女の前から退いた。

はっ、としたように、女は顔を上げた。そして「どうもありがとうございます」と深々と頭を下げた。

そのとき玄関で、電話のベルが鳴った。泉は立ち上がり部屋を出た。

実藤は、女の隣に行くと、尋ねた。

「あの、今のはたしかにご主人の言葉だと、思えたんですね」

女は、実藤の方を見ずに答えた。

「お父さんが、今、ここに来ました」

「来たって、萩原さんに乗り移ったように見えましたか？」

「だから、萩原さんはいなくなって、こう、ジャンパーを着て、お父さんが、ここに来たんです。東京に行ったときの格好そのままで……」

女は、相変わらず実藤とは視線を合わせず、洟《はな》を啜《すす》り上げて、瞼《まぶた》を拭った。

女の答えは、実藤が予想していた事だった。

泉の声も姿も、女の中で亡き夫のものに変換されていたらしい。

玄関の方から、泉のごく平静なやりとりが聞こえてきた。

女は帰っていった。足は少し引きずり気味だったが、ここに来たときのような、ずるりと丸太を運ぶような重たく、苦しそうな様子ではなくなっていた。

「確かに、立派な仕事ですよ。どういうテクニックか知りませんが、一級のカウンセラーだ」

実藤は、後ろ姿を見送りながら、ぼそりと言った。

「僕達なんか、チンピラに見えるでしょうね」

泉は答えなかった。

「でも、チンピラにはチンピラなりの使命感というのはあるんです」

実藤は、ザックを引き寄せ、中からビニール袋で二重に包まれ、紐《ひも》をかけた原稿の束《たば》を摑み出した。

「世の中には、別に仕事を持っている作家さんは、少なくないですよ。忙しいから、掃除、洗濯をやれ、というならやりますよ」

泉は首を振った。

もちろん、「はい、わかりました」と、書いてくれるなどと思ってはいない。

「今、あなたは、人救けをしましたよね。あの人は、すごく安定した気持ちで家に戻っていった。人生を見る目も変わるし、基本的な家族関係を修復するでしょう。でも、そうして赤の他人を救けて、あなたの家族はどうしたんですか」

実藤は、いつか三木から送られてきたファックスを取り出して見せた。泉の夫が、妻を探している、というものだ。

「息子さんの結婚は、ご存じないでしょう。結局あなたは、今相談に見えた人のご主人と同じことを自分の家族にしてるんじゃないですか？」

泉は、唇の両端を少し下げて、苦しそうな顔をした。

卑劣だとは思うが、どうしても書かない作家には、おだてる一方で、巧みに痛点をついていかなければならない。これは花房に教えてもらった事だった。

「結婚は、誤りでした」

「誤りって、しちゃったものしょうがないでしょう。無責任だとは思いませんか」

「誤りは誤りなのです。人、それぞれ宿命というのはあるもので、それに添わない生き方をすれば、不幸になります」

「素質とか、才能とかの問題はたしかにあるでしょう。でも、基本的には努力ですよ。宿命なんていうのは、逃げです」

人頼みにするな、人のせいにするな、言い訳するな、挫折したとき、いつも、そう自分に言い聞かせて実藤は生きてきた。

「そもそも、宿命だって、なぜ決め付けるんですか」

「少女の頃、初潮を見る直前に、知らされました」

「例の岬ですね。疎開先の村ですか。憶念寺で、菩薩が雲に乗ってくるのを見たっていう」

泉は黙った。

「少女時代に、何かあったんですね。違いますか」

実藤は、畳みかける。

「セックスに関係したことではないですか。失礼とは思いますが、非常に恐ろしくて、屈辱的な体験をそこでしたんじゃないですか。結婚生活がうまくいかないのも、そのときに水名川さんの心の底に、植え付けられた、根強い男性不信みたいなものではないんですか。そしてそのときの心の傷は、あなたの創作に向かうエネルギーや、特殊な感性を作りだした」

「違います」

実藤はかまわず続けた。

「性を忌《い》まわしいものだ、というあなたの見方からすれば、夫とはだめでも、若い頃の三木先生のような文学青年や、西田みたいな、とりあえず表面上は、宗教者の顔をしている男なら、信頼できたんじゃないんですか。でも、結局、教団を作ってみれば、西田も他の男と変わらない。権力志向はあるし、愛人関係もある。それに失望して、あなたは、せっかく作った霊燈園を飛び出した」

泉は目を閉じ、弛緩《しかん》したような無表情になっていた。少し間を置いてから、ぽつりと言った。

「苦しいものなのですよ」

思いのほか悲痛な口調だった。

実藤は調子に乗ってしゃべりすぎた事を少し後悔した。

「背負ったものが、重すぎました。投げ出すこともできないのに、私の力を超えて重かったのです」

「わかりますよ」

「わかるはずは、ありません」

唇を真一文字に引き結んで、泉は首を振った。

「生きながら、死と向きあう者もいるのですよ。私は門番なのです。向こうの世界の人々が、私をみつけると吸い寄せられるようにやってくるのです。私は逃れられないのです。否応なく向こうとこちらの接点に縛りつけられて。恐ろしいものですよ。初めてそのことを知ったときは、まだ年端もいかない娘でしたからね。向こうから死んだ者達がやってくる。否応なくその姿を見せられて、それらが私の内に入ってくるときは、身を裂かれるような感じがするんです。それから去っていった後のひどい疲労感。しかもだれも信じてくれないのです」

少女時代から、始まったそんな体験を、家族は敏感な年ごろの者が見る悪夢か、慣れない疎開先の辛い経験からくる神経の病気として扱った、と泉は語った。

暗闇を極端に恐れ、夜中に震えながら親を起こし、ときには白昼、立ちすくんだまま独り言を言い、ひどい頭痛を訴え、嘔吐《おうと》を繰り返す娘を診た医者は入院をすすめたが、両親は拒んだ。普段は知能も感情も正常な娘を隔離型の病院に入れることを哀れに思ったらしい。

かわりに、ある大学の心理学の教授のもとにつれていった。ヨーロッパ帰りの教授は、泉を閉じこめることも、薬物を使うことも、しなかった。泉の病気は儒教的な厳しい道徳観を持った両親の元で、生活上の苦労もなく育てられた令嬢が、戦争によって生命の危険にさらされたり、慣れない田舎の生活に放り込まれた事によるショックによるとする自説を披露した。

そして、疎開先で、何か非常に野卑な形で性的なものに接触したのではないか、というようなことを尋ねた。

裸で作業する男達や、豊穣を祈願するための祭り、女達によって公然と語られるエロティックな冗談。そうしたエネルギッシュな性の営みは、たしかに農村にあった。教授との何回かの会話の後、両親は娘の病気は、結婚を妨げるものではなく、結婚によって癒《いや》されるものと信じるようになっていた。

つまり性に対する過剰な恐れを捨て、所帯の苦労をし子育てをして、精神的に成熟すれば治るものだ、と考えたのだ。

「人はだれでも、自分の知っている世界の範囲内でしか、物を考えられないものなのです」

泉は、悲しげに話す。

彼女は大学卒業と同時に見合いし、結婚した。

「幸せにはなれませんでした。結婚してからもひどい耳鳴りや、頭痛や、吐き気にずっと悩まされました。子供は息子一人ではありません。二人は死産、一人は急性白血病で十二歳でなくなり、もう一人は四歳の時、事故で……成人した息子は、夫が愛人に産ませた子供です。結婚したその年の暮れには、夫には女ができました。そんな人ではなかったのですが、私と結婚したとたんに、夫はおかしくなったのです。私の体が、何かに蝕まれたように、私と結婚した事によって、夫の心も蝕まれたのでしょう。本来の生き方を拒否した私に、宿命が、忠告を与えていたのです」

「おかしな考え方ですよ。そんなのって」

実藤は、話の腰を折った。

「私だって、初めから宿命など受け入れたわけではありませんよ」

低い声で言いながら、泉は実藤を見上げた。重たい視線に耐えかねて、実藤は目を伏せた。

「だから小説を書きました。対決しようとしました。内側から来る声に挑戦するように、ペンを走らせました。自分の運命を作品中の人物に託し、因習の村や、神と人との間に立つものの悲劇を書き連ねていきました。人が死に過ぎる、障害差別や出身地差別に関するタブーに触れる、そんな注意を何回となく受けましたよ。けれど、実際に宿命を身に引き受け、引き裂かれ血を流しているものにとっては、そんな指摘は単なる言葉の遊びに思えるのです」

「その宿命っていう考え方が、おかしい、と言っているんですよ。能力、というように前向きに捉えることもできるはずです」

泉はちらりと口元に笑みを漏らした。失望とも哀れみともとれる笑みだった。

「私にとっては戦いだったのですよ。書き進むうちに、向こうの世界が勝手に近づいてくるのです。多くの死者が寄り添ってきます。勝手に私の内に入って来て、周りの人も巻き込みました」

「篠原さんや三木先生のことですね」

眉間《みけん》に皺《しわ》を寄せ、泉は手元を見ていた。丸く秀でた額が際立って白い。般若《はんにゃ》だ、と実藤は思った。顔を起こした般若面《めん》に表われるのは、怒りの形相だが、面《おもて》を伏せたとき、それは深い苦悩の表情に変わる。業《ごう》に苛《さいな》まれ、鬼に変わっていく苦しい思いがくっきりと刻まれる。

「あるとき、三木さんと一緒にいたときでしたが、驚くほど美しい若者が、私の上に下りてきました。そして三木さんと何か話したのです。けれど、三木さんは向こうの世界との接し方を誤ったのです。執着したのですよ。彼と、四十年以上前に起きたあるできごとに。繰り返し繰り返し、亡くなった少年兵を呼び出しました。自分の一番醜い部分をえぐりだし、精神を苛《さいな》んだのです。私は、逃げました。けれどもあの方は追ってきました。どこへ逃げても、調べては追ってきました。どうにかしてくれ、と責め、懇願するんですよ。けれど手のほどこしようはありません。彼の見たのは悪夢なのですから。三木さんの執着する心の作り出した魔なのです。でも、心に魔を棲みつかせることによって、あの方は優れた作品を作り出されました。心を苛むようにして生み出された作品であるからこそ、あの方の書いたものは、人々に感銘を与えるのです。けれどだれもが三木さんのように強くはありません。篠原さんは亡くなった息子さんの最後の問いに答えてあげられなかったことをひどく悔やんでいたのです。その気持ちが、幼い子の魂を呼び寄せてしまったのです。結果はひどいことになりました……」

そんな不自然な、非科学的な心霊現象を信じるところから、彼らは誤りを犯していたのだ、と実藤は思う。自分はそうならないという保障はないが。

「あの人達は、向こうの人々との逢瀬《おうせ》にのめり込み、我を忘れ、そのくせ自分の見たものと自分の精神を疑い続けました。私と自分自身を侮辱し嫌悪しながらもやめなかったのです。そして私に亡くなった方との交流を懇願し、一方で恨み言をつらねながら袋小路に迷いこんでいったのです。どうしようもありませんでした。私は書き続けました。向こうの世界に自分の人生をのっとられるような気がして、悔しかったのです。そんなことに負けたくないと思い、書き連ね、やがて力尽きました。所詮《しょせん》、小説は虚構……遊びです。真実の生と死に関わろうとする者が、虚構の人生、虚構の死を語り、弄《もてあそ》ぶことは許されないのです」

不幸を糧《かて》にするように、泉は筆を執った。それを苦痛に満ちた日常を描くだけのものにせず、一歩距離をおいて、独自の世界を構築させた。そしてそこに横溢《おういつ》する力は、現実的な不幸に果敢に立ち向かおうとする泉の姿勢の現れだったのかもしれない。そう実藤は解釈した。力尽きるのは、まだ早い……。

泉が家を出たときには、すでに今までの生活を捨てる覚悟はできていた。筆を折るつもりはなかった。いくつかの村を経た後、泉は、昔、疎開した北の地に向かっていた。何かが、自分の本来いるべきところに、引き戻そうとしているような気がした。

村の生活に慣れるにしたがって、彼女を恐れさせていたもの、得体《えたい》のしれない向こうの世界が、どうやら、ごく当たり前のものであることに気づいた。向こうの世界は、怪奇でも恐怖でもなく、現実の生活とうまく折り合いをつけて共存できるものであることを知った。少女時代から、自分を悩ませて来たものの正体は、魑魅魍魎でも、神でも、悪魔でもなかった。少し前まで、ごく身近で生きていた者であり、それが様々な思いを残して、すり寄ってくるだけなのだと悟った。

そうしたものと、現実に生きているものが、共存している世界がある。そこには、何か大きな決意をするとき、辛いとき、悲しいとき、容易に亡くなった肉親に出会い、触れ合うことのできる文化があった。

選ばれた人々、多くは盲目の女が、向こうとこちらの交わる辻に立ち、手助けをしていた。泉は、自分もまた、そのように宿命づけられた者であることを確信した。それが三十年を経てようやくみつけた答えだった。

いくつかの村を転々とした後、泉は、昔、疎開していた陸奥湾に面した岬の村に戻り、廃寺を直して住んだ。

四十年のときを隔てて、少女時代の泉の面影を覚えていてくれた女がいた。嫁との不和と神経痛に悩んでいた彼女は、泉の最初の「客」となった。

いくばくかの礼金を包まれ、泉は女に亡き夫を引き合わせた。女は夫と何かを話し、納得して帰っていった。まもなく女は、子宝に恵まれぬ末の娘を連れてきた。泉は仏下ろしはしなかったが、話をした。母娘は、救われたような顔をした。

憶念寺に住みついたカミサマの言うことはよく当たる、という評判になって、やがて村の女達が、ひっきりなしにやってくるようになった。

礼金と菓子を置いて、新仏を下ろしてもらうほか、細かな相談ごとに訪れるようになった。

だれかが観音像を寄進してくれた。泉は、それを祭壇に据えた。もしもキリスト像であれば、それでもよかっただろう。雨漏りのする本堂を村の男達が、総出で直し、女衆が床を磨きこんでいった。

泉を慕う人々は、やがて講を作り、「霊燈園」という名前がつけられた。

気持ちのよりどころを求めて、女達は泉を訪れ、よもやま話をし、ときに向こうの人を呼び寄せてもらって会い、帰っていく。

向こうの世界を日常の中に包み込んだ人々、そうした思考の枠組みをもった社会に生きる人々にとっては、先に向こうに渡っていった愛する者と語り合うのは、異常なことではない。心ゆくまで話し、やすらぎ、優しい気持ちになって帰っていく。

泉は、結局少女時代に彼女自身の言う宿命を引き受けてしまった場所に移っていった。

「それにしても少女時代に、本当に神の啓示みたいなものが、あったのですか」

実藤は尋ねた。

「ありました」と、はっきり泉は答えた。

「霊燈園の教祖の生い立ちそのままですよね。あれは西田が作ったものではなく、かなりの部分水名川さんの実体験だったわけだ」

泉は、淡い珊瑚色《さんごいろ》をした唇をすぼめるようにして笑った。慈愛にあふれているようにも、底意地悪さを秘めているようにも見える不思議な微笑だった。

その笑みにからめとられるのを拒否するように、実藤は早口で話した。

「少女時代の神の啓示と不幸な結婚生活というのは、新興宗教の女性教祖の生い立ちのステレオタイプですよね。しかし水名川さんは、中山みきになれなかった。出口なをにもなれなかった。霊燈園は、結局、大教団にはなりそこなった。地元の人々に溶け込み、あの地に根を下ろす事はなかった」

「この土地に天理教のような大教団は育ちませんよ」

泉は謎めいた笑みをそのままに、首を振った。

「ここは西日本ではありません。どなたが来ようと、どれほど徳の高いお坊さまが来ようと、昔から一つの宗教が絶対的権威を持って根を下ろした事などありません。天台宗、浄土宗、曹洞宗、仏教だけではありません、キリスト教もやってきましたけれど、どれもここの土地に合うように変わっていきました。大きく、超越的なものには育たないのです」

「わかります。厳しい気候と収奪の歴史を背負った人々にとっては、大宗教の説くすべての人々の救済なんて、絵空事なんでしょう。とりあえず自分の身の上、自分の家、自分の村を救ってくれる呪術的なものの方がウケてしまう。つまり現世利益ですよ。水名川さんは、そこに食い込んだわけだ」

「ここには、ここの神々がいます」

泉は低い声で言った。

「神々ですか」

「神と言うのが適当でなければ、いくつもの魂です。ここの土地は無数の魂に満たされているのです」

「霊信仰ですか」

「呼び方はどうでもいいのです。ここの人々は、物事の実相を見つめる目を持っています。厳しい気候に鍛えられた五感といった方がいいのでしょうか。まやかしや、カリスマ的な権威は通用しません」

「それをわかっていて、なぜ西田宗太郎と手を組んだのですか」

泉は、少し苦しそうな顔をした後、ぽつりと言った。

「愚かだったのでしょうね」

ため息を一つつくと、泉は西田と出会ったいきさつを語り始めた。

どんなところに住んでいても、死者が自分の体を通り過ぎて、こちらにやってくるときの恐怖や苦痛は、依然としてあるものなのだ、と言う。巫女はそうした苦しみをその瞬間を我が身に引き受けなければならない。そして終わった後の激しい疲労も。こちらと向こうの世界の境界には、厳然として「死」が横たわっているからだ。泉は、向こうの人々とともに、一時、その死を共有する。それは死のもたらした苦痛や、恐怖を、泉自身の五感で感じ取ることだった。

全身が冷たい水に覆われ息が詰まる。遥か下の地面が、恐ろしい勢いで近づいてくる。体に刃が食い込む。血が気管を吹き上がってくる。激烈な苦痛の時をかいくぐり、泉の魂は、ようやく抜けて向こうの世界を体の内に受け入れる。

そんな苦痛に耐えかねた頃、西田宗太郎が現れ、「信仰する心」を教えたのだ。

西田は、当時、フィールドワークの一環として、東北の寺を廻り、住職の話を聞いて歩いていた。

彼は優秀な研究者であると同時に宗教者でもあった。少なくとも、泉にはそう見えた。

「あなたのしている事は、確かに認めるが、あなたに足りないものがある」と西田は言った。それは信仰する心と修行である、と。

事実だった。

泉は、巫女となるための定められた修行を積んでいない。得度もしていない。もちろん、特定の神仏に手を合わせることもしていなかった。

もしもここで西田が、具体的な教団の名を挙げて入信を勧めていたなら、泉は、西田についていくことはなかっただろう。

西田は、人知の及ばぬ偉大な知恵、といったものの話をした。非力な自分に執着してはならない、と説いた。我とこだわりを捨てよ、とも言った。

西田の言葉は、温かく心地良く、心にしみ込んだ。

ちょうど、憶念寺に住職がやってくるという話も伝わってきた。西田は、そこから二十キロあまり離れた山中にちょうどよい土地があるから、そこに来るように、とすすめた。行ってみると思いのほか、広大な土地だった。ここを信仰の拠点とするのだ、と西田は語った。

拠点、という言葉にいくらか違和感を覚えたが、居場所が定まったことで今までにない安定感を与えられた。泉は西田を信頼し、導かれるままに、幾つかの行を行った。そして約四ヵ月の後、西田が連れてきた僧侶によって得度式が行われた。

巫女としての再出発に際し、特に泉自身が信仰していない仏教僧が来たこと、さらにこのころから、西田が神様という言葉を頻繁に使うようになったことにも、泉はどこかうさんくさいものを感じていた。

やがて、敷地内には、次々にアパートのようなものが建ち、作業場ができ、県内や東北各地にある古い民家が移築された。

それにともない、信者の数も増えてくる。日曜日などは、駅からマイクロバスで見学者がやってくる。

信者が増えたらしいが、泉は彼らがどこから来て、どんな悩みを抱えているのかは、まったく知らされない。

奥の院に日がな閉じこめられ、修行と称して、西田の書いた難解な哲学書めいたものを読まされ、瞑想《めいそう》や水行をさせられた。

たまに新しい信徒だという者を霊燈園の幹部が連れてきたが、ほとんどが東京や関西から来た人々で、華々しい前歴や肩書きを持っていた。

彼らのためにだけ、泉は仏を下ろし、彼らの後ろに見えるものについて語った。そんなとき、泉は前と変わらぬ、苦痛や恐怖を味わった。西田に導かれて修行を行い、言われるままに、法華経や観音経を唱えていたが、死を通過するときの苦しみは少しも変わらなかった。

信者に直接関わる機会は少なくなり、大祭と称する儀式のときだけ、朱の衣に袈裟《けさ》をかけて、彼らの前に姿を現した。年四回の祭りの度ごとに、信者は増え敷地内の施設も増築されていく。

もはや霊燈園は、泉とは全く関係のないところに行った。何度か抗議したが、彼が、内童子のこの土地にいることはほとんどなく、たいていは宣教部長や、教務委員長がやってきて、なだめ、半ば脅した。

「やがて霊燈園は、西の天理教に匹敵する日本屈指の大教団に成長するのだ。その教祖がいつまでも、芸人や見せ物師と同様の意識では困る」と彼らは言った。

なぜ教団が勢力拡大に努めなければならないのか、泉にはわからない。しかもそこの教祖に、なぜ自分が居座っているのかもわからない。

西田によって書かれた難解な書物も、そのころになると少しずつ内容がわかってきた。

泉が、霊燈園を捨てることを決意したのは、西田と彼のブレインが作った教理を隅々《すみずみ》まで読みこなしたときだった。

霊魂は不滅であり、人は生まれ変わる。現世はやがて仏に生まれ変わるための修行の場であるから、小欲、小費、利他に徹し、何も持たずに死んで行くのが本来の道、と、うたってある。

しかし一方で学術書の中では、それと正反対に、死後の世界というのは、主体が属する宇宙が主体の消滅とともに、変化する事である。すなわち我々が生きているということは、生きて五感で捉え得る世界についてしか語れず、死後の世界や霊魂について論じるのは、無意味である。敢えて問われれば、絶対無としか答えられない、と断じている。

泉は、相手と目的によって、ここまで論を翻《ひるがえ》す者を信用はできないと思った。それ以上に、西田の言っていることが、両方とも、明らかな誤りであると判断した。それは、泉が自分の体を通してはっきり感じ取れる向こうの世界、そしてこの地方の人間が、古くからごく自然に捉えている「あの世」のことを、何一つ知らないということだった。

白い紙の上に置かれた砂粒は、真正面から強いライトを当てても見えない。明かりを落とし、何気なく見れば、微妙な凹凸からその存在を知ることができる。西田は、正面からライトを当て、凝視することしかできないのだ。それは三木も篠原も、都会で働く多くの男達はみな同じだった。

ここでは何一つ、真実が語られていない、と知ったとき、泉は霊燈園を捨てることを決意した。

そこまで聞いたとき、実藤は、「なぜ、捨てようという発想しかないのか、改革を試みなかったのか」と、責めるように尋ねた。

泉は、霊燈園という名の教団に執着はなかった、と答えた。ぜいたくや名声や、並みの人生自体に飽き飽きして、もはや奇異な集団主義的な生活にしか満足を見出せなくなった都会人の信者に対し、死の苦しみを通してまで、自分が関わる必要を感じなかった。

しかし泉が、霊燈園を出ていくことを告げると、幹部達は慌てた。何より、内部分裂のあげく、教祖が逃げだしたと知られては、格好が悪いと思ったらしい。幹部達は監視をつけ、泉の行動を見張り始めた。

まもなく西田は、一人前の巫女となってここを出るために、と称して、百日行とカミツケの儀式をするように勧めてきた。

すでに得度式を済ませた泉に、百日行とカミツケ儀式を行う、というのも、どこかおかしい。

西田の恐るべき企みが、透けて見えた。

百日の穀物断ち、続いて二十五日の断食、一日数回の水ごり。冬場に行われる一連の行で、体力の限界に達し、人事不省に陥ることによって、トランスの状態に陥るのが、カミツケの儀式だ。普通は、体力のある盛りの少女か若い女がやることで、当時もう五十を過ぎ、しかも体重が四十キロを割っている泉が行ったらどういうことになるか、多少の常識があればわかることだ。

その日のうちに、泉はここに来たときに持ってきたわずかの荷物を抱えて、霊燈園を出た。

実藤同様、雪道を二十キロ近く、気力だけで歩き通して町に出たのだ。以来霊燈園との関わりを避け、萩原慈子と名乗り、温泉町に住みついた。

萩原慈子の名について、実藤は尋ねたが、知り合いのイタコの名前だ、という答えしか戻ってこなかった。

「いろいろプライベートな事まで、しつこく聞いて申し訳ありませんでした」

実藤は謝った。それから少し間を置いて付け加えた。

「ただし、僕自身、納得できない事があります。これだけは妥協できない、というか」

「妥協できない？」

「ええ。小説は虚構であっても、遊びではないですよ。水名川先生、さっき『小説は所詮遊びで、私には虚構の人生や死を弄ぶことはできない』って。すごく失礼な言い方ですよ」

「たしかに、現在書いてらっしゃる人に対しては、そうですね」

「僕に対してもです。多くの読者に対しても」

少なくとも、実藤にとっては遊びではない。当然のことながら、仕事である。もしも彼が建築会社に勤めていれば、建ち上がるビルに対して責任を持つだろう。より安全でより機能的で、より美しいフォルムを持ったビルを建てたいという意欲を持つに違いない。それが小説であっても、山稜出版の社員として、同様の気持ちを持っていることは確かだ。

しかしそれ以上に今の実藤にとっては、この作品の完成に、自分が生きた証を求めている。物を食い、排泄し、上がってきた原稿に目を通し、それをどうやって売ろうかと考える。そうしたことの際限無い繰り返しのうちに、家を建てたり生殖したりというイベントを挟みつつ、ある日幕が下ろされる。虚構じみた実人生の中で、慈明という泉の作り出した虚構の人物に、彼自身の真実を見つけ出したような気がしていた。

「あなたの気持ちはうれしいけれど、私は、もう書きません」

冷え冷えとした声で、泉は答えた。

「どうあっても、だめですかね」

泉はうなずいた。

「せっかく人がここまで来たのに、拒否するんですか」

実藤はザックの中から一枚の紙を取り出した。最後の手段に、と、『ウィークリージャパン』の編集部から持ってきた物だ。

「水名川泉さん、萩原慈子っていうのは、だれの名前ですか」

「私の宿命を気づかせてくださった方です」

少しひっかかりながら、泉は答えた。

「あなたの師匠ですね」

「そうかもしれません」

「なるほど。でも偽名を使っててよかったですね」と手の中の紙を見せた。

泉は不思議そうな顔をした。

商業登記簿の写しだ。「鐸木《たくき》興産」という社名の下に、専務取締役として水無川扇子の名前があった。

「霊燈園の実体はこれですよ。金持ちの信者を軒並み勧誘して、資産を寄進させた。その金を使って、あちこちで不動産を買い、転がし、あるいは物件を仲介して人に金を貸した」

泉は怪訝《けげん》な顔をした。

「あなたは、もう霊燈園とは縁切りした、と思ってるようですけど、ちゃんとその会社の重役に名前を連ねているんですよ。それで今、鐸木はかなりの負債を抱えている。ただし西田は、はじめから自分は鐸木とは無関係にしてあります。あなたがここで、こうしていることを知ったら、みなさんどうするでしょうか。僕が、口に鍵をかけておくことを期待してください」

言いながら、原稿の束をそっと泉の方に押しやった。泉の窪んだ目の底に、今度こそ、はっきり怒りの色が見えた。

「お若い方なのに……小賢《こざか》しい真似をされますね」

「これとは別に、うちの雑誌、『ウィークリージャパン』では霊燈園糾弾のキャンペーンを張りました。信者からの反応はありませんが、信者の家族からは反響が来ています。寄進させられた財産をめぐって、今後いくつか訴訟が起きてくることも考えられます。そのとき教祖のあなたが、『知らなかった』で済まされるでしょうか。少なくとも僕は失踪した初代大和霊光、すなわち水無川扇子の居所を知っている」

泉は小さくため息をついた。

「卑劣ですか？　良い小説を書かせたい、それを多くの人に読ませたい、という気持ちは純粋なものです」

「何かに憑《つ》かれているように見えますが」

「『聖域』という優れた作品に」

「いいえ、優れたとか強いとか、そういう言葉に取り憑かれたのです。餓鬼道《がきどう》に落ちた者が、いつも飢えに苦しんでいるように、あなた達は、食物よりもっと不確かな実体の無い物に取り憑かれ、いつも飢えて苦しんでいるんですよ」

「人の向上心は、そういうところから生まれてくるのではありませんか。より優れ、より強く、それがなぜ悪いんですか」

「お引き取りください」

泉は静かな、しかし有無を言わさぬ口調で言った。

「いいでしょう」

実藤は泉の顔を正面から見た。

「あなたもすぐに荷物をまとめて、引っ越す準備をされることです。温泉ホテルの仕事もキャンセルして。これから僕はファックスで『ウィークリージャパン』にスクープを入れる。『浅虫温泉近隣の村に潜伏していた!?　霊燈園・初代大和霊光』って、見出しをつけて。今月発売号に今なら間に合う」

泉は沈黙していた。

「本気です」

泉の視線に哀れみの表情が混じった。

「人を強請《ゆす》るのは、初めてです。しかしこういうことを僕にさせているのは、あなたですよ」

泉は立ち上がると、「お預かりします」と、原稿を茶だんすにしまった。

「目を通してください」

実藤は、座ったまま泉を見上げ、鋭い調子で言った。

「ここで読んで、それから書いてください。十枚、いや、せめて六枚でいいです。持たせてもらって帰ります。それまでここにいます。言っておきますが、業務命令で動いているわけではありません。あなたを霊燈園に追った時も、山稜出版を退職することを覚悟していた」

泉は驚いたような顔で実藤を見た。

「寝袋を用意して来ました。迷惑はかけません。用事があったら、申し付けてください」

泉は沈黙したまま、実藤と彼の脇に置かれた荷物を見ていた。

やがて片手をこめかみに当てて小さく首を振ると、奥の襖《ふすま》を開けた。

「どうぞ、こちらでお待ちになって」と実藤を招き入れる。

そこは、六畳間だった。古びた座り机の上の壁にカレンダーがかけてあり、達筆な字で予定が書き込まれている。すっかり艶《つや》のなくなった輪島塗りの文箱が一つ、小さめの本箱が一つあるきりで、テレビも雑誌もない。それどころかこの家には、作家にふさわしい大量の本もない。

こんな状態でいきなり書けと言われても、困るだろうとは思ったが、今はとっかかりさえできればいい。これを機に少しずつ元の作家としての生活に戻っていけばいいのだ。

ぽつりと置かれている本箱に目をやる。数冊の和綴《わと》じ本があるだけだ。手に取りめくると、墨の香がぷんとした。祭文や儀式の方法が書いてある。

巫女のマニュアルなのであろう。しかしどうやって人に暗示をかけ幻を見せるのか、そんな方法はどこにも書かれていない。

襖ごしに、紙をめくる音が聞こえてくる。

泉は、じっと十年程前に書いた自分の作品を読んでいるらしい。時計は、午後一時をさしている。

実藤は、静かに襖を開けた。

「あの水名川さん、飯、どうします？　店屋物《てんやもの》でよければ取りますし、台所に入ってかまわなければ、ラーメンくらい作りますが」

泉は、目を上げた。血の気が失《う》せたような顔色をしている。雪の反射だろうか、と実藤はその異様に白い額を見つめる。こめかみの血管が浮き上がっていて、ひくひくと脈打っているのが、透けて見えそうだった。

「お腹空いたら、ご勝手にどうぞ」

泉は、すぐに原稿に目を落として答えた。

乗ってきたのだ、と実藤は内心小躍りした。嫌がってはいたが、すでに自分の作り出した物語世界に入っている。悦にいっているなら、なおいい。

実藤は、台所に入った。調理台にも冷蔵庫の把手《とって》にも、黒ずみ一つない。食品も皿も、きっちりと整理されている。単に几帳面な主婦がいるのとは違う。どこか生活感に乏しい。食うという、一次的欲求を賄《まかな》うにしては、生臭さ、汚さがなさすぎる。

棚をかき回したが、ラーメンはない。日本そばがあったので、さっそく湯をわかす。そばつゆはないので、小鍋に水をはり、醬油と味醂《みりん》を入れて沸かす。即席だしは見当たらない。缶に入っている削り節をみつけ、分量もわからずに放りこむ。冷蔵庫にあった油揚げと、葱を切ってそばつゆと一緒に煮て、ゆであがったそばにかける。ラーメンを作る手順と同じだ。

出来上がったそばを二つ盆に載せ、スタミナがつくように、と卵を上に割り入れる。

泉は呆れたような顔をした。

箸をつけ、妙な顔をした。食物は口に入れればいい、という一人暮らしを十年近くやってきているのだから、うまいはずはないだろう、と実藤も思った。

半年前、やはり自分の作ったラーメンをおいしい、おいしい、と連発しながら平らげた千鶴の笑顔を思い出した。いい神経をしている、と思ったものだが、今ではあの並はずれた健《すこ》やかさが懐かしい。

濃い醤油色のつゆの中にそばをほとんど沈めたまま、泉はすまなそうに箸を置いた。実藤は、「夕飯は、寿司でも取りますので」と言いわけして片づけた。

午後からは、泉は書き始めたようだった。ひっかかりながらも、筆を進める気配が感じられた。

かすかな呻《うめ》き声が聞こえたのは、鉛色の空が、闇に閉ざされ始めたころだ。実藤はちょっと聞き耳を立てたが、そのままにしていた。呻吟《しんぎん》し、呻き、独り言を言いながら書くのは、プロ作家では普通の事だ。別にどうということもない。

しかし呻きは次第にひどくなってきた。

さすがに実藤も心配になって、部屋に入る。書き終えた原稿用紙が散らばっていた。十五枚はある。泉の身の上よりも、短時間にそれだけ書いてしまっている事を実藤は喜んだ。

「どうしました」と尋ねると、泉は、眉間と頬に縦皺を刻んだ蒼白の顔を上げた。白目に血管が浮いている。

実藤はぎょっとして、身を引く。

「頭が……ひどく痛み出して」

「あの、薬はどこですか？」

泉は首を振った。

無い、ということか、いらない、ということかわからない。実藤自身も薬を持って旅に出るような用意のいい男ではない。

慌てて外に飛び出す。通りに出て薬局を探す。二、三軒の店が並んでいる中に、コンビニエンスストアがあって、その端に薬屋が入っていた。

痛み止めを買って、すぐに戻る。買った後で、病気なのでは、という心配など少しもせず、痛み止めを飲ませて仕事をさせる事だけを考えている、自分の非情さに気づいた。

泉の家に戻り、ぬるま湯で薬を飲ませる。それから泉の書き終えた十枚ほどの原稿を読む。

十年前の中断箇所から、話はちゃんと続いていた。

慈明の元に母の姿をして現れた魔物は、正体を見破られるや巨大なぶよぶよとした老木に変わる。血の色をした湖は逆巻き、粘液質の水が、津波のように堂を洗う。

空が裂け、庵の前に広がる砂丘の砂が巻き上がり、真っ黒な空の裂目に吸い込まれていく。混乱と悪意、慈明は聖域を荒らされた邪教の神々の怒りをそこに見る。蝦夷達の崇《あが》める野蛮な狩猟神の姿を見る。

慈明は祈る。

「おんころころ　せんだりまとうぎ」ではない。

是《ぜ》諸《しょ》法《ほう》空《くう》相《そう》
不《ふ》生《しょう》不《ふ》滅《めつ》
不《ふ》垢《く》不《ふ》浄《じょう》
不《ふ》増《ぞう》不《ふ》減《げん》

一切は空だ。今、感じとっている世界の諸相が、立ち現れた魔物も亡者も。

「やった」と実藤は、途中まで書き進められた原稿を置いてつぶやいた。

力尽きた、などという先程の言葉は嘘だ。十年前の猛々しい筆致は、失われてはいなかった。迫力ある分厚い描写は、読んでいる者の脳裏に、大スクリーンをはるかにしのぐ、リアルで生々しい映像を送ってきた。

薬を飲んだ泉は、少しの間、柱にもたれて目を閉じていた。

実藤は、横になれ、とは言わなかった。きょうは切り上げて寝て下さい、とも言わない。何も言わずに、ただ見ていた。書けという意志をこめて。

書け、死ぬまで書け。これを仕上げたら死んだってかまわないから、もしも病気なら、力つきる前に早くこれを仕上げろ……そんな思いをこめて。

餓鬼道に落ちた、と泉が言ったのは、こんなことなのだ、と思った。これが普通だ。仕事をするというのは、それぞれが修羅《しゅら》になり餓鬼になることだ。

夕食を取らずに、泉は部屋にこもっていた。実藤も身じろぎもせずに、様子をうかがっていた。書いている気配は途絶えた。書いてなくても、頭の中では、恐ろしい勢いで思考が回転しているに違いない。

柱時計が、一つ鳴った。十時半になった。

ずるり、と床を這《は》うような音がした。廊下の床をきしませ、泉はのろのろと便所に向かう。実藤は唐紙を開け、首を出す。苦しげな嘔吐《おうと》の音が聞こえた。

書くのに詰まった作家が苦しむのを見るのは慣れている。華やかなファッションに身を包み、女性雑誌に顔を出すような作家でさえ、舞台裏では口紅もはげかけ目の下に隈を作り、胃を押さえながら書いていた。

やがて泉は戻って来た。

何か考えているようだ。低い声で何かつぶやいている。独り言に、ときおり鋭い叫びが入る。

それでも実藤は、じっとしていた。こうして仕上げるのだ、だれでも……。

どさりと畳に倒れる音がしたとき、さすがの実藤も驚き部屋に飛び込んでいった。倒れたまま、泉は実藤の姿を認めたようだった。次の瞬間、眼球が左右に激しく動いた。手足が拷問《ごうもん》の道具で引き伸ばされたように、真っすぐに突っ張った。

実藤はその場に膝をついた。泉の細い目がかっと見開かれ、飛び出してくるように見える。

重病だ。頭痛も嘔吐も、創作の苦しみなどではなくて、くも膜下出血か脳梗塞か、とにかく大変な病気の前駆症状だったのだ。

救急車だ、と実藤は、電話のあるところに走ろうとした。

そのとき、強ばった手が実藤のズボンの裾を摑んだ。

実藤は、振り返る。

泉の体が弓なりに反《そ》り返った。

ヒーッという悲鳴が上がった。が、悲鳴でなかった。呼吸音だ。顔が紫色に変わった。呼吸不全だ。

血の気が引いた。救急車が来るまで間に合わない……。

強ばった背中の下に手を入れ、上半身を起こしてやる。呼吸が楽になるかもしれない。

耳元で、機関車のような呼吸音がする。ごろごろと水の流れるような音も交じる。

肺水腫《はいすいしゅ》を起こしているのか？

そのとたん、抱き起こしている自分の腕を、泉の指がしっかりと摑んだ。不意に視野がぼやけた。辺りの景色が流れ出した。

風が吹いている。激しい風だ。が、埃も水気も、何一つ含まない、純粋な空気の流れがある。肌に刺さるほど冷たい風だ。

暗い。目をいっぱいに見開いても、見えるのはほの白い顔だけだ。

呼吸は浅く、さらに激しくなった。

「オン・マニ・ペ・メ・フム」

祈りの声がする。耳慣れない言葉……チベット人ポーターが祈っている。

腕の中で、千鶴の半開きの口が、関節が外れたように大きく開いた。それから苦しげに歪《ゆが》んだ顔が、不意に柔らかく崩れた。微笑《ほほえ》んだ。

「ありがとう、救けに来てくれると思っていた」と、そう言っているように見えた。実藤は腕の中のものを抱き締めた。

「帰ろう」

実藤は言った。

「とにかく、ここから帰ろう」

登山靴で、乾いた岩を踏んで、実藤は立ち上がる。千鶴はダウンの寝袋よりも軽かった。ゆっくりと山をおりると、多摩ニュータウンの駅の裏手に出た。

振り返ると造成途中の山が、真っ赤な裸土を見せて輝いている。辺りは暗くなっていたが、そこだけ、やけに鮮やかに夕日に映えている。

玄関の三和土《たたき》は、土埃で汚れている。部屋に入り、積み重なった上着やシャツを脇にどかし、そっと千鶴を下ろす。

「やっと戻ってこられた」

千鶴は笑った。実藤はビデオデッキのスイッチを入れる。

ビデオの一本を手にとる。

「画像の美しさから言ったら、ベータに限るよ」

実藤は言った。なんという、どうでもいい会話をしているのか、と自分でも思う。すぐにひらめいたことがあった。夏にも同じことを言ったのだ。同じようにビデオを手にとりながら。

「約束の『迷宮物件』だよ」

実藤は、ビデオケースの背表紙に目を凝らす。夕闇が迫っているせいだろうか、文字ははっきりしない。

ビデオデッキに押し込み、Ｐｌａｙボタンを押す。

ピアノの音が流れ出る。美しいが、ひどく不安定な分散和音だ。

黒い地平線が映る。中央を青く光らせた、紫ウニに似たものが、逆巻く海から浮かび上がる。無数の祈りの像……。

間違えた。「迷宮物件」ではない。これは「天使のたまご」の方だ。

取り替えようとして、画面の青い光を食い入るようにみつめる千鶴の顔に出会い、手を止める。

「約束したビデオは、これではなくて……」

そんな言葉を飲み込む。どうでもいいような気がする。千鶴は戻ってきて、ここにいる。何を見ていてもかまわないのだ。彼女はここにいる。チベットに旅立つ前の、健やかな面差しそのままで、信頼しきった表情を実藤の方に向けながら。

首筋に冷たい風があたる。エアコンは冷風を吐き出している。今は確か冬のはずだった。しかし窓の外は、真夏の光が降り注いでいる。午後の陽射しだ。ここに戻ってきたのは、夕刻だったような気もするが。

画面の中で、少女とも成熟した女ともつかぬ顔が揺れ、白い髪がそよぐ。

「これ、何だと思う」

白い髪の女がスカートの中に大事そうにしまいこむ卵を指差し、千鶴は尋ねる。

わからない、と実藤は答える。わかるはずはない。上映当時から、内容がまったく意味不明と言われていた作品だ。驚異的に美しい映像と寓意に満ちたストーリーで、ごく少ないファンを魅了したものだ。

「魂だって、言う人もいるよ」

つぶやくともなく千鶴は言った。

「すごいなあ、無生物から生物に、イメージが揺らぎながら変わっていくんだ……」

千鶴はため息をついた。

同じ事を言っている、と実藤は気づいた。千鶴は、夏のあのときと同じ場面を見て、同じ事を言っている。実藤はソファにかけた千鶴の足元に腰を下ろし、画面をみつめる。白い木綿の靴下に包まれた足が、無意識に彼の手に触れていた。胸苦しさを覚えた。この前、あの夏の日にも、こうして足が触れていた。しかしこんな苦しさはなかった。

木綿の生地を通してぬくもりが伝わってくる。

これは幻覚なんかではない。実藤は確信した。千鶴は、本当にやってきた。彼女は居る。泉の体を通してこうして出会えるほど間近に。千鶴はほんの少し違う所に、行っただけだったのだ。

小さな足をそっと握り締めたかったが、実藤はそのままにしていた。どこか気恥ずかしく、後ろめたかった。

気がつくと、頭上に光があった。瞼を射る不快な蛍光灯の光だった。

顔をしかめて起き上がると、頭が鈍く痛む。慌てて時計を見る。十一時二十分。泉の独り言が気になったとき、見上げた柱時計は、十一時十分を指していた。部屋に飛び込み、倒れている泉を抱き起こしたのは、それから少し経ってからだ。という事は、彼が千鶴に出会っていたのは、わずか数分、あるいは数十秒の事ではなかったのか。その間に、千鶴をニュータウンの我が家に連れ帰り、一時間半のアニメを見た。

泉の姿はない。

探そうという気は起こらない。今し方まで、となりにいた千鶴への思いが、心を満たしていた。

そのとき、すり足で泉が入ってきた。シーツと枕カバーを抱えている。

「こちらにおいていきますよ。お布団は押入れに入っていますから」

そうだ、自分は青森の浅虫温泉近くの泉の自宅にいたのだ。

意識が元通りになってくるにしたがって、泉の平然とした態度に、少し腹が立ってきた。

「あんな仮病まで使わなくたっていいでしょう。疲れたなら、疲れたと言えばすむじゃないですか」

「仮病など使っていませんよ」

「今、僕に何をしたんですか？」

「何もしていません」

泉は押入れを開けて布団を指す。実藤は片手でその戸をぴしゃりと閉めた。

「寝袋があるから、いいです。それより、何もしていない、というのは？」

「水を流すのに、ほんの小さな溝を作ってやると、いつのまにか大きな流れができてしまう事があるでしょう。この前、あなたの心が求めていた人を私は呼び出しました。その方が、私の中にあなたに出会う道筋をみつけられてしまったのです。今は、そこを勝手に通られて、あなたの前に来られたんですよ。あなたのいとおしい、好きだという気持ちに応えられたのでしょう」

「そんなふやけた事は、考えていませんよ」

泉の言葉が、図星だからこそ、否定せずにはいられなかった。

「よい作品を作りたい、その手伝いをできないか、とそれしか思っていません。それにそんなプライベートなことは水名川さんには、関係ありません」

「とにかく、今は、彼女は自分からやってきたのですよ。私は呼んでいません。呼び寄せたのは、あなたの心です。私には、抗《あらが》えるほどの意志力も体力も残っていなかったのです。お恥ずかしいことに」

「僕は呼んでなんかいないと言ったでしょう」

実藤は頑強に首を振った。

「もう、おわかりになったでしょう。なぜ私が教祖になれなかったのか。私は、向こうの世界の支配力の内にあります。魂を自由に呼び寄せたり、鎮めたり、言い聞かせたりなんてことはできないのです。それができるという方がいたら、たぶん嘘をついているのです。神仏という形の権威を作り出して、人の目を欺いているだけです」

実藤は、黙って泉をみつめていた。それから心の内から千鶴の面影を追い払うように、言った。

「気分が良くなったら書いて下さい。水名川さんが書いている間は、僕は寝たりしません」

「もう無理です」

泉は言った。

「向こうの世界とこちらは、膜一枚でつながっているんですよ。その間で、私の我なんてものは、もうめちゃくちゃになっているんですから。説明してもわかっていただけないでしょうけれど」

立ち去ろうとする泉を実藤は、呼び止めた。

「千鶴は、彼女の魂は、いるんでしょうか……」

急に自分が、泉の前で小さくなっていくような気がした。こんな愚問を発することに、戸惑いながらも、実藤は痛切に答えを求めていた。

「今、そこに来たでしょう。すぐそこに、境界を接しているんですよ」

泉は微笑すると、廊下を隔てた奥の部屋に入っていった。

実藤はその答えに喜び、同時に、喜んでいる自分を軽蔑した。


翌朝、実藤は原稿を持たされ、追い立てられるように泉の家を出た。泉は、法事があって、下北半島の大湊まで呼ばれているということだった。

物語の残りは、桜の花が咲く頃には完成させる、と泉は約束した。仕上がったら郵送する、と言い残し、数珠と袈裟を抱えて、憔悴《しょうすい》の色も濃く迎えの車に乗り込んでいった。

こちらで桜が咲くのは何月だったっけ、などと思いながら、実藤は泉と数人の喪服の男女を乗せて走り去っていくワゴン車を見送った。

一人で駅に出て、上りの「はつかり」に乗り込んでから、原稿を出し読み始めた。

上出来の二十枚だった。

襲いかかってくる魔物どもの姿に、やがて慈明は苦しみにあえぎながら六道をめぐり、成仏できない哀れなものどもの姿を見る。生前、野山をかけめぐり、無数の殺生をした勇猛果敢な部族のなれの果てだった。

今まで比叡山に背を向けながらも、気候も厳しい北の地での修行を支えてきたのは、結局のところ、幼い頃から俊英の名をほしいままにした学僧の自尊心だった。だが、このとき初めて慈明に、奥深く、激しい慈悲の心が芽生える。

実藤は満足していた。想像通りの展開で、予想以上の仕上がりだ。この調子なら、あと数十枚で完成する。

この先の実藤の仕事は、お人好しだが頭の硬い編集長を説得し、本にまとめる事だけだ。「日本幻想文学小説賞」を受賞すれば、泉は脚光を浴びる。文芸の流れが変わる。変えたのは自分だ。たとえ彼が表に出ることはなくても、彼の名が残ることはなくても、それは人生に刻まれた輝かしい実績だ。

ふと、奇妙な虚しさを感じた。その先に何があるのだろう。

二作目にかからせる。新たなテーマをみつけなければならない。

さらに虚しくなった。なぜかわからない。何をしたいのだろう。足元が薄寒い。暗い穴が無数に開いている。走らなければ飲み込まれてしまう。もっと作らなければ、もっと上質なものを、より評価の高いものを……走り続けるしかない。前に泉の言ったことはやはり当たっていたのか？

千鶴、と実藤は無意識に呼んでいた。

上質ってなに？　評価って実藤さんがいいものがいいものなんじゃないかな？

大きく見開いた目が、心の内で語りかけてくる。

もっとそばに来てくれ、と彼は祈った。千鶴は、所詮は思い出の中にしかいない。ただ、泉を介してのみ、彼女は実体として立ち現れてくる。

12

一ヵ月は、長かった。残りの数十枚を、実藤は待っていた。

だが、一ヵ月経っても何の連絡もない。

季節は四月の半ば、東京では桜の季節になっていたが、本州の北の端では、ようやく雪が解けたばかりだろう。

催促に足を運びたくても、泉の原稿の件は、実藤が勝手にやっている事で、本来の業務とは関係がない。出張というわけにはいかない。旅費も休暇も自分持ちということにしても、部内の繁忙ぶりからして休暇が取れる状態ではない。

山稜ビルの最上階の自席から、春の陽射しがまぶしい窓の外に目をやりながら、実藤は浅虫の冬景色を思い出していた。その地に心は引き付けられている。しかし不思議なことに「聖域」という作品への強烈な思いはむしろ薄れている。

このところ彼は社内に寝泊まりせずに、ニュータウンの家に戻っている。借金と、虚しさとある種の焦燥感を彼にもたらした家は、今、千鶴にまつわる物悲しい思い出と幾分かの安定感を実藤にもたらした。自分の心理のこの微妙な変化を実藤は警戒していた。

浅虫へ行くチャンスはひょんなところから飛び込んできた。

ある作家の取材に付き合い、週の初めから秋田県の温泉に滞在する事になった。その帰りに、週末にかけて青森に足を延ばそうと考え、実藤は泉の原稿を抱えて行った。その作家は、宿についたとたん、「悪いが、家内にはあんたと一緒にいた事にしといてくれ」と言って、どこへともなく消えてしまったのだ。実藤は思いがけない休暇をもらった。

日付の入らぬ領収書を抱え、実藤は青森に向かった。特急「いなほ」で青森に行き、そこからは、バスを使って浅虫温泉に出る。本数の少ない電車よりも、バスの方が便利であることを、この前、泉に教えられていたのだ。

駅前に着いたときには、陽が傾いていた。海はこの前来たときとは、全く表情を変えていた。微笑《ほほえ》んでいるようだ。ぬけるような青さ、というのではない。パステルを塗り重ねたような、不透明で穏やかな色調の帯が、いくつも重なりたゆたっているように見えた。

車が猛スピードで行き交う海岸道路の縁に立ち、実藤は次第に明度を落としていく海を飽きずに眺めていた。正面には、下北半島がある。冬の間は鉛色の雲に遮《さえぎ》られて見えなかった釜臥山が、意外なほどの量感をもって眼前にそびえている。航行する船にとっては目印であり、それ以上に神々《こうごう》しさに打たれるばかりの威容だろう。

夕食時に訪問するのも、失礼かと思い、実藤は食堂に入って軽く夕飯を食べた。食べ終わって、一応電話をする。泉は出なかった。不安になった。万一、引っ越していたりしたら、どうしたらいいのだろう。

実藤は、食堂を後にして、泉の家に向かった。雪解けでぬかるんでいる道を歩き、途中で土産がわりの和菓子を買った。

一枚も書いていないのでは、という可能性が、ないわけではない。しかしそれよりはるかに怖いのは、再び泉が姿をくらませてしまうことだ。

泉の家は、留守だった。しんと静まりかえって、裏に回っても明かりは一ヵ所もついていない。しかし郵便受けには、その日の夕刊が入っていたし、きれいに掃き清められた玄関先を見ても、まもなく戻ってくるという感じがあった。

実藤は待つことにした。磨き込まれた濡れ縁に、丁寧に霜よけをしたボタンの苗木が、置いてある。それを端に寄せて、実藤は腰を下ろし、カバンから原稿を出す。文字は外灯の光で、どうにか読める。この前、書かせた部分を読み返す。

不意に、どこかおかしい、という気がした。上手い。十分に上手いが、嘘だ。この前は、泉の巧みな手腕に目が眩み見えなかったある種の白々しさを、今、実藤は嗅ぎ取っている。

まず慈明を苦しめる妖怪や邪神の姿が、あまりに類型的だ。類型的なところが最初に読んだときは、見事にはまって見えたのだ。一切は空だとする慈明の認識も、相手がただの魔物では、ひどく浅薄なものに見えてくる。やがて到達する慈悲の心も、落とすべきところに落とすという機械的な話の造りだ。おそらく泉は、ここで出てくる仏の慈悲など信じていないのではないか。

恋をしたことのない者に、本当の恋物語は書けない。人の本当の悲しみを知らぬ者に、胸を打つ作品は書けない。姿無きものへの本当の恐怖を知らぬ者に、ホラー小説は書けない。虚構でありながら、小説は書き手の真の心の有り様を映し出してしまう。

十年あまり前に泉が描き出した異教の神は、ある種の得体《えたい》のしれない気配として存在していた。あの凄味と神秘の渾然とした何物かが、今回書いた分からはすっぽりと抜け落ちていた。

これが十年のブランクというものなのか。作家としての力量を泉はこれほどに落としたということなのだろうか。

違う。

泉は、あざむこうとしているだけだ。まず実藤を、そして多くの読者をあざむき、形だけのものを仕上げてしまおうとしたのだ。

初めに読んだとき、実藤はこの内容に満足した。満足したはずだ。まさに実藤が予想し、無意識に要求したものを泉はその通り、卓越した描写力でなぞってみせただけなのだから。しかし再読してもそれに気づかぬほど実藤は愚かではない。要求されたまま、自分の信じない世界を描いたものは、一見巧みでも力に欠ける。それは必ずどこかで破綻する。書き直しだ、とつぶやいて、それを再び茶封筒にしまう。全霊を挙げて取り組んでくれるまでは、何度でも書き直しさせる。

永久にできあがらなくていい、という心の底の小さな声に実藤はぎくりとする。これを通し、泉と関わり続けたい。もちろん泉と付き合うのではない。泉の体を借りて現れるものと……。

自分の思いに戦慄《せんりつ》した。

向こう側で、泉のいう膜一つ隔てた向こうで、千鶴がもどかしげに語りかけようとしている。認識の光が及ばぬ、心の襞《ひだ》の奥深くで千鶴は確かに生きていた。実藤はその声を聞きたかった。泉の手に落ちることを恐れながら、白い靴下に包まれた小さな足のぬくもりを痛切に求めていた。

ただの夢ではないか、と思う。しかし不思議と普段の夢に千鶴は現れなかった。あるいは現れたのかもしれないが、目覚めたのちまで残るような鮮明な姿では、やってこなかった。望む夢を意志的に見ることなどかなわないことを実藤は知った。

篠原のことを思い出した。彼は、息子に出会った。そして死の間際に交わした会話を続けたのだろう。『君は遠くになんかいかない。そばにいて、こんなふうにいつでも会えるだろう』と。しかしそれで、なぜあのように精神を病んだのだろうか。酒に溺《おぼ》れなければならなかったのだろうか。

三木を追い詰めている悪夢は何なのだろう、なぜ、塹壕《ざんごう》の中の少年は、泉の体を乗り越えて、彼の心に侵入してきたのか？

自分は悪夢など見ていない。

千鶴は、彼の部屋でビデオ画面に見入り、靴下に包まれた足先を彼の手に押しつけ、楽しげにおしゃべりをしていた。そして夏と違い、自分の心に熱い思いを抱かせた。

一時間もしないうちに、植込みの向こうで車の止まる音がした。表に出てみると、横腹に温泉ホテルの名前を張りつけたマイクロバスから、泉が降りてきたところだった。明かりのついた車内に、化粧も華やかな女達が座っているのが見える。コンパニオンだ。ピックアップされた彼女たちは、泉と反対にこれから出勤するのだろう。

実藤の姿をみとめて、泉はちょっと眉《まゆ》を上げた。

「桜、東京ではもう咲く頃でしたのね」

「まだ書いてないって、言いたいんでしょう」

実藤は、ぶっきらぼうに言った。

「だろうと思って、プレッシャーかけに来たんですよ」

泉は、実藤を茶の間に上げた。

実藤の正面に座り、彼の顔を凝視すると、見る見る表情を強らせた。顔をしかめ、こめかみに手を当てる。

「また、頭痛?」

「あなた、原稿の事だけで来たわけじゃありませんね」

低い声で言った。

「何を言い出すんですか?」

実藤は、思わず声を荒らげた。

「今晩は、どこに?」

「特に決めてないです。ここで……いいですよ」

「浅虫の宿をきいてあげましょう」

電話のところに行こうとする泉の前に、実藤は立ちふさがった。

「追い出したいんですか」

泉は答えない。

「いさせてください。いなきゃ、書かないつもりでしょう、水名川さん」

「いけません」

泉は、かぶりを振った。そして廊下の冷たい床の上に、ゆっくり腰を下ろした。実藤もその場にしゃがみ込む。

「聖域」の原稿の事が、ゆっくり意識から後退していくのがわかった。自分が何のためにここに来たのか、はっきり認識した。

約束の「迷宮物件」をまだ見せてない。千鶴に会わなくてはならない。確かめなければならない。今、どうしているのか、こうして会い続け、この先、どうするのか。

自分の精神が微妙に、方向感覚を狂わせていることを意識した。

千鶴に告げなければならない。今、自分がだれよりも彼女を愛していることを。いつでも待っている、ということを。彼は無意識に両手を差し伸べた。膜一枚隔てた、向こう側の世界に。

泉の顔が、見る見る蒼白になる。両手で口元を覆った。嘔吐《おうと》の音をさせて、何かよだれのようなどろどろした液体を指の間から、こぼした。

「だめ、呼んだらだめ。呼び寄せてはだめ」

悲鳴のように、泉は叫んだ。

会いたい、早く、おいで。ここに。約束しただろう……。

実藤は、呼んでいた。

そしてその光景は現れた。

苦しげな呼吸音、冷たい乾いた風、ひび割れた頬をして、微笑む陽焼けした顔。

腕の中の小さな死、下山と、ごく短い家までの距離。

戻ってきた。

ニュータウンの家に、彼は千鶴を抱えて戻ってきた。

「ようやく、会えたね。待ったよ、もう放さない」

用意したセリフは、口をついて出なかった。血色の良い唇に触れる事も、ためらわれた。その直前までの、燃え上がる気持ちとは裏腹に、実藤は再びビデオの前に、あの夏の日と同じ姿勢で座っている。

「聞かせてくれるかい？　チベットの寺だよ。ほら、手紙に書いてきたガンデン寺のこと」

千鶴は、じっとビデオの画面に見入っている。生き生きとした微笑を浮かべ、「あ、ここ、こうしてみるとね」とリモコン装置を押して、画面を止める。

鳥の絵が、画面いっぱいに広がる。生きている鳥ではない、化石だ。巨大な鳥の化石が描かれている。

実藤は、千鶴の顔をまじまじと見る。

同じ光景だ。あの夏の日と同じ場面で、千鶴はビデオを止めた。

「ほら、頭骨の部分、見て。翼や骨格は鳥なのに、頭は人なの。つまり天使ってこと」

同じ言葉を実藤は聞いた。十四インチの画面の中のもの、千鶴の言葉、何もかもがあのときのままだ。

幸福な数時間の夏が、戻ってきて、そこにある。追憶ではない。彼自身が、すっぽりとそこにいた。戻ってくるはずもない時間の中にいた。

これ自体がビデオだ。自分自身がビデオテープの中にいる。

千鶴の死に立ち合う事によって、内なる記憶のテープを巻き戻すのか。

これは記憶なんかじゃない、と実藤は必死で否定する。現に千鶴は、救けを求めた。この部屋に辿《たど》りつくまで、信頼と愛情をこめた眼差しで彼の顔をみつめ続けていた。その両手を彼の首に巻きつけて山を下りてきた。

千鶴は来たのだ。向こうからやってきた。つまりここにいる。互いに一番好きな場所に戻ってきた。

「君の手紙、届いたよ。君が亡くなってからね。チベット仏教の寺院に行ったんだよね。あの手紙を見たときなんだ、僕が……」

実藤は、彼にとっては一番重要な告白をしようとしていた。しかし言葉は度忘れしたセリフのように浮かんでこない。実藤は、ソファにかけている千鶴を見上げた。屈託《くったく》のない笑みだ。視線は、画面と実藤の顔を行き来する。

「これじゃない、この次は、これを見せてほしいって、君の手紙には書いてあったよ」

実藤は、いきなり「天使のたまご」を止めると、別のビデオを取り出し差し込んだ。

テープの回る音がして、暗い画面に、澄んだ藍色の光が広がった。終末の風景、雨の降り続ける石造りの町並み。再び、「天使のたまご」だ。

実藤は、彼の手の甲に触れている小さな足に目をやった。勇気を出して、手を外し、その足を握りしめた。感触は、なかった。物体としての重み、木綿の靴下のざらついた肌触り、温かみ、すべての感触が揺らぎ、次の瞬間、その足も、彼の手も、元の位置にあった。

気がつくと、実藤も泉も、暗い廊下にぼんやりと座り込んでいた。

のろのろと泉は立ち上がり、洗面所に入っていった。

まもなく戻ってくると、泉は実藤の正面に、膝《ひざ》をそろえて座った。

「家に帰って、彼女にお水を上げましたか？」

「いえ」

「写真を飾って、お線香を上げましたか？　一度でも手を合わせましたか？」

実藤は、首を振った。

「そうでしょうね。だからそういう方に、呼んで上げる事はできません。不幸になるだけです」

「まさか、水名川さんまで、どこかの霊能者のように供養しないから祟《たた》る、なんて言うんですか」

「そうではありません、あなたの心の持ちようなのです。彼女は向こうの人です。向こうの人だということをちゃんとわきまえて、手を合わせる心を持ち合わせていなければ、ひどいことになりますよ」

「つまり、千鶴は、彼女は、あなたの呪文によって甦ったゾンビだってことですか。じゃあ、あなたが法要に呼ばれていって、やってる口寄せで、こっちの地方の方《かた》は無事なんですか。篠原さん、神崎さん、三木先生は、無事ではなかった。なぜ、線香なんです。なぜ水で、なぜ合掌《がっしょう》なんです。不滅な霊が存在するなら、そしてそれがすぐそばにいるとしたら、近ごろ、僕はだんだんそれを信じてきていますが、もしそうなら、特定の国の特定の宗教儀式に従うとは、思えません」

「そういうことではないの」

泉は、静脈の浮いたかさついた手で、実藤の両手を摑《つか》んだ。

「あなたの心の問題ですよ。彼らを死者として、ちゃんと境目《さかいめ》を知って、礼をつくして、お祭りしているかどうか、ということ。彼らは亡くなった人です。でも見守っていてくださる。感謝しながら、私達は生きていかなくてはいけないんですよ。多くのものを欲しがって、がむしゃらに生きるのでなく、毎日毎日を私達を見守ってくださるたくさんの御魂《みたま》に感謝して、過ごさなくては」

「この前は、神で、今日は、御魂《みたま》ですか」

泉は短いため息をもらした。

「この前のあの主婦は、どうしました？　出稼ぎに行ったまま、行方不明になったオヤジさんを呼び出してあげた、あの人は」

「お仏壇に、ちゃんとお水を上げて、生前好きだったものを供えて、手を合わせています。悪いことはなくなったそうですよ。お位牌に語りかけるそうです。うれしいとき、悲しいとき、困ったとき、『お父さん、どうしましょうかねえ』と。そうすると心の中で答えてくれるんですよ。向こうに行った人と心が通じ合うっていうのは、本当はそういうことなのですよ」

語りかけるということなら、実藤は何回かした。しかし今、彼が求めているのは、自分の思い出の中に生きている千鶴ではなかった。

「とにかく今夜は、浅虫温泉にでも宿をお取りなさい」

泉は、追い出すように腰を浮かせる。実藤は拒否した。そしておもむろに原稿を取り出した。

「これ、やはり、使えないんですよ」

押し戻しながらその理由をはっきり告げた。

泉は、ちらりと微笑んだ。やはり、と言っているように見えた。

「好きなように書いていいんです。僕や読者に媚《こ》びる必要はないんですから」

「真実をかけ、と？」

「水名川さんにとってのね。自分に嘘をつくと、結局作品自体の力がなくなる……書き終えるまで、僕はここにいます」

「ばかなことを考えるのは、おやめなさい」

泉は、静かに、しかし鋭い調子で言った。

「別に何も考えてはいません」

「あなたが、何を望んでいるのか、わかっています」

「僕が何を望んでいようと、関係ない。書かせるのは仕事です」

泉は、目を伏せた。

「この先はどうなるのか、もうおわかりでしょう」

「わかるはずがないじゃないですか」

篠原は、自分の頭の中に物語の先がある、と言った。篠原は何かを摑んだのだ。幼い我が子と、泉の体を通じて触れ合うことで、その先の何かを摑んだのだ。

しかし自分には、まだ何も見えない。

実藤は、背を向けた泉の肩に手をかけた。

「お止めなさい」

ぴしゃりと泉は言った。

実藤は目を閉じて、向こうの世界のものを呼んだ。瞼《まぶた》の奥で、光が炸裂した。

千鶴に会いたかった。先程、会ったばかりだというのに、もう跡形もなく消えてしまったのがひどく淋しく切なかった。

「放しなさい」

実藤の腕の中で、泉がもがいている。

「頼みます。呼んでください。もう一度」

自分はどうかしているのだ、と思った。が止められなかった。

実藤は目を見開いた。ひどいめまいを感じたが、目を開いていた。やがて荒い呼吸音が聞こえてきた。体を弓なりにして、千鶴の小柄な体が跳ねた。

それが単なる夢か幻なら払ってみせようと、実藤は片手で思い切り自分の頬《ほお》を殴った。痛みが走って、映像が揺らぐ。平穏な、無表情ともいえる泉の顔が、視野の端に見えた。

「救けに来てくれたの。うれしい」

さほど感情のこもらぬ声が、その唇から漏れ、次の瞬間には、いくらか擦《かす》れた千鶴の声、眉間《みけん》に皺《しわ》を寄せ、大きく目を見開いた千鶴の断末魔の表情に変わった。

千鶴はやってきた。しかし千鶴の魂が、実体としてそこにあるのなら、遥かなチベットではなく、今、ここの時間にこの場所に現れてほしい。そしてしっかりと両手に抱きとりたい。

彼は抵抗した。

千鶴の魂が、ここに実在し、帰ってきたものなら、完全に覚醒した状態で捉えられるはずだ。

しかし千鶴はこの場、陸奥湾にほど近い、水名川泉の家には下りて来なかった。彼の心をチベットの冷たい風の吹きすさぶ、乾燥した高地へ誘った。

千鶴はすぐそばにいた。

呼吸は静かになり、まもなく微笑を浮かべて再生する。実藤はその体を抱き締め、今度こそ、その唇にキスしようとしたが、だめだった。なぜかわからないが、何も働きかけることはできない。

彼らは再び山を下り始める。

なぜだ、とつぶやいた。

千鶴は彼の首に両手を絡ませ、実藤の家のソファで、感謝と信頼のこもった眼差しを向け、テレビの画面には、青い光を放つウニの形の宇宙船が現れるのだ。

そしてあの夏の幸福な数時間を過ごす。幸福な時間を辿る。それだけだ。

千鶴に何も新しいはたらきかけはできないし、千鶴も新しい関係を求めてこない。何もコミュニケイトできないことを、実藤はもう悟っていた。

彼の周りで何か不思議な現象が起き、彼はその中の構成要素に過ぎない。千鶴もまた、そこにあるベータのビデオや、ソファと同様、環境でしかない。

向こうの世界との交流などもとより成立していないのではないか。「交流」などありえないのではないか。

そんなのは嫌だ、と実藤はソファの上の千鶴の足を両手で摑み、引きずり下ろした。「好きだ」と短く言って、抱き締めた。そんなような気がした。が、すべての光景とすべての感触は、次の瞬間、細かな粒子になって彼の手の内で砂のようにさらさらと崩れた。崩れていく光景の向こうで目覚められぬ夢のように、千鶴の木綿の靴下に包まれた足のぬくもりだけが、実藤の手の甲に確固たる実在感を保って貼りついている。

悪夢だ、と思った。

これ以上の悪夢があろうか。

実藤は、気づいた。記憶だ。単にこれは自分の記憶に過ぎない。

これこそが、篠原の見たもの、三木の見たものだ。彼らが向き合ったのは、自分自身の記憶だった。血みどろの悪夢などではない。霊的世界などというものはもとより存在せず、愛する者は永遠に失われ、あるのは自分自身の記憶のみ。篠原や三木を狂わせたのは、魔物でも悪夢でもなく、そうした認識だった。

千鶴が実藤に残したのは、あの夏の日、彼女が訪れたという記憶だけだ。実藤はその記憶に恋をし、何度となく再生させた。

まるで一枚の写真のように、記憶を残しただけで、しかし魂の本体などとうに無くなってしまっていた。

一巻のビデオが終わるように、夢は終わっていった。

明るみを増してくる視野の中心に、自分の手があった。

頭をがくりと落として、実藤は正座していた。姿勢を変えずに手のひらを凝視する。

右手にマメができている。無意識に白い皮をむしった。かすかな痛みが、夢から醒めた事を実感させた。指先の湿った白いビニールのような物を実藤は吹き飛ばした。明日には、泉の家の掃除機の中で堅く乾いているだろう。

心と信じているもの、魂と思っているものも、この角質化した皮膚と変わりない。肉体は、新陳代謝を繰り返し日々置き換わる。実体としての心などというものは存在しない。

死の後に、残るものなど何もない。先立っていった愛するものも、そして自分自身も……。山に登っていくこともなければ、十万億土の彼方にも行きはしない。無くなるのだ。無くなるというのが当たらなければ、分子段階まで分解されるのだ。そして短い間、生を共有した者に残されるのは、ソフトウェアとしての記憶だけだ。

当たり前のことだ。だれしも認める事実だが、しかし心の底では否定しながら生きていく。三途《さんず》の川を想定し、やがてあの世に旅立つ自分の姿をどこかで信じながら、数十年の生を全うする。足元に口を開けている深い真空の闇、そんなものを突き付けられて、平然と生きていかれるはずがない。

はっ、とした。泉も実は同じものを見ているのではないのか、向こうの世界など、もとよりない事を、泉は知っているのではないのか。としたら、彼女が書こうとして、頓《とん》挫《ざ》したのは、これではないのか？

「水名川さん」

額にほつれた髪を貼りつけて、十も老けた顔を泉はこちらに向けた。

「結局のところ、僕は水名川さんに何を望んだのかわからない。『聖域』を仕上げさせたいのは事実だけど、実のところ千鶴に会うことを望んでここに来たのかもしれない。そして望み通り、千鶴に出会ったが彼女の実体が摑まえられない。触れ合う事ができない」

泉は、うなずいた。

「これ以上呼んではいけません。向こうに行った方です。お写真を飾って、手を合わせ、話しかけてお上げなさい」

「いやだ」

実藤は、かぶりを振った。

「ごまかさないでくれ」

立ち上がり、向こうに行きかけた泉の和服の裾《すそ》を、実藤は両手で摑んだ。

「千鶴はどうなったんです。水名川さん、僕たちは死んだら、どうなるんです。どこへ行くんです。生きている内に死は存在せず、死が存在するときには、自分は存在しない……だから死を論じることは愚かしい。そんな理屈は、わかっていますよ。でも一時は、千鶴の魂が残っていると信じた。あなたの言う膜一つを隔てて、行き来できるところに来たと思った。でも、関われないいんですよ。千鶴は何も答えてくれないし、何も求めてはこない。魂なんてものは……死後も存在するものなんて、どこにもないってことですか」

「あなたが亡くなって、あなたの一番愛する方が亡くなって、それっきり何もなくなるなんて事、信じられますか？　そんなことに耐えられますか？」

実藤は唾を飲み込んだ。

「向こうの世界は、あるんですよ。あなたのごく近くに。あなたはそれをご自分で確認したし、愛する人も、そこで見守ってくれています。安心なさい」

泉は微笑んで、実藤の手を取った。

「くだらない」

吐き捨てるように言うと、実藤は静脈の浮いたかさついた手を乱暴に払った。

「よく言いますよ。自分でも信じちゃいないんでしょう」

擦れた声でつぶやきながら、唇をぬぐった。怒りと一緒に、奇妙なおかしさが込み上げてきた。何もない。霊魂の存在だの、あの世だの草葉の陰だのということを本気で信じた滑稽《こっけい》さ……。そして信じた事によって行き着いた事実が、これだ。

何もない。死の存在するとき、自分はいない。ぱっくりと口を開けた無限の闇が、見えた。自分がどこから来たのか、どこへいくのか。

実藤は笑った。しゃくり上げるような乾いた笑い声を立てながら、実藤は立ち上がり、原稿の束《たば》を乱暴にカバンに突っ込んだ。そして傍らの上着を摑むと、挨拶もせず泉の家を飛び出していた。

何も考えずに、駅に向かって歩いた。夜道に車は途切れ街灯もない。濃密な闇が息苦しい。まるで墨の中を泳いでいるようだ。

闇の中に千鶴の顔をよみがえらせてみようとしたが、虚しかった。ヒバの芳香を含んだ闇の圧倒的な存在感に追い詰められ、実藤は立ちすくんだ。

目を開いても閉じても、まったく同じ光景だった。

どこに行こうとしているのだろうか、と思った。東京に戻るにきまっている。

戻ってどうするのだ、と自分に尋ねた。

原稿を読み、目と神経にカンナをかけるようにして校正し、書かない作家の尻を叩き、偉い先生の猥談につきあい、飯を食い、排泄し、ローンを払い、セックスをし、子供を作り……。

確かなのは、千鶴は二度と戻っては来ない、ということだ。去ったのではなく、彼女自体が、無くなったからだ。残された記憶も、やがて自分自身が無くなることによって、無に帰する。

だからなんだ、とつぶやいた。

急にカバンが重たくなったような気がした。

中身を捨ててしまおうか、と思った。

初めから必要ないものだった。『山稜』の編集部では、だれも求めてはいない。読者だって、水名川泉の名前などもはや覚えてはいない。

つまり「聖域」は、実藤が彼自身の人生に何か意味を見出すために、抱え込んだウェイトに過ぎなかったのだ。最初から。

荷物がどんどん重くなる。両腕で支え切れず、ついにその場にしゃがみ込む。それでも捨てないと、ついにそれに押しつぶされ死んでしまう。

そんな民話があった。

確かに、カバンは今、彼を押しつぶす寸前まで、重たくなっていた。

それならと、思った。押しつぶせるかどうか、試してもらおうではないか。押しつぶしてもらおうではないか。

実藤は、体の向きを変えた。四方が闇なので、はたしてそちらが正しい方向なのかどうか疑わしかったが、もと来た方と思える方向に走り始めた。

二十分後、実藤は息を切らしながら、泉の家のドアを乱暴に叩いていた。

「ごめんください。開けてください」と怒鳴りながら、こぶしで何度も叩いていた。

呆れたように泉が顔を出すと同時に、玄関に足を入れ、押し入るように上がり込んだ。

「作品を書くに当たって、ぼろぼろになるのは、水名川さんだけじゃありません。周りを不幸に巻き込むというなら、巻き込んでもらおうじゃないですか。僕は、篠原ほど甘くも弱くもないですよ」

泉は顔色も変えずに、落ち窪んだ目で実藤をみつめていた。

今、実藤には「聖域」の中断された先が、読めた。

慈明の前に、母親が現れる。あれは魔物の類《たぐい》が姿を変えたものではない。姿が見えるが、決して交流することのできないもの、記憶のうちに切り取られた、美しくいとおしい時間そのものだ。

実体としての魂などない。六道輪廻《りんね》も浄土も、仏達のパンテオンもない。虚無から生まれ出《い》で、虚無の彼方に吸い込まれていく人の姿が見えるだけだ。慈明は、蝦夷《えみし》の聖地に堂を建てることには成功する。しかし最後にのぞかされるのは、絶対無の深遠だ。

泉は黙っている。その腕を実藤は摑んで引き寄せた。

「あなたには、初めから成仏とか六道輪廻とか、天台密教的な死生観なんか何もなかった。神も仏もあるものか、と思いながら、あんな作品を書いた。浄土も仏の慈悲もない。それどころか、精神とか魂とかいうものも、肉体というハードウェアを無くしては存在しない。宿命も他界もない。あなたにあるのは、人の心に入りこむ技術。記憶をさぐり、それを意識上に浮かび上がらせてみせる技術だけだ。水名川さんが、十年前に描き出した信仰の有り様や、仏の慈悲は、ラストで否定し崩すためのものだった。違いますか。慈明は、決して魑魅魍魎《ちみもうりよう》どもとの戦いで勝利することはできないでしょう。あなたがそうさせるはずはない。慈明は、僕たちと同じなんだ。天台教団の一社員で、地方に営業に行くんです。ところが、彼はただの営業屋ではなかった。途中から、自社製品のくだらなさに気づいてしまう。しかし現実のぼくたちはそれでも一社員として、生きていくしかない。ところが彼は違う。高い理想を掲げながら、文化も宗教も習俗も違う社会に入り、彼らの聖域に足を踏み入れる。それでも彼は、天台の人間なんですよ。骨の髄まで。

そして他界を身近にして、交流を結ぶ人々に、死と魂の有り様を見せつけられ、怯《おび》えるんです。ちょうど、少し前のぼくのように。しかし彼は怯えながら挑戦していく。ぼくなら、そんな絶望的な戦いなど挑まないだろうに。すぐそばの山に、この世と境界を接して、死者達は住んでいる。慈明はその救済のために山に登る。しかし気づかされるんだ。邪神や悪霊よりももっと恐ろしいものに。中断した部分の最後のシーンで、優しい菩薩のような母親は、一転して生身の汚れ多い、女人の姿に変わる。しかしあなたは、決して鬼にはしなかった。母親の魂、そのものが現れる。そんな風に見えるだけだ。実際は何もない。彼が、なぜ般若心経を唱えるのか、今、わかりました。彼は、いくつかの怪奇な現象をもはや仏法と対立する邪神の仕業《しわざ》などとは考えていないんですよ。自分の心をみつめているのです。ただ、彼が見たものは、そんな知恵の教えなどでは、解決のつかない事だった。現れたすべてのものは、彼の記憶の内にあったものだ。死者の魂の昇る山などないんです。西方十万億土の浄土もなければ、地獄もない。人間とは、ぽっかりとこの地上に産み落とされ、無限の暗みに吸い込まれていくだけのもの。人の実体は、山に捨てられ、カラスにつつかれる、その肉体があるうちしか存在しないもの。結末は、教義も宗教的世界をも否定されてしまった主人公の敗北です」

泉は無表情のまま、実藤を見ている。その視線は初めて出会ったときと同様、彼の顔ではなく、そのずっと後方で焦点を結んでいた。

実藤は続けた。

「書いて下さいよ。だれかのヴァイオリンソナタにあるそうですよ。それを聞いた者が、つぎつぎに絶望して自殺するようなやつが。それが芸術の持つ力だというなら、小説でできないことはないでしょう。かまいませんよ。読んだやつが死にたくなるような作品で。真空を描き出して下さい。日本に宗教はないと言いますが、あるんですよ。仏教でもキリスト教でもないけど。魂教とでも呼べるようなやつが。死んでもそれが残っているって信じているのって、宗教以外の何物でもないですよ。それを正面から否定してみせたらいい」

「朝、十時に、浅虫温泉駅で、お会いしましょう」

遮るように、泉は言った。

「とにかく今夜は、お帰りになって下さい。明日行きますから」

泉は、有無を言わせぬ調子で、実藤を玄関の方に押し戻した。

「本当ですか？」

「ご案内したいところがあります」

何か決意したような表情で言うと、泉は実藤の鼻先で、ぴしゃりと玄関の戸を閉めた。

眠れぬまま朝を迎えた実藤は、鈍く痛む頭を抱えて、駅に行った。

泉は先に来ていた。古びたベージュのトレーニングパンツを穿き、上はセーターにチョッキというこの近くの農家の主婦の服装だ。

上り列車の到来を告げる放送があって、改札口が開いた。泉は一緒に来るように促し、実藤の分のキップを手渡した。どこへ行こうとしているのか、いちいち尋ねるのもはばかられて、実藤は黙って従う。

二両編成の鈍行列車に乗り込む。

トンネルを抜けると、光弾《ひかりはじ》ける海があった。海岸沿いに黄色の花が咲いているのが見える。しかしまだ桜には早い。

小湊の駅で、降りた。閑散とした駅前は、冬に来たときと同じだった。

憶念寺か、霊燈園か、とにかくそのあたりに連れていかれるもの、と実藤は思った。

駅前からバスに乗って、海沿いの道を走る。

夏泊半島の付け根で下車すると、あたりは人家一つない、葦の原が広がっていた。

平坦な土地は、そのまま海に続いているが、右手に山が一つ、海に向かって突き出ている。その海面に落ち込むような急峻な崖に陽を遮られ、あたりの海面は、濃紺に沈んでいる。泉は、早足で山に向かい歩き始めた。

葦の原を挟んで山に見えたところが、海岸に突き出した岬の先端だ、というのが、近づくにつれてわかった。

「聖域」の舞台だ。

実藤は息を呑んだ。東経百四十一度四十分、というのは海上だったが、ここの緯度をそのまま西に滑らせたような位置だ。

岬の突端《とったん》は、海面から一気に立ち上がっているので、切り立った山に見えるが、実際は大した標高はないだろう。雪花里《つがり》という名で登場した山であり、同時に慈明が寺を建立した蝦夷の聖域だ。

同時に、いつか見たエッセイ「戦争体験を語り継ぐ」に出てくる、疎開先の村のあったところだ。

泉は、驚くほどの身の軽さで、突端に通じる鞍部《あんぶ》を歩いていった。

長く人が通っていないらしく、道のようなものはあるが、ひどい藪《やぶ》で、見晴らしは悪い。泉は小さな体をくぐらせるようにして巧みに藪を越えていく。

実藤は足を止め正面の山を見上げた。

逆光になった岬の先端部は、常緑樹が分厚く茂っていて、黒々と影を刻んでいる。藪が開けると、山の根元だった。右側に穏やかな海が見える。崖下を覗《のぞ》きこむと、ぬめるような深緑色をした水が、ゆっくりとうねっている。

正面は、燃え上がるような紅をちりばめた森になっていた。

藪椿の群落だ。

重なり合い、分厚く茂った葉の間に、そして落葉の積み重なる地面に、まるで春の女神が気紛れを起こしたように、金のしべも鮮やかに紅の花が、ばらまかれている。

こんな北の地に、椿の森があるとは、思いもよらなかった。

「北限の椿ですよ」

説明しながら、泉は何かを拾い上げた。

植木鉢のかけらのようなものだ。泉の肩ごしに実藤は覗き込む。

「土器ですか」

「平安初期の物です」

「平安時代に、土器ですか？」

すっとんきょうな声で問い返してから、気づいた。ぴん、とこないのも無理はない。学校で習う日本史は、縄文弥生の時代を抜けると、いきなり地方豪族や都の貴族や天皇、という支配者の歴史となる。日本中の建物が、たて穴式住居から寝殿造りに変わり、土器は消え陶器が普及したと錯覚するのもしかたない。

実際のところ、青森地方には、北海道のアイヌが南下したことなどもあって、かなり時代が下っても狩猟民族文化の跡は、モザイク状に残っている、と聞いたことがある。泉の書いた蝦夷の集落の描写はこうしたことを踏まえているのだろう。

実藤は、足元のかけらを拾い上げ、握り締める。

「それは、違いますよ。戦前のとっくりか何かのかけらでしょう」と泉は昨日来、初めて笑顔を見せた。

やがて泉は、山を巻いている細い踏み分け道に入った。

坂は急で、両脇は黒松の林だ。人の手は入っていないらしく、下草の藪に阻《はば》まれ見通しはきかない。

「獣道《けものみち》みたいですね」

実藤はぽつりと言った。

「人は、特別なときしか通りませんからね」

泉は、抑揚のない言い方をした。

「特別というと、祭りか何かですか」

そう言いかけて、実藤は黙った。「聖域」の中で出てきた遺骸《いがい》を担《かつ》いで山に入るという箇所を思い出したのだ。

藪が途切れた。海が開ける。強い風にあおられ、足元の灌木《かんぼく》の枝も、山肌に向かって折れたように曲がっている。

風に巻き上がる髪を片手で押さえながら、泉はさきほどの実藤の問いに答えた。

「今は、どんな方が来るかわかりませんが、昔は、年寄りが、そおっと、ここにやってきたり、肺病になって奉公先から戻されてきた娘が、息も絶え絶えに上がってきたとか、悲しい話があったものです」

「棄民ルートって、わけですね。疎開体験を書いたエッセイにあった」

「好きで、家族を捨てる人はいませんよ。……やむにやまれず、ここに送るんです」

「この上は、古くからの人捨て場って、ことなんですか？」

実藤は、足を止めて、見上げる。緑の枝々に遮られ、頂上は見えない。

「捨てられるんじゃなくて、戻って行くんですよ。人が死んだら、魂が帰っていく場所に」

実藤は唇を歪《ゆが》めて、笑った。

「捨てることに変わりないじゃないですか。そこに置き去りにされて、飢えと渇きと寒さで死ぬんだから」

精神的な救済が用意されていた、という点では、大病院の集中治療室で死ぬよりは幸福だったかもしれない。

泉は立ち止まり、息を吐いた。急な登りで、苦しそうだ。

「休みましょう」

実藤は、そう言って、泉のデイパックを受け取った。

「なにしろ、四十八年ぶりのことなので、ここを登るのは。あの頃は、ろくなものを食べないで、いつもお腹すかせていたけれど、ここをとっとと、飛ぶように登ったものですよ」

泉は傍らの黒松に背を預け、少しあえぎながら言った。

「本当に、作家クラブのエッセイにあったように、美しい夕日を見たくて、来たんですか、ここに」

実藤は尋ねた。

「宿命、本当にそんなものがあるかどうか知りませんが、その宿命について僕は水名川さんから聞きましたけど、考えてみると、なぜそんな宿命を背負ったのかということは、聞いてないような気がするんです。少女時代に何があったのか本当のところを聞いてないですよ。夕日を見に、ここに登って来たっていうのは、嘘でしょう。巫女《みこ》となることを何かの原因で決意されて、仮想的な死を体験するために、登ってきたんじゃないですか?」

「違います」

泉はきっぱり言った。

「ただの好奇心というのでしょうか。苦労知らずに育った、都会の子供だったのですよ。棄民のことは、聞かされていませんでした。ただ『魂が帰る山だから、登っちゃいけない』とだけ、言われていたのです。迷信を信じている子供も、まじめな顔をしてそう語る大人も、ばかにしてました。なんて汚い家、なんて無知な人々、そう思っていました。いつになったら東京から迎えが来るのか、いらだっていて、淋しくて……。一種の反抗だったのでしょうね。タブーを破ってみる、ということが」

「それで神罰に当たったってわけですか」

そこまで言いかけてやめた。人気《ひとけ》の無い山中に入った都会の少女を待っていたのは、案外、生臭いできごとだったかもしれない。性的な屈辱という可能性を実藤は、ずっと考えていた。泉が黙ってしまうところからも、言いたくない事情なのだろう。

突然、視界が開けた。

藪が途切れていた。枝をたわめた黒松を所々に生やした斜面は、はるかな海面にほぼ垂直に切り込んでいる。めまいを感じて、実藤は視線を海から前方に転じる。

白い屏風のような岩が山頂の外輪部を形作っている。高さ一メートル、長さはせいぜい十メートルに満たない岩の壁だ。

実藤は窪みに手をかけて、這《は》い上がる。それから泉の手を取り、ひっぱり上げる。膝の泥を無造作に払いながら、立ち上がった。

風が吹いていた。

視野一杯に海が広がった。しかしその光景も色調もどこかおかしい。

灰色がかった海は、粘着性を帯びたように、なめらかだ。白い波がしらが、いささかも動かずに、海面に貼りついている。

静かだ。風の音一つしない。藪があるのに、鳥の声も聞こえない。

時が止まり、すべてのものが凍りついたようだ。異様な静けさに実藤は身震いした。

太陽は、中天にある。この時期にはめずらしい、ぎらつくような光を放っている。

怯えた様子を見せまいと、実藤は早足で尾根《おね》を歩き、内側の窪みに飛び降りた。

内部は、ぶなや雪笹などが茂っていて、見晴らしはきかない。

泉に肩を貸して下ろし、中心部に向かう。笹の切れ目に、藪椿の群落があった。奇妙な植生だ。暖帯と寒帯の樹木が、共存している。それでも、気温が麓より低いせいだろうか、椿のつぼみは堅く、分厚い葉ばかりが、緑濃く茂っている。

やがて林は切れた。

その先に不思議な光景があった。砂だ。目にも眩しいほど白い砂が、うねりながら扇形に広がり、その向こうの小さな池に続いている。

実藤は目を細めて、陽射しを遮った。砂で作られた扇は、せいぜい二十メートル足らずで池の直径は、十メートルくらいか。しかしそこに立ってみると、広大な砂丘の先に、湖が横たわっているように見える。ふりかえれば、黒松の林は奥深い森のように、その先の痩せ尾根は天をついて峨々《がが》とそびえる山稜《さんりょう》のような印象を与える。

何度も、瞬きした。しかしその圧倒するような景色は変わらない。

この低山の頂《いただき》には、人のスケール感覚を狂わせるような何かがある。

実藤は、首を振った。が、奇妙に狂った遠近感は、もとに戻らない。

泉は、ぼんやりとした顔で、砂の上に腰を下ろす。実藤も隣に座った。花崗岩《かこうがん》質の砂は、きらきらとまばゆく光って、太陽に暖められていた。手でふれていると、そのぬくもりが、どこか生物めいている。

砂丘の彼方に、巨石がいくつかある。実際は、さほどの大きさではないのだろうが、池や砂地同様、異様な重量感があり、実物の数倍は大きく見える。

見ているうちに、その配置に規則性があるのに気づいた。

足首まで潜る白砂を踏んで、実藤は石に向かって歩いていく。近づくに従い、石は急速に縮まっていくような気がした。触れてみれば、直径一メートル足らずのチャートに似た赤石が、十二個楕円形に並べられ、中央に大きな岩が一つある。削られたような正円形だ。自然のいたずらか、円形の中央にさらに円く、紋のような模様がある。

目だ。だれかが自然のただ中に作った、オブジェだ。

こんな山の上にまで石を運び上げるのはずいぶん難儀なことだろう。しかし、「なんだ」という笑いは、わいてこない。中央の石の丸い紋が、どこまで逃げても追ってくる、何かの視線のような気がして、体が強ばった。

「ストーンサークルですね」

実藤は泉に尋ねた。

「ええ、縄文の頃の。もっともこちらは縄文といっても、かなり時代は下っているのですけれど」

「何をしたものですか？」

「さあ、墓跡なのか、祭事につかったものか……」

「つまり魂の戻る山、というのは、その時代の人々の信仰に起源を発するというわけですね」

「ええ、魂の昇ってくるところだから、祭ったのでしょう」

「祭りの場をおいた結果として、聖地になり、その結果魂が昇ってくるという言い伝えが生まれ、広がったということですか」

奇妙な磁場に迷い込んだような感覚に逆らい、正気を保とうとするように、実藤は断定的に言う。

泉は、答えなかった。

長い間、黙りこくっていた。

雲が動き、あたりは微かに翳った。そのとたん実藤は悲鳴を上げて飛びすさっていた。石の目が光ったように見えたのだ。砂丘を挟んだ水が、動いた。鏡のような水面に、漣《さざなみ》が寄った。風は無い。山頂を取り巻く岩に遮られ、海風は吹いて来ない。

「水名川さん……」

実藤は、砂の上に腰を下ろしている泉に、助けを求めるようにすり寄った。今にも空が暗転し、湖は泡立ち、どろりと赤黒い液体に変わるようなそんな気がした。

事実だ、「聖域」に書かれたことは、事実そのものだ。

実藤は、逃げ出す気力さえ萎《な》え、膝を砂にめりこませ、その場に座り込んだ。

泉は、そっと実藤の背を撫《な》でた。

「大丈夫ですよ、不気味なものはあなたの心の内で作り出されたもの。魂も何もない、とおっしゃったのは、あなたでしょう」

実藤は目を開け、あたりを見回す。明るい。砂の白さが瞼を焼く。湖面は泡立ちはしない。優しく漣が寄せるだけだ。

「ここにいたんですよ。四十八年前……いまでもはっきり覚えています」

「何を、ですか？」

「黒い留め袖の花嫁衣装を着せられて、ずいぶんお姉さんのように見えたけれど、十四、五だったのじゃないかしら……。むしろを敷いて、座っていました。目が見えないんですよ」

「棄てられた、わけですね」

実藤は、つばを飲み込んだ。

「萩原慈子です。イタコのところに弟子入りして修行していたのです。修行っていったって、半分は女中で、朝の暗いうちから起きて、水汲んで、かまどの火をおこして。目が見えない人がやるんだから、どれほどか苦労したでしょうね。慈子は、風眼っていうのかしら、十前後で失明しているから、暗闇の世界に慣れていなかったんです。よく転んだり、火傷したりしていました。でもそれは少しずつできるようになるけれど、どうにもならないことがあるんです。暗記力がなかったのです。口移しで祭文を暗記して、下ろす仏の名前や生年月日を暗記するのは、巫女の最低限の条件なのだけれど、いくら教えても、できなかったそうです。そのうちとうとう匙《さじ》を投げられて、家に戻されてきたんです。目が悪い上に、イタコのところからも帰されてきたもので、『場所ふさぎ』と呼ばれていましたけれど、どこの家も『場所ふさぎ』に食べさせるものなんか、ないんですよ。あのときは、置き去りにされて、もう四、五日は経っていたのじゃないかしら。肌が、かさかさになって、唇が茶色にひび割れていた。怖かった……その姿で黒留め袖の花嫁衣装を着ているのですよ。盲目の少女が、イタコとして独立するときのカミツケの時に着るものなのだけど、結局だめだったので、捨てるときに着せたのね。家族の情が、かえって残酷に見えて、怖かった。体力が落ちて、失禁していたんです。嫌だ、汚い、って思った。吐き気がした。でも、自分が、都会からやってきて、まずい、まずい、と文句を言いながら、ちゃんとご飯を食べさせてもらっていて、片方で地元の女の子が、口減らしのために捨てられる、そんな事情がわかってないわけじゃないんです。足が震えて、ここに、ちょうどここに立ちすくんだまま、動けなかった。震える手で、おやつの麦こがしをあげた。免罪符のつもりだったのかどうか……慈子はそれをちょっとなめたけれど、飲み下す力はなかったみたいだった。ひどくむせて、その後いきなり、顔を上げて、しっかり私を見た。目を開いていた。白く濁った目だったけれど、焦点は私の顔でちゃんと合っていたのが不思議だった。それからいきなり、痙攣《けいれん》したの。気味が悪くって、逃げたいのに、体が動かなかった。それで見たんです。慈子は暗記力が悪くって、イタコになりそこなった。けれど、祭文や仏様の名前を覚えなくたって、霊は下りてくるんです。向こうの世界で、勝手に選ぶのですよ。慈子は、選ばれたのです。慈子の体の向こうに、闇が見えました。盲目の慈子が見ていた世界だと思います。あのとき、慈子と私の魂の境目が外されたのでしょう。同時に向こうの世界が、流れこんできました。深い闇が押し寄せてきて、私を包み込みました。聞こえたのは読経の声でした。仏に出会ったわけではありません。闇と絶望に苛《さいな》まれながら繰り返す、般若心経《はんにやしんぎよう》でした。慈子が覚えた唯一のお経なのです。でも、本当にその意味を彼女は把握していたのかもしれませんけれど」

「つまり、そのとき、水名川さんは慈子の背負うべき宿命をすっぽり、引き受けさせられたのだと……」

泉はかぶりを振った。

「慈子が、入ってきたのです。ただ生きていたときの慈子ではなく、なんと言ったらいいのか、ただ、ふわりと寄ってこられた空気の流れのようなものでしたけれど。我に返ったとき、慈子は絶命していました。怖くはありませんでした」

「変なものを見たり、体の具合が悪くなったりした、というのは、それがきっかけだったのですね」

同情をこめて、実藤は言った。

「確かに、無邪気な少女時代は、そこで終わりましたけれど、今思えば、遅かれ早かれ、どこかでこんな道を選んでいたような気がします。『生まれ生まれ生まれて、生《しょう》の始めに暗く、死に死に死に死んで、死の終りに冥《くら》し』と言いますけれど、私はそのとき慈子の見た闇の奥深くにあるもの、人の生死をめぐる真実を見てしまったのかもしれません」

「闇の向こうになんか、何もありませんよ。何も……」

実藤は、膝を抱えて目を伏せたまま断言し、それから押し殺すように尋ねた。

「結局あなたは、なぜ、『聖域』を書かれたんですか」

泉は、それには答えず目を細めて、湖面を見ていた。漣は消えない。

「あの水は、飲めないのですよ。鉱物質で」

「そうですか」

「けれど屈折率の関係で、光の角度によって、不思議な色に輝くそうです」

恐る恐る実藤は、水面に目を凝らす。大気を映し、銀色に光っているだけだ。

「尋ねた事に答えて下さいよ」

「篠原さんに『話を作るのはもういい、真実を書け』と言われ、真実を書いたのです。私にとっての」

「どうして中断されたのですか？」

「無意味だからです」

「なぜ？」

「人は、今いる自分の世界の中でしか物が見られないのです。小説は、基本的には人生の遊び。思想も宗教も関係なく、人の喜びや悲しみを通して、普遍的な感動を分かち合えると思われていますけれど、基本的には嘘の世界ですよ。そこにいくぶんかの真実を込めていくとき、やはり読み手との間には、物を考えるための共通の土壌が必要なのです」

「つまり僕たちには、あなたの言っていることなど理解できないだろう、と、だから書いたってしょうがない、そういう事を言ってるわけですか」

「そんな事は言ってませんよ」

「同じでしょう。三木先生も僕に同じような事を言われました。結局あなた達には、自分の持っている世界は、一般大衆には理解できないものだ、という思い上がりがあるんじゃないですか」

　泉は少しの間黙りこくり、目を細めた。そして唐突に尋ねた。

「千鶴さんに会いたいですか？」

実藤はとっさにかぶりを振った。これ以上、泉の手に落ちるのはごめんだ、という思いもあったが、何よりこんな磁場の狂ったようなところで、記憶の内の千鶴と相対する勇気はなかった。うっかりすると二度と正気に戻れないような気がした。

そのとき湖面が大きく盛り上がり、白く波頭が立った。

嘘だ、とつぶやき瞬きする。風が吹いている。身を切るように冷たい、乾き切った風だ。

泉は目を閉じていた。

やってくるのだ、とわかった。彼の意志にも、泉の意志にさえ無関係に。

オン・マニ・ペ・メ・フム……

祈りの声が、苦しげな息遣いに交じる。

そして次の瞬間、体を弓なりにして苦しむ千鶴の姿があった。

もういい、これ以上、苦しむな。実藤は叫んでいた。千鶴の大きく見開いた瞳の中に、実藤の顔が、間延びして映った。振り切って戻ろうとしたが、できなかった。大きく開いた口、のけぞる顎《あご》、死そして再生……。

違う、と実藤は首を振る。

再生なんかではない。これは時を逆さに辿《たど》っているだけだ。千鶴の死から、あの夏の日の記憶に戻っていくだけだ。

腕の中の千鶴の軽い体。羽のような柔らかさ、おぼつかなさ、彼は、抱き締めた。温かかった。実在していた。ただし架空の記憶の内に。

幻から逃れる術もなく、多摩ニュータウンの山を下りる。造成地の赤い山肌は、ずっとあのままだ。永遠に家が建つことはない。

約束していた「迷宮物件」は、画面に現れることはなく、千鶴は同じ場面で同じことをしゃべり、実藤は思いを伝えるすべもなく、あのとき、あの夏の日と同じ行動を繰り返す。

「いいよ。もういいから……消えてくれ」

手に千鶴の足のぬくもりを感じながら、実藤は目を閉じた。

気がつくと白砂を握りしめながら、太陽を見ていた。立ち上がるとめまいがした。

手の中の砂が、ぎしぎしと音を立てる。実藤はそれを足元に叩きつけた。涙が溢《あふ》れた。

泉は、そばにいた。実藤はその平静な顔に視線を移すと、低い声で話しかけた。

「あなたは、記憶情報の再生機ですか。やがて僕も、順番からすればあなたの方が先に、何も無くなり、そしてだれかの記憶の中でだけ存在するようになる」

泉は、射るような眼差しを実藤に向けた。

「千鶴さんはいます」

「もういいですよ」

実藤は、靴を脱ぎ、中に入った砂を逆さにして出すと、のろのろと立ち上がった。

「あなたの大切な人は、ここにいますよ」

泉は呼び止める。

返事をせずに、実藤はゆっくりと外輪の手前の藪に戻っていった。

泉は、先程、実藤が座っていたあたりの砂を拾い上げ、実藤に見せた。

「ここにいるんです。あの水にもいます。ありとあらゆる木々や土や水に宿って、限りない恵みを与えてくれているじゃありませんか」

実藤は笑った。

「どこにいるっていうんです。あなたには見えるんですか。白いシャツの女が、砂から首だけ突き出してますか、湖面にでかい顔が張りついていますか」

「彼女は我《が》を失ったのです。しかし彼女の魂が無くなったわけではありません」

息を弾《はず》ませて泉は追ってきた。

「実藤さん、寒くないですか？　なぜ寒いと感じるかわかりますか。風があるからです。この砂が見えますね。光が降り注いでいるからですよ。あなたが気づかないだけです。光はあるのです。だから物が見えるのです」

確かに風が出てきた。しかし寒くはない。頬に冷たく心地よい。実藤は立ち止まって目を閉じた。風かもしれない、水かもしれない、草の葉の上の露かもしれない。しかしそんなものの内にどうやって、千鶴をみつけろというのだろうか。

実藤は振り返らずに、大股で歩いていく。しかしどこまで行っても、藪の切れ目がない。息苦しい程の緑が視界をふさいでいる。帰り道を見失ったらしい。

木々にも、岩にも、大地にも魂がある。遺体は投げ捨てられ、鳥についばまれるが、魂は山に昇っていく。昇った魂は、やがて神となり、それが恵みを与えてくれる。いい話だ。民俗学者なら喜んで拾っていくだろう。だが、今の彼にとっては戯言《ざれごと》だ。

ふと思い出した。

神の与えてくれた恵みであるから、貪《むさぼ》ってはならない。必要以上取ってはならない。奪った命に礼をつくし、獲物は平等に分けなければならない。

「聖域」の中で、長老の語った言葉だ。

泉は物語を慈明の視点から書いていたが、自分の立場を慈明の側に置いてはいなかった。あの執拗な蝦夷の精神文化の描き方からして、たしかにそうだった。

「呪者の神楽《かぐら》」の中で、本当の主人公が巫女「イチコ」であったように、ここでも泉は、村外れに住む巫女、大きな醜い女を自分の方に引き付けていたのかもしれない。作中で、泉は彼女になり代わって、山に登ろうとした慈明を止めていたのかもしれない。

黒松林を透かして、藪椿の茂みが見えた。まっすぐ歩いてきたつもりが、もとの場所に戻ってきていた。

木々の手前で、実藤は、立ちすくんだ。

何かおかしい。

紅い……。

艶やかな分厚い葉の間に、落葉の重なる根元に、紅玉をばらまいたように、花があった。燦爛《さんらん》ときらめく午後の光の下で、満開の藪椿の花が、金のしべを見せ照りはえている。

燃え上がるような、重たい紅だった。

先程見たときは、一輪も咲いてはいなかった。

実藤は、凝視した。枝々が微妙に揺らいでいる。艶《つや》やかな葉が光る。

木が、微笑んでいた……。

その瞬間切なく熱い思いが、胸に込み上げた。

実藤は目を閉じた。無数の紅色が、残像となって暗緑色に瞼の裏で輝き、ゆっくり溶けていった。震えが肩から足元に静かに下りていった。彼はゆるゆると膝を折り、その場にうずくまった。視野を覆いつくした紅を脳裡に刻みつけるように、長い間そうしていた。

やがて目を開けたとき、視野の中央にあるのは、緑の葉を茂らせた、つぼみも堅い藪椿の大木だった。

「どうしました？」

泉が、声をかける。

「いや」

実藤は首を振った。そして何事もなかったように、立ち上がり帰り道を辿り始める。

椿は、魂の依《よ》り代《しろ》となった。

千鶴は、たった今、自分のすぐそばまで来た。

実藤は唇を噛んだまま、藪の中をしゃにむに歩き続けた。心臓が激しく打っていた。

大地のあらゆるものが、無数の魂のうちにある……そして千鶴の魂も……。

昇ってくる彼自身の魂の震えを、実藤は止めようとしていた。立ち止まったら、このまま戻れないような気がした。彼の五感は今、至福の瞬間を捕らえた。

生にまつわるあらゆる根源的な事は、不可解なのだと悟った。不可解なものは、不可解なままにしておくより他にしようがない……。

藪に阻まれた細道の遥か先を彼は見ていた。灰色の闇に閉ざされていた。この道の果ても、闇の向こうにあるものも何一つわからない。

しかし今、彼にはあの物語の先が読める。

たしかに慈明は、絶対的な虚無と直面する。信じていたものをすべて否定された後、やがて彼にはあるものが見え始める。最後の場で慈明の前に立ち現われるのは、魑魅魍魎でも、悪霊でも、仏法を破壊しようとする邪教の神々でもない。多くの魂の集合体だ。意志も我もなく、そして悪意もない、風や光のようなもの達が、水や木々に依って、姿を現すのが慈明には見え始める。彼は自分と自分を含めた大地のあらゆるものが、無数の魂の内にあるということを知る。衆生救済も菩薩行も慈悲の心も、そうした魂の内に生かされているからこそあることを悟る。

「聖域」という物語が、自分の中で完成したことを実藤は知った。

篠原は完成させることができなかった。物語の先を読み切れぬまま、絶対的な虚無を我が身のうちに抱え込んでしまった。

「我」というものの洗い流された、多くの魂に満ちた世界、そうしたものを感じ取ることを拒否したとき、彼岸の彼方に見えるのは真空の闇だ。篠原はその闇に押しつぶされていった。それは三木にとっても、神崎にとっても、そして読み手である多くの現代人にとっても同様だろう。

無意味なのか、と思った。だからこの先を書かせることは、無意味なのか？

実藤は、歩き続けた。

それでは意味あることとは何なのか？　彼自身は何を求めてここまでやってきたのか。

意味など求めること自体が無意味ではないか。

「水名川さん」

実藤は足を止めて振り返った。

泉は、怪訝《けげん》な顔で実藤を見上げた。実藤の早足についてきたせいで、息がはずんでいた。

「書きなさいよ。精神的土壌だの、民族としての思考の枠組みだの、と読者に要求するのは、素人のやることです。いや、もう読者のことなんかいい。僕のために書いてくれればいいんです。それから彼らのために」

「彼ら……」

たじろいだように泉は実藤を見上げた。

「篠原、神崎、三木清敦、あるいは他にもいるかもしれない。篠原は、彼の魂は風にも光にもなってはいません。おそらく」

泉は無言のまま、実藤の視線を受けとめた。

「二週間だけ待ちます。いいですか、あと二週間です。その頃には、こちらも桜の季節になるでしょう。宿命とやらが、書くのを邪魔するなら命と引き替えにして下さい。僕も腹をくくりますから」

泉は何も答えなかった。

実藤は再び大股で歩き始める。やがて道は、屏風のような大岩に突き当たった。窪みに手をかけ這い上がる。眼下に凍りついたように動かぬ銀白色の海が開けた。

五月の半ば、若葉の燃える森林の風景を実藤は車窓から眺めていた。北へ向かう特急「はつかり」の揺れに身をまかせていると、眠気がさしてくる。

夢をみた。

あの日、泉に原稿を押しつけて東京に戻ってきて以来、繰り返しみる夢だった。荒れ果てた堂の裏手で、彼は両手で土を掘っている。髪も髭《ひげ》も伸び、墨染めの衣も擦り切れ、爪が半ば剝《は》がれて血が滲《にじ》んでいたが、なおも掘っていた。

二度、三度、幾度となく同じ夢を見た。その度に穴は深くなっていった。ときおり比叡山の事を思い出した。炎上する秋田の城柵《じょうさく》の光景が、つい昨日のことのように脳裏を横切っていく。

湿った土の中から、骨が現われる。志半ばで倒れた修験者の骨が数珠《じゅず》を絡《から》ませて現れた。捨身往生《しゃしんおうじょう》を遂げた僧の肩の砕けた骨が現れた。黒留め袖の花嫁衣装を身にまとった少女の小さな骨が、ぼろぼろの羽織を着た老人の骨が現れた。

骨に刻みこまれた念を解き放つように、彼はそれを地上に引き上げては大気にさらす。スニーカーを履き、デニムの生地を腰にまつわりつけた千鶴の骨があった、子供用の毛布を肋骨に絡ませた篠原の骨があった、そして細かく穴が空き海綿のように軽くなった泉の骨が、レンズもとれた眼鏡のつるを頭骨にひっかけた彼自身の骨が、あった……。

そうしていくつの骨を掘り出したことだろうか。

静脈が浮き、ひび割れた手から血を滴らせ、それでもなお、彼は土を掘り続ける。

軽い振動とともに、列車は止まった。浅虫温泉についた。彼は慌ててカバンを網棚から下ろす。

春の嵐の吹き荒れる海辺の道を実藤は、泉の元に急ぐ。泉は書き終えたのか、それとも再びどこかに居を移したか、あるいは途中で力尽きたのか、わからない。

泉が書き終えない限り、自分はあの夢から解放されないだろう。

泉の家は静まり返っていた。人が生活している様子はなかった。しかしたしかにすえたような人のにおいがした。

玄関先に立ち、挨拶《あいさつ》もなく実藤は引き戸を開ける。鍵はかかっていなかった。黙って上がり、部屋に入った。

泉がいた。真っすぐにつながった眉の下に、異様な輝きを帯びた両目が彼を見ていた。

無数の血管を浮き立たせた白目には、すでに生命の気配はない。

最後の気力を振り絞るように泉はゆるゆると腕を上げ、引き出しを開けて見せた。原稿はあった。

完成したのだ。

部屋にしつらえてあった祭壇は消えていた。仏像も和綴《わと》じ本もなくなっていた。

「ありがとうございました」

実藤は泉の前に膝をつくと深々と頭を下げた。そして引き出しから分厚い原稿の束を取り出し、カバンの中にしまいこんだ。

しかし持ち帰るところはない。四月の終わりに、実藤は辞表を出していた。あと二十七年分のローンを残した家は手放した。

所属のない名刺を懐に、この先この原稿をどうしようか、と実藤は少しばかり思案に暮れた。

解説――一筋縄ではいかない作家

熊谷達也

篠田節子は一筋縄ではいかない作家である。といっても、作品や文体が難解ということではまったくない。

彼女の手になる作品は、どれを取っても一級のエンターテインメントであり、決して読者を厭きさせない。どうやって読者を楽しませてやろうかと、あらゆる手立てを駆使してストーリイを紡ぎだしていく。そのストーリイ・テラーとしての力技に、読者は否応なしに物語世界へと引き込まれ、我を忘れてページをめくり続けていく。読書体験として、これほど幸福なことはないだろう。

そして、篠田節子のストーリイ・テラーとしての（おそらくは持って生まれた）才能を根っこで支えているのは、卓越した文章の美しさである。どんなに話の筋が面白くても、文章に癖がありすぎたり不必要に難解だったりすれば読者はついてこない。

篠田節子の文章はあくまでも平易である。虚飾を廃したわかりやすい言葉で綴られている。簡単に言い換えれば、きわめて読みやすい。日本語とはこのようにして書くのですよ、というお手本のような文章だ。

人は誰でも自分の言語世界の中で物事を考えて生きているが、それぞれが持っている言語世界は違う。Aさんがある文脈の中で使う単語が、Bさんも同じとは限らない。むしろ違うことのほうが多いだろう。つまり、誰にでも受け入れられる文章の読みやすさというのは、それを前提としてわかっていた上で、必死の努力によって言葉を選び抜く作業なしには生まれてこない。実はこれ、相当に難しいことである。その作業を、篠田は嘘でしょうというくらい軽やかにやってのけ、最終的には、篠田節子ならではの文体を構築している。それが読者には心地よい。

私事になってしまうが、彼女の後輩として同じ新人賞（小説すばる新人賞）で世に出させてもらった私は、駆け出しのころ、自分の文章に迷いが生じたり、途方にくれたりしたとき、いつも篠田節子の作品を読んでいた。だからといって同じように書けるわけはないのだが、困ったときの羅針盤として常に頼りにしていた。毎年幾多の新人が輩出されるこの業界であるが、エンターテインメントの書き手としてやっていこうとするのなら、篠田節子の作品ほどよいテキストはないだろう。

デビュー作『絹の変容』からすでに存分に発揮されているストーリィ・テラーとしての才能と卓越した文章は、その後、第一一七回直木賞の受賞作『女たちのジハード』でさらに大きく結実したのは周知の通りである。

が、それだけであれば、一筋縄ではいかない作家、などとは言わない。おりにふれ篠田は、「小説は面白ければそれでいいのよ」とか「見てきたような嘘を書くのがエンタメ作家の仕事」などと笑いながら豪語するが、そのときのサバサバした笑顔に騙されてはいけない。篠田の本当の凄さは、人間観察の鋭さや心理描写の巧みさもさることながら、時代を射抜く確かな視線を持っている、というところにある。

たとえば『女たちのジハード』で描かれている個性が際立った女性たちは、二十一世紀も最初の十年が過ぎようとしているいまでは当たり前のように存在しているが、単行本が刊行された当時（一九九七年）は、まだまだマイノリティーであったはずだ。だからこその「ジハード」だったわけだが、明らかに篠田の視線は、十年後の社会までをも射抜いていた。

その視線を強《したた》かに持っていることで、どんな素材やテーマを扱おうと、篠田の作品群はいっそう小説としての強度を増し、奥行きがあって味わい深いものとなる。最近の作品では、『ロズウェルなんか知らない』『讃歌』『純愛小説』といった秀作にもそれが十分に発揮されている。一読者としての立場で言えば、単に面白く読めるだけでなく、読後になにかが必ず残る作品となっているのだ。そのなにかの余韻を読後も引きずって楽しめる小説は、本すら一時の消費財として扱われているいまの世の中に、それほど多く存在しない。

前置きはこれくらいにして、本書『聖域』である。時代を正確に読んで射抜く篠田の視線が、この作品によって八世紀末の東北に向けられた。

物語は、『山稜』という文芸誌の編集者として週刊誌から異動してきた、三十間近の独身男の実藤が、退職した前任者が残した段ボール箱の中に、とある原稿を発見する場面からスタートする。

八世紀の終わりごろの東北（当時は陸奥国《むつのくに》と呼ばれていた）を舞台に、天台宗の若き僧侶慈明が幾多の苦難の果てに魑魅魍魎《ちみもうりょう》と相対する。その得体の知れない魅力を持った物語世界に、たちまち実藤は引きずり込まれる。

しかし、『聖域』とタイトルがつけられた作品の著者名は水名川泉とあるだけで、実藤にはまったく心当たりがない。しかも、いよいよ佳境というところで原稿は途切れており、どこを探しても続きは見当たらない。いったいこの作者は何者なのか、続きの原稿はどこにあるのか、あるいは、未完の原稿なのか。

冒頭からいくつものミステリアスな謎が提示され、読者は、水名川泉の『聖域』に実藤が魅了されるように、篠田節子の『聖域』に心をつかまれ、ページをめくる手が止まらなくなる。このあたりの先を読ませる腕前には脱帽するしかないのだが、もうひとつ驚かされるのは、女性の書き手が男性の主人公を描いているのに、まったく違和感がないことである。

小説家がすべてそうだとは言わないが、おしなべて、自身とは異なる性の主人公は描きにくいものだ。しかし、『聖域』に限らず篠田には、男性の視点で描かれる作品が思いのほか多い。たとえば『弥勒《みろく》』などもそうした作品の傑作といえるが、どれを取っても主人公の心理描写に違和感を覚えない。篠田節子は、小説の中で男にも女にも自在になれる稀な作家であるとも言えよう。

なにより読者にとってうれしいのは、実藤の視点で語られる『聖域』と、慈明の視点で展開されるふたつの『聖域』を同時に読めることだ。小説中の主人公が小説を読むという二重構造は、ともすれば冗長になったり、小説自体を破綻させたりする危険を伴うものだが、篠田は見事に豪腕でねじ伏せている。いや、実際は繊細な注意を払っているのだが、この力技はあえて豪腕と賞賛してよいものだろう。

さて、冒頭のいくつもの謎が、物語が進むにつれ、少しずつ解き明かされていくことになる。その過程で実藤は、水名川泉と過去に関わりを持った編集者や作家は、ことごとく心のどこかが壊れていることに気づく。そこにいっそうの不気味さを感じる実藤であるが、やがて自身も闇にからめとられ、懸命に抵抗しつつも、水名川泉に誘《いざな》われるようにして、生と死、この世とあの世の狭間へと足を踏み入れ、そこに垣間見える真実に向き合うことになる。

編集者と作家との愛憎入り混じった凄まじいまでの関係性を軸に、導入部ではミステリーの体裁を見せていた本書『聖域』は、最後には、ジャンルでは括りきれない壮大なテーマを持った、きわめてスケールの大きな作品へと変容していくのである。

さらにもう一点、作品が描かれたバックグラウンドに大きな驚きがあるのも『聖域』の面白さだ。実はそこにこそ、篠田節子の時代を正確に射抜く視線の鋭さがよく現れている。

朝鮮半島を経由して日本列島にやってきた弥生系の人々が大和朝廷を成立させる以前より、日本列島には縄文系の先住民が暮らしていた。それが大和朝廷の拡大とともに大和と同化したり、制圧されたりしていくわけであるが、東北に暮らしていた縄文系の先住民を蝦夷《えみし》という。その蝦夷の捉え方が正確なことに驚かされる。「蝦夷」には「エゾ」と「エミシ」と二通りの読み方があり、意味も違うということを知っている者はいまだに少ないと思うのだが、それでも、ここ十年ほどで、以前よりはだいぶ正しい認識が広まってきた。

縄文の文化、ひいては東北の古代蝦夷が我々一般人のあいだで再認識され、見直される直接のきっかけになったのは、一九九四年七月に、青森県の三内丸山遺跡において発見された、あの六本柱の大型掘立柱建物跡である。大きなニュースになったので覚えておいでのむきも多いだろう。

その同じ年に、書き下ろし作品として『聖域』が刊行されている。これは驚くべきことだ。執筆期間を考えれば、それ以前より篠田は東北の蝦夷に深い関心を持っていたと思われる。

一見して素朴で単純なように見える東北人の内面は、実はかなり複雑である。それを見抜くためには、田圃《たんぼ》一色の風景に埋もれた縄文や蝦夷の世界に遡り、底辺に横たわる狩猟文化の精神性にまで視線を照射する必要がある。

篠田節子は自身が東北人ではないはずなのに、『聖域』で描かれる蝦夷や東北、そして東北人に対する眼差しが、実に的を射たものとなっているのである。東北に生まれ育ち、東北に暮らしつつ東北を描いている私としては、これはちょっと、いや、かなり悔しいことだ。

あるいは、物語の中で、新興宗教の持つ危うさや胡散臭さ（すべての新興宗教がそうではないが）が暴き出される場面があるが、一般人がその本当の怖さに気づくのは、いうまでもなく、『聖域』が刊行された翌年に起きたオウム真理教による地下鉄サリン事件（一九九五年三月二〇日）の後のことである。

『女たちのジハード』と同様、時代を先取りする作家としての嗅覚の鋭さと、どんな時代を照射しようと、現象の背後にある真実を読み間違えない視線の正確さには、同じ小説の書き手として舌を巻くばかりだ。いかに荒唐無稽なフィクションになろうとも、篠田節子の作品に共通する、ときには皮肉なまでのリアリティは、こうしたところから生まれてくるのだろう。

いやはや、作品の面白さや読みやすさでついつい見過ごしてしまいがちになるが、まったくもって、篠田節子は一筋縄ではいかない作家である。

などと締めくくろうとすると、著者を作中の水名川泉のような得体の知れない女性だと読者に誤解されてしまいそうなので最後に付け加えておくと、周りから「せっちゃん」と呼ばれて親しまれている篠田節子さんご本人は、いたって気さくな、笑顔がとても素敵な女性です。

だからこそますます、小説家というのは何者なのか、同業者でありながらわからなくなるのであるが。

この作品は一九九四年四月、講談社より刊行されました。

集英社文庫 目録（日本文学）

椎名誠 麦酒《ビール》主義の構造とその応用胃学
椎名誠 あるく魚とわらう風
椎名誠 風の道 雲の旅
椎名誠 かえっていく場所
椎名誠 メコン・黄金水道をゆく
椎名誠 砂の海 風の国へ
椎名誠 砲艦銀鼠号
椎名誠 草の記憶
椎名誠 ナマコのからえばり
椎名誠 大きな約束
椎名誠 続 大きな約束
椎名誠 本日7時居酒屋集合！ ナマコのからえばり
椎名誠 コガネムシはどれほど金持ちか ナマコのからえばり
椎名誠 人はなぜ恋に破れて北へいくのか ナマコのからえばり
椎名誠 下駄でカラコロ朝がえり ナマコのからえばり
椎名誠 笑う風 ねむい雲

椎名誠 うれしくて今夜は眠れない ナマコのからえばり
椎名誠 三匹のかいじゅう
椎名誠 流木焚火の黄金時間 ナマコのからえばり
椎名誠 どーしてこんなにうまいんだあ！
椎名誠 ソーメンと世界遺産 ナマコのからえばり
椎名誠 カツ丼わしづかみ食いの法則 ナマコのからえばり
椎名誠 単細胞にも意地がある ナマコのからえばり
椎名誠 孫物語
椎名誠 おなかがすいたハラペコだ。
椎名誠 北上次郎編 椎名誠［北政府］コレクション
椎名誠 目黒考二 本人に訊く〈壱〉よろしく懐旧篇
椎名誠 目黒考二 本人に訊く〈弐〉おまたせ激突篇
椎名誠 家族のあしあと
椎名誠 EVENA エベナ
椎名誠 おなかがすいたハラペコだ。② おかわりもういっぱい
椎名誠 旅先のオバケ

椎名誠 われは歌えどもやぶれかぶれ
塩野七生 ローマから日本が見える
塩野七生 アントニオ・シモーネ ローマで語る
志賀直哉 清兵衛と瓢箪・小僧の神様
篠綾子 岐山の蝶
篠綾子 桜小町 宮中の花
篠綾子 あかね紫
篠綾子 星月夜の鬼子母神
篠田節子 絹の変容
篠田節子 神鳥《イビス》
篠田節子 愛《めで》逢《あ》い月《づき》
篠田節子 女たちのジハード
篠田節子 インコは戻ってきたか
篠田節子 百年の恋
篠田節子 聖域
篠田節子 コミュニティ

集英社文庫 目録（日本文学）

集英社文庫

聖《せい》　域《いき》

2008年７月25日　第１刷　　　定価はカバーに表示してあります。
2022年８月13日　第４刷

著　者　篠田節子《しのだせつこ》

発行者　徳永　真

発行所　株式会社　集英社
東京都千代田区一ツ橋2-5-10　〒101-8050
電話　【編集部】03-3230-6095
【読者係】03-3230-6080
【販売部】03-3230-6393（書店専用）

印　刷　凸版印刷株式会社

製　本　凸版印刷株式会社

フォーマットデザイン　アリヤマデザインストア　　マークデザイン　居山浩二

ISBN978-4-08-746315-6 C0193